COLLECTION SÉRIE NOIRE
Créée par Marcel Duhamel

Parutions du mois

2652. BAD CHILI
(JOE R. LANSDALE)

2653. REBELLES DE LA NUIT
(MARC VILLARD)

2654. Y A-T-IL UNE VIE SEXUELLE APRÈS LA MORT ?
(VLADAN RADOMAN)

D1677269

MOUSSA KONATÉ

L'assassin du Banconi

suivi de

L'honneur des Kéita

Les enquêtes du commissaire Habib

GALLIMARD

L'ASSASSIN DU BANCONI

C'était vraiment un soleil caniculaire : bien qu'il fût encore loin du zénith, il étouffait les hommes, les arbres et la terre, tout ce quartier du Banconi, immense excroissance de la cité de Bamako, des centaines de maisons en briques de terre couvertes de chaume, de lambeaux de nattes, de branchages ou, au mieux, de feuilles de tôle ondulée, rouillées et cabossées. Des ruelles se faufilant entre les pâtés de maisons, une poussière ocre s'élevait chaque fois que passait une de ces voitures bringuebalantes, pratiquement les seules à se hasarder ici en plein jour.

Au bord d'une des rares rues spacieuses au tracé incertain, deux garçons jouaient au ballon — une boule de chiffons ; ils jouaient en riant aux éclats. C'était à proximité d'une décharge publique où s'entassaient des ordures ménagères et des bêtes crevées. Là, un chat à la tête écrabouillée paraissait enfler à vue d'œil sous une nuée de grosses mouches bleues. D'ailleurs, l'un des garçons, courant à reculons, piétina le macchabée dont le ventre explosa, libérant des viscères qui jaillirent à la grande joie des enfants. Le second prit le chat mort par les pattes postérieures et, le brandissant par-dessus sa tête, tournoya à vive allure en s'esclaffant, à l'instar de son petit ami, à la vue de l'animal dont le corps s'en allait en lambeaux.

À quelques centaines de mètres du monceau d'immondices, un cycliste surgit d'entre les habitations et déboucha sur la rue : il portait un grand boubou jaune, presque transparent, et appuyait sur les pédales de sa bicyclette de toute la puissance de ses jarrets, si bien qu'on eût dit que les roues de l'engin effleuraient à peine le sol. Les passants se retournaient sur lui, éberlués, mais indifférent à ce qui l'environnait, l'homme, dont le grand boubou gonflait telle une voile, continuait de pédaler avec rage. Or, inexplicablement, arrivé à la hauteur des deux enfants, dont l'un continuait à balancer le chat mort réduit à ses pattes postérieures, le cycliste perdit le contrôle de son engin qui fila droit sur un des caïlcédrats bordant la rue. Sous le choc, la bicyclette se tordit et dessina une figure indéfinissable ; projeté à quelques pas, l'homme, lui, était retombé sur le dos, dans la poussière ocre.

Abandonnant le chat et le ballon, les deux garçons se mirent à danser en riant, en tapant des mains et en chantant autour du malheureux qui réussit à se relever à grand-peine, les mains au dos, le grand boubou couvert de terre et largement fendu par-devant. De colère, et peut-être aussi pour échapper aux sarcasmes des gens qui affluaient, il se lança aux trousses des deux garçons qui s'enfuirent dans des directions opposées ; il en poursuivit un au hasard. « Cours plus vite, Issa, il va te rattraper ! » se mit à crier le second. L'homme au grand boubou bifurqua sans s'arrêter et pourchassa celui qui encourageait son compagnon. « Cours plus vite, Tiéfing, sinon il va te rattraper ! » lança à son tour Issa d'une voix de fausset, alors que, exténué, l'homme s'était immobilisé et se massait les reins sous les huées des badauds. Tiéfing disparut dans le labyrinthe des habitations agglutinées. Sans regarder derrière lui, le garçon filait vers la demeure paternelle où il entra en haletant et, en balayant sur son passage les ustensiles qui jonchaient la cour, il s'engouffra dans les latrines.

« Sors de là, Tiéfing ! » lui cria sa mère Soussaba assise devant la case au toit de paille qui tenait lieu de cuisine, pendant qu'à ses côtés deux de ses amies éclataient de rire. « Tu as dû jouer à quelqu'un un de tes mauvais tours habituels. Sors de là pour qu'il te tue ! » ajouta-t-elle.

L'enfant sortit effectivement, mais il marchait lentement, comme une mécanique, le visage ruisselant de sueur, la bouche béante, les yeux dilatés et étrangement fixes.

— Qu'as-tu, maudit ? Parle ! hurla la mère toute tremblante.

— Là-dedans… là-dedans… murmura l'enfant en montrant du doigt, sans se retourner, les latrines qu'il venait de quitter.

— Qu'y a-t-il dans les latrines, Tiéfing ? s'enquit l'une des deux amies.

— Petite-mère Sira… est couchée… là-dedans ; elle ne bouge pas… elle dort, ânonna Tiéfing en haletant.

11

L'oncle Balla surgit de sa chambre et se rua vers les latrines, suivi des femmes qui s'exclamaient déjà en claquant des mains et invoquaient Allah.

Elle était bien là, dans les latrines, petite-mère Sira, couchée sur le côté, une jambe repliée, l'autre étendue par-dessus la fosse ; sa main gauche soutenait sa tête tournée vers la sortie, tandis que la droite restait crispée sur le ventre ; d'une commissure de ses lèvres entrouvertes, s'écoulait de la bave. Ses mâchoires serrées, ses traits crispés trahissaient la souffrance qu'elle avait endurée.

Balla mit un genou à terre et, penché sur le corps, il le tâta, dans l'espoir de déceler un signe de vie, pendant que le souffle et les halètements bruyants des femmes, ponctués d'exclamations de stupeur se succédaient et se confondaient.

Balla se mit enfin sur son séant et, regardant au ciel, il dit et redit sur un ton emphatique : « Allah akbar ! Allah akbar ! »

Il souleva le corps de petite-mère et, lentement, quitta les latrines, au milieu des cris hystériques des femmes, pénétra dans la chambre jouxtant celle du chef de famille où il étendit la dépouille mortelle sur le lit de bambou et la recouvrit d'un drap de coton usé. Par quatre fois, il rentra dans la chambre et en ressortit comme un automate. Quand il eut enfin recouvré ses esprits, il franchit le seuil de la concession, le dos rond, comme s'il avait brusquement vieilli.

Cependant, les vociférations des femmes, amplifiées par celles des enfants revenus en trombe de leurs jeux, alertèrent les voisins qui affluèrent de toutes parts.

12

Peu à peu, cependant, le tumulte s'apaisa et tout le monde se retrouva assis, certains continuaient à pleurer, mais plus aussi ostensiblement. Un peu plus loin, les hommes avaient pris place sur des bancs et des tabourets qu'on avait fait venir en hâte et demeuraient plutôt silencieux.

L'imam entra quelques instants après, suivi de Monzon, célèbre pour ses oraisons funèbres et ses sermons. Il ne s'assit d'ailleurs pas, mais s'arrêta au milieu de la cour pendant que l'imam s'installait sur une natte étalée au premier rang. « Et voilà que notre Créateur a frappé de nouveau, mes frères musulmans. Qui pouvait penser, il y a à peine quelques minutes, qu'il avait scellé le destin de Sira ? Qui pouvait prédire que celle qui, ce matin, sur le chemin du marché, riait et plaisantait, allait cesser d'appartenir à notre monde ? Qui pouvait se douter que cette femme ne souffrant ni de maux de tête ni de maux de poitrine se coucherait bientôt pour ne plus se relever ? De quelle autre volonté pouvait émaner une telle décision si ce n'est de celle d'Allah ? Oui, mes frères musulmans, Allah seul peut et il vient encore de nous le prouver. » Il parlait avec force, marchait lentement dans les allées séparant les bancs et les nattes, alors que les habitants du Banconi continuaient d'envahir la concession. « C'est Allah le seul Maître. Il décide quand bon lui semble. Il agit comme bon lui semble, et tout ce qu'il décide est bien, et tout ce qu'il accomplit est bien. La mort lui appartient : il l'envoie aux hommes, à chacun selon le contrat qu'il a signé le jour de sa naissance. L'orphelin mourra, le malade mourra, le pauvre aussi

13

mourra, mais nul n'a le droit de s'en plaindre, de crier à l'injustice, car dans le même temps, un autre abandonnera son père et sa mère pour de bon, un homme sain fermera les yeux pour l'éternité, un riche ne jouira plus de ses richesses. C'est lui Allah le seul Maître, uhum ! Voyez, il n'a pas attendu le retour de Saïbou pour s'emparer de l'âme de sa femme, car il a dit aussi : toi, tu es son époux, ô pauvre mortel, et moi, je suis le maître de son âme. C'est lui Allah le seul Maître. »

Le flot des arrivants ne tarissait pas. Par moments, une femme éclatait en sanglots en entrant, mais se taisait aussitôt assise, et la foule écoutait, comme fascinée, la parole de Monzon. « Et si, à l'instant même, le désir lui venait de couper le fil de la vie de n'importe lequel d'entre nous, qui pourrait l'en empêcher ? Alors craignez Allah, mes frères musulmans. C'est lui notre créateur. Il a dit : "priez !" et nous devons prier ; il a dit "offrez l'aumône aux pauvres" et nous devons offrir l'aumône aux pauvres ; il a dit : "jeûnez !" et nous devons jeûner. Car c'est lui Allah qui n'a ni commencement ni fin. Ah, je vous le dis, mes frères musulmans, prenons garde, car chaque jour qui passe nous éloigne davantage des chemins prescrits. Voyez-vous, le fils ne respecte plus le père, l'épouse ne respecte plus le mari, le frère trahit le frère, l'ami hait l'ami. Nous sommes aux temps qu'a prédits le prophète Mahamadou (la paix soit sur son âme !) où notre Créateur s'apprête à mettre un terme à toutes vies ; comme il l'avait notifié le jour où il créa le ciel et la terre. Oui, c'est bientôt la fin du monde, mes frères musulmans. Tremblez, vous qui avez vécu dans l'ignorance des préceptes divins, car le feu de l'enfer vous attend ; il brûle et ne s'éteindra jamais tant que ne se seront pas consumés l'adultère, le menteur, le criminel, l'impie, tous ceux qui, pour leur malheur, ont oublié qu'ils ne doivent leur existence qu'à Allah.

Tout à l'heure, alors que, en compagnie de l'imam, je me dirigeais vers ici, j'ai surpris la conversation de deux enfants… »

Des chuchotements d'abord à peine audibles finirent par devenir un brouhaha qui couvrit la voix du prêcheur, lequel dut s'interrompre et, à l'instar de la foule, se tourner vers le portail : Saïbou, le mari de petite-mère, avançait au bras de son jeune frère Balla. C'était un homme frisant la soixantaine mais qui en paraissait davantage à cause de sa fragilité et de ses cheveux blancs. Il flottait dans son grand boubou qui laissait entrevoir ses maigres bras. Comme s'il eût souffert de torticolis, il tenait sa tête de travers. Son frère le menait délicatement tel un enfant vers la chambre mortuaire. Au moment d'y entrer, le vieil homme, dont les pas étaient de moins en moins assurés, s'arrêta net ; Balla l'exhorta à franchir le seuil.

À la vue du corps de l'épouse reposant sous la couverture, Saïbou sembla terrorisé ; et si d'autres vieillards entrés à sa suite ne l'en avaient empêché, il eût battu en retraite. « Allons, allons, Saïbou, le rabroua l'imam à voix basse, à ton âge, on ne se comporte pas ainsi devant la mort. Oublies-tu que nous ne sommes que des jouets aux mains d'Allah ? » Il y eut de sourds murmures d'approbation de la part des autres vieillards. L'imam découvrit le

15

visage inanimé de Sira : les mâchoires demeuraient serrées, les traits crispés. Le mari voulut toucher ce visage déjà froid, mais ses mains furent prises d'un tremblement frénétique et se figèrent à mi-chemin. L'imam recouvrit le visage et, de nouveau, Balla soutint son frère et l'aida à prendre place sur une natte parmi ses pairs.

« Et ce jour-là, il paraîtra, il s'arrêtera sur l'esplanade d'or, son sceptre en main, auréolé d'une lumière dont vous ne soupçonnerez jamais l'éclat. Il paraîtra et tous les pécheurs trembleront, mais hélas pour eux, car ce sera le jour du Grand Jugement. Mes frères musulmans, pendant qu'il est tout juste temps, ressaisissez-vous et reprenez le droit chemin, parce que, bientôt, nous paraîtrons tous sur la grand-place de Samè, face à notre Créateur, le maître de l'enfer et du paradis... »

Monzon fut obligé de s'interrompre de nouveau quand il se rendit compte que l'auditoire se détournait de lui. Un homme au physique imposant venait d'entrer. De grande taille, bien en chair, plus court, il eût été franchement gras. Tout en lui respirait l'assurance et l'aisance que procure la richesse. Son regard clair était fixe et difficile à soutenir. À mesure qu'il approchait de sa démarche princière, comme s'il comptait ses pas, un parfum exquis se répandait. Le froissement même de son habit en imposait.

Toutes les vieilles personnes se tournèrent vers lui avec une déférence frisant l'obséquiosité. Quand l'homme se fut assis, le silence tomba. Monzon ne continua plus son prêche et crut même nécessaire de saluer publiquement l'arrivant : « Ladji Sylla est venu. Dans la connaissance de la parole divine, je ne suis que son disciple. Je m'incline devant ton savoir, ô grand maître ! »

Ensuite, il y eut un remue-ménage. La toilette funèbre terminée, la morte drapée dans son linceul de percale reposait enveloppée dans une couverture de laine, sur un brancard. Il fallut, tant la foule était dense, sortir de la maison pour dire la prière des morts. Puis on se dirigea vers le cimetière alors que dans la concession les vociférations des femmes reprenaient de plus belle. Le cortège s'étirait, serpentait entre les habitations agglutinées, dans la poussière rougeâtre des ruelles tortueuses. Des enfants s'enfuyaient tandis que d'autres, au contraire, mus par la curiosité, esquissaient quelques pas en avant. On marchait vite et Balla éprouvait de la peine à soutenir son frère qui s'abandonnait contre lui. S'étant retourné, Ladji Sylla se rendit compte de l'embarras de Balla ; il rebroussa chemin et empoigna énergiquement le bras du vieil homme.

Le cimetière était un terrain vague parsemé de fourmilières, d'arbustes et d'herbes écrasées qui se confondaient avec la terre. Les tombes que signalaient des tas de banco se succédaient pêle-mêle, certaines ébréchées, d'autres fraîches encore, d'autres aussi complètement défoncées. Par-ci, par-là, des ossements d'animaux, car ce cimetière servait en même temps de dépotoir.

Le cortège s'arrêta devant une fosse. Deux hommes y descendirent et Ladji Sylla aida Saïbou à se joindre à eux pour porter petite-mère Sira en son dernier lit. « Arrêtez ! Arrêtez ! » hurla une voix. Tous les visages se tournèrent vers un jeune homme qui courait presque, titubait entre les tertres. « Ne l'enterrez pas, ne l'enterrez pas ainsi ! » cria-t-il en haletant. Il bouscula ceux qui se tenaient autour du brancard et s'apprêtaient à en détacher le corps qu'il se mit à palper fébrilement dans l'intention d'en sentir le pouls : quand il entreprit de délier les restes de petite-mère dont il voulait revoir le visage, toute la foule se figea de stupeur, seul Ladji Sylla arrêta le geste du jeune homme, d'une façon bien rude, d'ailleurs. Comme si on avait ôté leurs bâillons, les autres rabrouèrent le jeune homme à leur tour et tous à la fois. « C'est ma mère, protesta-t-il, vous n'avez pas le droit de l'enterrer sans savoir si elle vit encore ou non. Il faut consulter un médecin. — Faites ! » ordonna Ladji Sylla. Le jeune homme voulut réagir mais son bras était pris dans un étau. « Ibrahim, sois sage, lui recommanda son père voûté dans la fosse ; tout ça, c'est la volonté d'Allah. » Ibrahim s'assagit et des larmes roulèrent sur ses joues ; Ladji Sylla le lâcha.

Bientôt, la terre recouvrit petite-mère Sira et, après avoir récité pour la dernière fois des sourates pour le repos de l'âme de la défunte, on s'en retourna comme on était venu, à grands pas.

« Non, non, murmurait Ibrahim sans répit, j'exigerai une autopsie. Non, non, ça ne passera pas comme ça… » Ladji Sylla lui prit la main : « Tu n'en feras rien, mon enfant, lui dit-il d'une voix basse mais énergique ; Je sais que tu as raison, mais passe me voir demain chez moi, nous en reparlerons. » Ibrahim acquiesça du chef, comme hypnotisé.

Le cortège funèbre rentrait déjà au Banconi.

CHAPITRE PREMIER

Le jeune homme à la moto roulait à tombeau ouvert ; la tête nue, il se faufilait entre les voitures avec une imprudence à faire enrager les conducteurs qui juraient, essayaient en vain de le coincer. Il franchit le centre commercial en sens interdit, brûla un feu rouge sous le regard éberlué d'un agent de police qui, instinctivement, se jeta sur son cyclomoteur, mais recouvra vite ses esprits et se ravisa. Le motard franchit le portail d'un garage et freina brutalement. Un homme trapu en combinaison bleue barbouillée de graisse sortit aussitôt et le rejoignit ; ensuite, à pas pressés, ils se dirigèrent vers le fond du garage où s'élevait du bruit de machines.

— Tu as un peu tardé, Pacha, fit remarquer l'homme en combinaison.

— Oh, de cinq minutes tout au plus, protesta le jeune homme en jetant un coup d'œil à sa montre. Tu as fait l'essentiel, je suppose, ajouta-t-il.

— Bien sûr, répondit laconiquement le garagiste qui s'arrêta devant une « 203 » dont il tapota le capot.

« C'est celle-là, Pacha » dit-il à son compagnon qui regarda vers l'arrière de la voiture. La plaque d'immatriculation était de fabrication récente et peu soignée.

— Tu es sûr que ce numéro n'existe pas déjà ? s'inquiéta le Pacha.

— Absolument ! j'ai travaillé aux Mines pendant cinq ans et je sais ce qu'il en est. Ne t'inquiète pas.

Le motard s'installa dans la voiture et démarra sur des chapeaux de roue en direction du centre commercial. Il se gara au bout d'une file de voitures stationnées, enfonça ses mains dans ses poches et pénétra dans un magasin d'appareils de musique, de téléviseurs et de magnétoscopes. Une musique lente jouait en sourdine tandis que scintillaient alternativement les lumières multicolores en guirlandes. Le Pacha s'était arrêté, toujours les mains dans les poches, devant une chaîne stéréophonique.

Assis dans une chaise à bascule, derrière un petit bureau métallique, le propriétaire du lieu, un bonhomme rondouillet à moitié chauve, regardait ce jeune homme beau et élégant, trop hautain pour daigner saluer un marchand.

— Et quelle est la puissance de ce truc-là ? demanda le Pacha avec une sorte de dédain qui irrita le marchand lequel, néanmoins, s'approcha de lui.

— C'est du 2x30w, répondit-il. C'est une bonne sono. Il y a des choses plus épatantes ; tenez, çui-là, c'est du 2x50, et çui-là…

— Non, le coupa le Pacha, c'est plutôt ça qui m'intéresse. Il faut l'emballer.

20

Le marchand s'affaira ; en un tour de main, l'appareil fut empaqueté. Le jeune homme paya avec des coupures neuves de dix mille francs et renonça à la monnaie.

— Il me faut un taxi maintenant ; ça risque d'être un peu plus difficile à cet endroit du marché.

— Mais non, mais non ! protesta le marchand. Vous attendez une minute et je vous trouve un bon taximan.

Il sortit. Le Pacha tira de la poche intérieure de sa veste quelque chose qui rappelait une carte de visite ou une carte postale et la jeta par terre, derrière un téléviseur.

Le marchand rentra, suivi d'un petit vieux bancal et bossu dont la tête ornée de quelques rares cheveux brillait. Les mains aux hanches, il fumait sans discontinuer, un œil clos.

— Voici le Chauffeur de l'enfer, le présenta le marchand. Vous êtes chez vous en un clin d'œil, monsieur. C'est un taximan sans pareil.

— D'accord, on y va, dit le Pacha sans grand enthousiasme.

Le Chauffeur de l'enfer s'empara du colis et peu après les deux hommes roulaient vers le Banconi. Le taxi était plutôt une pièce de musée : avec ses portières gondolées maintenues par des ficelles de nylon ou de fibre végétale, des sièges déchirés bourrés de chiffons, un tableau de bord presque illisible, des roues qui allaient de travers, des clignotants capricieux qui s'allumaient brusquement d'eux-mêmes et que le chauffeur éteignait précipitamment en jurant, et un grincement rappelant le bruit de la scie dans une planche de bois. Après un arrêt, il fallait, pour démarrer, que le chauffeur de l'enfer déployât toute sa science pour débrouiller les fils du contact. Il insultait grossièrement les automobilistes qui manifestaient leur impatience en klaxonnant.

Le Pacha enrageait, se mordait les lèvres. Comme pour le calmer, le fameux chauffeur lui envoya une considérable bouffée de fumée qui le fit tousser à rendre ses poumons.

Là-bas, au centre commercial, longtemps après leur départ, le visage du jeune client se présenta plusieurs fois à la mémoire du marchand et finit par s'estomper, mais il retint que le jeune homme avait un grain de beauté à la naissance du cou, un peu du côté gauche.

Le Pacha fit arrêter le taxi à une cinquantaine de mètres environ du domicile d'Ibrahim, paya grassement la course, tenta de porter le colis, mais se ravisa et sollicita l'aide du Chauffeur de l'enfer qui, contre un pourboire substantiel, transporta le paquet jusque dans la chambre d'Ibrahim.

— Vous habitez ici ? demanda-t-il, intrigué, au Pacha.

— Oui, répondit ce dernier, et pourquoi me demandes-tu ça ? Ça te regarde ?

— Humm… rien, bafouilla le taximan, qui toussa ; mais le mégot lui resta collé au coin de la bouche.

— Je m'appelle Ibrahim, si ça t'intéresse, ça aussi… Tu m'attends dans le taxi : nous retournons ensemble, j'en ai pour cinq minutes.

Le taximan s'en alla. Le Pacha s'affaira quelques instants dans la chambre puis sortit.

Quelques minutes après que le taxi eut démarré, la petite Baminata, de retour de son habituel vagabondage, tourna au coin de la rue : elle n'avait rien vu de la scène.

« Écoute, arrête ! arrête ici, je te dis ! » hurla le Pacha au Chauffeur de l'enfer qui conduisait comme un somnambule. Le taxi montrait des signes de défaillance à proximité du centre commercial. Le chauffeur obéit en marmonnant. Le client paya de nouveau grassement et s'éclipsa, les mains dans les poches. Il reprit sa voiture un peu plus loin et fonça vers le garage où l'homme en combinaison bleue vint l'accueillir de nouveau.

— Ça a marché ?

— Oui, répondit le jeune homme en vérifiant l'état de sa tenue, tout va bien.

— Tu peux toujours compter sur moi, Pacha.

— Oui, tu es formidable. Bien sûr, au cas où malgré tout, « on » viendrait te voir, tu ne sais rien, n'est-ce pas ?

— Compte sur moi, Pacha ; dans ce genre d'affaire, je suis muet.

Ils se serrèrent la main vigoureusement ; le jeune homme enfourcha sa moto et franchit le portail en faisant gémir l'engin.

Pendant ce temps, Ibrahim passait devant le marché (où Tiléry, le fou, soufflait et haletait en comptant et recomptant sans cesse les étals abandonnés qu'il appelait « les gens du marché »), sans voir les brocanteurs Mâmadou et son frère Sadi qui, de leur échoppe, l'observaient, et il arriva chez Ladji Sylla.

Le gardien à l'air maussade était assis sur un tabouret, dans l'encoignure du mur ; il se contenta de hocher la tête quand l'étudiant eut expliqué la raison de sa visite.

Ibrahim franchit la porte donnant sur le salon qu'ornaient des fauteuils et des couffins de velours, un grand buffet plaqué de formica, une bibliothèque où les bibelots et les statuettes se mêlaient aux livres saints, un réfrigérateur à pétrole et même un ventilateur portatif qu'alimentait une batterie de véhicule. Les murs étaient ornés de gravures représentant les lieux saints de l'Islam.

Ladji Sylla trônait dans un fauteuil, face à la porte, avec son élégance coutumière. Sous le regard froid, qui semblait lui fouiller le corps, Ibrahim se sentit intimidé et une bouffée de chaleur lui monta à la tête.

— Bonjour, Ladji, salua-t-il à mi-voix, arrêté à quelques pas de l'homme.

— Bonjour, mon fils, répondit le marabout d'une façon théâtrale, les yeux toujours rivés sur le jeune homme. Avance, ajouta-t-il, et assois-toi. (Il désigna le fauteuil placé vis-à-vis du sien.)

Ibrahim s'y assit, mal à l'aise, tandis que Ladji Sylla continuait à le dévisager. Ce regard... ce regard... qu'y avait-il donc dans ce regard ? Cet homme possédait-il un pouvoir hypnotique ? Ibrahim baissa la tête.

« Mon fils, commença enfin le marabout, je t'ai fait venir non pas pour discuter avec toi, mais pour t'expliquer ce que tu ne sais pas. Je ne reviendrai pas sur les propos que j'ai tenus hier en quittant le cimetière, parce que je continue à penser pareillement ; dans cette affaire,

24

la raison est de ton côté ; il faut être de mauvaise foi pour le nier. Malheureusement, mon fils, avoir raison n'est parfois d'aucune utilité. Écoute-moi (sa voix devint plus grave, comme menaçante), écoute-moi : quand tu mourras, tu seras seul dans ta tombe, enveloppé dans une obscurité inimaginable, tu te retrouveras seul face aux anges exterminateurs armés de verges incandescentes ; voilà pourquoi je te conjure de m'entendre et de répondre en ton âme et conscience aux questions que je m'en vais te poser… M'écoutes-tu, mon fils ?

— Oui, souffla le jeune homme.

— Bien ! je te demande maintenant : es-tu Allah, toi, pour oser soutenir que quelqu'un a tué ta mère alors que tu ne disposes d'aucune preuve ? Réponds !

— Non, Ladji, bafouilla Ibrahim effrayé par le regard enflammé du saint homme.

— À supposer même que quelqu'un l'ait tuée, ressuscitera-t-elle quand son meurtrier aura été découvert ? Réponds !

— Non, Ladji.

— Eh bien, mon fils, nous sommes au deuxième jour de sa mort : le corps de ta mère a tellement enflé qu'il a rempli la tombe. Voudrais-tu qu'on la déterre ainsi ? Parle donc !

— Non…

— Voudrais-tu donc voir le visage décomposé de celle qui t'a donné le jour ? Parle !

— Non… non… murmura le jeune homme terrorisé.

Ladji Sylla se tut, promena sa main sur son menton imberbe. « Regarde-moi, mon fils, regarde-moi. » Ibrahim avait perdu toute volonté : il obéit. « Je vois que tu m'a compris, continua le saint homme, et c'est tant mieux. Oublie cette pénible histoire. Allah seul a retiré à ta mère Sira l'âme qu'il lui avait confiée, de même qu'il la retirera à chacun de nous, à ton père, à tes oncles, à tes frères, à toi, à moi... Allah nous a dit que lui seul a le droit de s'occuper des morts : ne te place pas en travers de son chemin. Laissons les morts dormir tranquilles. Car je te le dis, mon enfant, si jamais par ta faute les hommes s'avisent de toucher au corps de ta mère, tu ne connaîtras plus de quiétude et ta jeunesse prendra fin prématurément. Voilà, je n'ajouterai plus rien, parce que je sais que tu m'as compris. (Il tira de sa poche une liasse de billets de banque et la tendit au jeune homme.) Prends cet argent, il te servira. Ne me remercie surtout pas : je connais et admire ton père et je me considère comme le tuteur de tous les enfants du Banconi jusqu'à ce que, dans sa clémence, Allah leur facilite la tâche. S'il m'arrivait un jour de laisser ce quartier aller à sa perte, Allah m'en voudrait. Moi vivant, par la volonté d'Allah, Chaïtane ne règnera pas ici. Voilà ! Allez, va, mon fils, je prierai pour toi. »

Ibrahim se leva mécaniquement et marcha vers la porte, la tête vide de pensées.

À peine s'était-il engagé sur la ruelle qu'un jeune homme l'aborda et le pria de monnayer son billet de dix mille francs en petites coupures. Ibrahim acquiesça, mit dans la main de l'inconnu tout l'argent que Ladji venait de lui donner. Sans s'étonner le moins du monde, l'inconnu compta scrupuleusement les billets de l'étudiant ;

il y avait en tout dix mille francs. L'échange fut fait et Ibrahim, comme sous l'empire d'un charme, reprit le chemin de chez mère Sabou sans même prendre l'élémentaire précaution de glisser dans sa poche l'argent qu'il tenait. L'autre jeune homme, au contraire, après quelques pas, s'arrêta, recompta l'argent puis se gratta le derrière longuement, d'une façon impudique, alors que de chez les brocantiers Mâmadou le regardait. L'individu s'arrêta encore, écarta les jambes, se gratta le derrière avec fureur puis, sans prendre garde aux passants indignés ou amusés, il s'en alla, disparut dans les dédales du quartier.

On eût dit que le soleil s'était immobilisé, bien que la chaleur fût moins accablante depuis que les nuages s'étaient assombris et que le vent se fût transformé en brise. Un âne brayait encore quelque part et un forgeron frappait sur son enclume, mais comme toujours, à pareille heure, la vie semblait s'être arrêtée dans ce quartier. Bientôt, cependant, l'agitation allait y renaître quand les taxis-brousse déverseraient leur cargaison de marchandises et de manœuvres de retour du centre-ville.

Ibrahim rentra chez la vieille propriétaire Sabou dont la petite-fille Baminata dormait à même le sol, auprès du foyer. Le couvercle de la tasse contenant le dîner avait glissé et une poule y picorait les grains de riz. Deux tourterelles qui éparpillaient du son de mil déversé sur le sol s'envolèrent.

Au seuil de la chambre, à la vue du volumineux colis, l'étudiant se figea ; son cœur se mit à battre des coups sourds et précipités, la sueur perla sur son front et lui colla presque instantanément sa chemise au dos. Il pressentait comme un danger, et une douleur aiguë s'installa aussitôt sous son crâne, lui donnant envie de vomir. Pourtant, comme fasciné, il avança, se baissa, la main tendue vers le paquet qu'il réussit à entrouvrir. Il eut juste le temps d'en entrevoir le contenu.

— « Ibrahim ? » demanda dans son dos une voix juvénile mais déjà assurée.

L'étudiant se retourna lentement, la bouche bée : il n'y comprenait rien.

« Inspecteur Sosso de la Brigade Criminelle », se présenta le jeune policier qui avait des allures d'étudiant ; grand, mince, le teint foncé, avec des petits yeux expressifs, il était habillé comme tous ceux de son âge aiment à le faire, d'un ensemble jean et était chaussé de tennis. Deux agents de police en uniforme l'encadraient. « Nous vous attendions » ajouta-t-il ; puis « Allez, fouillez là-dedans ! » ordonna-t-il aux policiers. Ibrahim se tenait raide.

« Voilà ce qu'on a trouvé, chef », dit peu après l'un des agents en tendant à l'inspecteur trois petits paquets qui étaient dissimulés au fond de la valise et contenaient chacun des liasses de billets de dix mille francs tout neufs. « Ils sont faux, bien sûr ; ça se voit de loin : c'est du travail d'amateur », constata l'inspecteur. « Ouvrez la main gauche, Ibrahim ! » ordonna-t-il sans transition. Ibrahim obéit et le billet de banque de dix mille francs tomba. « Faux aussi, naturellement » remarqua-t-il en faisant la moue après avoir ramassé le billet avant d'ajouter à l'adresse de ses agents : « Emmenez-le ».

28

Enfin réveillée par les bruits de pas, Baminata aperçut Ibrahim les menottes aux poignets entre les policiers. Elle les suivit. La Volkswagen était garée au coin de la ruelle. Les agents installèrent l'étudiant entre eux à l'arrière, l'inspecteur Sosso monta à côté du chauffeur et la voiture démarra. De l'autre côté, mère Sabou regagnait sa demeure en clopinant.

Durant tout le trajet, l'étudiant ne parla pas, ne se remua même pas. Il demeura raide, la bouche bée et les yeux dilatés si bien que, arrivés à la Brigade Criminelle, les policiers durent le tirer de la voiture de façon un peu rude.

L'inspecteur le fit entrer dans le bureau du commissaire Habib. Cet homme aux allures d'intellectuel, grand et mince, avec ses lunettes à verres correcteurs et son corps mince, presque fragile, posa sur l'étudiant un regard désabusé.

— Ibrahim ! appela-t-il.

— On dirait qu'il a perdu la langue, intervint l'inspecteur Sosso, comme Ibrahim demeurait stupéfait.

— Et l'autre, le plaignant ?

— Il paraît qu'il est allé rendre visite à un parent tombé brusquement malade dans leur hameau. Il devrait être de retour sous peu.

— Le chauffeur de taxi ?

— Ils y sont allés ensemble.

— Bon, conclut le commissaire, gardez celui-là à vue ; entre-temps, il aura retrouvé sa langue… Je l'espère.

— Bien, chef, à vos ordres, approuva Sosso.

La porte ne tarda pas à se refermer derrière l'inspecteur et Ibrahim. L'officier resta longtemps le regard fixé vaguement devant lui.

CHAPITRE 2

L'inspecteur Sosso poussa la porte du bureau de son chef. Ce dernier, absorbé dans la rédaction d'une note, ne se rendit compte de rien. Son jeune collaborateur referma la porte silencieusement, s'y adossa. Le commissaire Habib leva enfin les yeux ; mais bien que ce fût en direction de l'entrée, il ne sembla rien apercevoir et replongea le nez dans ses papiers ; cependant, il ne tarda pas à relever vivement la tête.

— Ah ! s'exclama-t-il, il y a longtemps que tu es là ?

— Non, je viens d'arriver, chef.

— Ah oui, il n'y a pas longtemps, paraphrasa le commissaire en se remettant à écrire.

Le ventilateur faisait légèrement danser le plafond à intervalles réguliers, produisant un bruit bref et sourd à peine perceptible ; ses hélices jouaient avec la lumière et dessinaient sur le mur comme des ailes de libellules géantes. À travers les vitres épaisses, on percevait seulement des coups sourds portés au mur dans quelque bureau contigu.

L'inspecteur Sosso s'éclaircit la voix et toussota de façon presque inaudible.

— Chef, appela-t-il.

— Oui, ah ! il y a longtemps que tu es là ? demanda le commissaire pour la deuxième fois.

— Un peu longtemps, oui ; chef, c'est à propos de l'affaire d'hier…

— L'affaire d'hier ? s'étonna le commissaire en fronçant les sourcils — deux rides verticales s'imprimèrent au milieu de son front.

— L'affaire des faux billets, chef, expliqua le jeune policier d'une voix trahissant l'étonnement et peut-être aussi de l'irritation.

— Mais oui, mais oui, mais oui ! s'écria le commissaire. J'oubliais, Sosso ; bon, alors ?

Il ramassa calmement les feuillets éparpillés sur son bureau, les rangea dans un classeur avant de coiffer le crayon de son capuchon. « Tu vois bien, Sosso, comme il est difficile de tout garder en mémoire, dit-il, en se redressant, de cette voix douce mais assurée qui plaisait tant à son collaborateur. Il y a cette affaire de faux billets, mais on me demande aussi un rapport sur la criminalité chez les adolescents. Des chiffres, des chiffres, encore des chiffres ! Comme si on pouvait chiffrer le crime. Tu verras, mon petit Sosso, viendra le jour où on te demandera d'imaginer les moyens de diminuer la criminalité. (Il rit doucement sans ouvrir la bouche.) Faire en sorte qu'il ait moins de vols quand il y a de plus en plus de misérables ; faire en sorte qu'il y ait moins d'avortements clandestins quand de plus en plus de femmes n'ont que leur corps à offrir ; faire en sorte qu'il y ait moins de drogués parmi les enfants quand tous les parents baissent les bras et que les familles volent en éclats ! Tu verras, Sosso, on te demandera de trouver des solutions à des problèmes dont la caractéristique est de ne pas pouvoir être résolus tant que la terre sera habitée par des hommes et non par des anges. (Il se tut, ôta ses lunettes, les examina, les porta de nouveau.) Non, mon petit Sosso, le policier n'est pas un philosophe. Comment l'humanité sera demain, ce qu'elle aurait dû être, ce n'est pas notre souci. Ce qui nous intéresse, c'est l'instant, la paix de l'instant. Notre rôle consiste à maintenir l'ordre, quel qu'il soit. (Il se tut et souffla.) Bien. Et maintenant, revenons à nos faussaires. L'étudiant, le marchand, le chauffeur de taxi, ils sont tous là, j'espère.

— Oui, chef, répondit l'inspecteur.

— C'est bien. L'étudiant d'abord… euh…

— Ibrahim.

— Oui, oui, c'est ça : Ibrahim.

L'inspecteur se dirigea vers la droite du commissaire où quatre boutons étaient incrustés dans le mur. Il sonna. La porte s'ouvrit presque aussitôt et Ibrahim entra suivi d'un agent de police dont on n'aperçut que la casquette, laquelle disparut en même temps que la porte se refermait.

Le commissaire Habib dévisagea le jeune homme d'aspect quelconque, plutôt le type de l'étudiant nécessiteux. Il avait les cheveux hirsutes, les traits tirés, les yeux rougis et l'air absent. L'inspecteur plaça une chaise en face du commissaire et, du geste, invita Ibrahim à y prendre place. Lui-même s'assit à la gauche de son chef.

Les yeux du commissaire Habib ne quittaient pas le présumé faussaire.

— Alors, jeune homme, nous allons nous expliquer, commença-t-il. Après avoir passé tout un jour sans ouvrir la bouche, tu as dû retrouver ta langue. Je te préviens que tu as tout intérêt à être franc et à ne pas croire que tu joues un rôle au cinéma, sinon tu risques de te réveiller dans une réalité plus noire qu'un cauchemar. Tu as compris ?

— Oui, marmonna Ibrahim raide sur sa chaise.

— Bien. C'est donc dans ta chambre qu'on a trouvé ceci. (Il prit dans le tiroir les trois petits paquets et les déposa sur le bureau.) Ce colis contenant une chaîne stéréophonique que voici sur le tabouret et enfin, tu tenais ce billet de dix mille francs (il plaça le billet à côté des paquets.) Je t'écoute.

— Oui, acquiesça Ibrahim en avalant sa salive.

— Tant mieux. Dis-moi donc combien t'a coûté cet appareil.

— Je ne sais pas.

— Allons, Ibrahim, ça a bien commencé pourtant ! Tâche de ne pas t'embrouiller pour ne pas avoir à regretter plus tard. Combien t'a coûté cet appareil de musique ? Tu le sais forcément, puisque tu l'as acheté.

— Ce n'est pas moi qui l'ai acheté.

— Et qui donc l'a acheté ?

— Je ne sais pas, je ne sais rien, moi… rien…

Le jeune homme accompagnait ses propos embarrassés de gestes d'impuissance.

— Entendons-nous, Ibrahim : est-ce bien chez toi que les objets que voici ont été trouvés par l'inspecteur Sosso ? demanda le commissaire d'une voix qui s'était sensiblement durcie.

— Oui, monsieur, mais ils ne m'appartiennent pas. Moi aussi, je les ai trouvés dans ma chambre. Je ne sais pas qui les y a mis.

— Oh là là ! se désola le commissaire ; quelle méthode de défense dérisoire, mon petit ! Je t'aurais cru plus intelligent. Alors dis-moi ce que tu as fait avant d'être arrêté par l'inspecteur ; ton emploi du temps d'hier.

— Je suis allé à l'école, puis j'en suis revenu vers treize heures.

— Tu n'en as pas bougé avant treize heures ?

— Non… Je suis revenu dans ma chambre pour y déposer mes effets et je suis allé chez Ladji Sylla.

— Qui est Ladji Sylla ?

— C'est le grand marabout qui habite le Banconi.

— Tiens, fit le commissaire amusé, pourquoi es-tu allé voir un marabout ? Pour qu'il t'aide dans tes études ?

— Non, répondit l'étudiant ignorant la pointe, c'est lui qui m'a invité.

— Et pourquoi ?

Le visage du saint homme se présenta aux yeux d'Ibrahim et les paroles qu'il avait entendues la veille dans le salon cossu et qui l'avaient rempli d'une crainte inexplicable retentirent à ses oreilles : « … Si jamais par ta faute les hommes s'avisent de toucher au corps de ta mère, tu ne connaîtras jamais la quiétude et ta jeunesse prendra fin prématurément... » Et ce regard... ce regard... qu'y avait-il donc dans ce regard ?

— Pour me donner de l'argent.

Le trouble de l'étudiant n'avait pas échappé au policier qui dévisagea avec plus d'insistance son interlocuteur qui regardait obstinément la table.

— Et quel lien y a-t-il entre toi et cet homme ?

— C'est une connaissance de mon père.

— Il avait donc l'habitude de te donner de l'argent ?

— Non, c'était la première fois,

— Ah... et pourquoi ?

— Parce que ma mère est morte hier matin.

La voix d'Ibrahim s'éteignit. Le commissaire ne put cacher son émotion.

— Je suis désolé pour toi, Ibrahim, crois-moi ; mais je suis obligé de te demander de fournir un effort. Ladji Sylla t'a donc donné de l'argent — nous sommes d'accord là-dessus — en quelles coupures ?

— Dix mille francs en billets de mille et cinq cents.

— Et comment as-tu eu ce billet de dix mille en main ?

— Quelqu'un m'a abordé dans la rue et m'a demandé de lui faire la monnaie de ce billet en petites coupures.

— Qui ?

— Je ne le connais pas.

— Comment a-t-il pu savoir que tu possédais des billets de cinq cents et de mille à concurrence de dix mille francs ?

— Je ne sais pas.

— Oh là là ! oh là là ! oh là là ! se désola le commissaire en pianotant sur son bureau. Allons, allons, Ibrahim, tu te défends si mal ! Raconte au moins une histoire vraisemblable. La chaîne stéréophonique est chez toi par hasard, quelqu'un t'aborde dans la rue et te demande la monnaie de dix mille francs par hasard… mais enfin, Ibrahim, tu penses sérieusement me faire avaler ton mauvais petit scénario en affichant cette mine pitoyable ? Le commissaire s'adossa au fauteuil en se passant la main sur le visage. L'inspecteur le regarda. « Vas-y ! » l'encouragea le chef qui avait deviné le désir muet de son collaborateur.

Se tournant vers Ibrahim, l'inspecteur lui demanda :

— Votre chambre, vous la laissez ouverte d'habitude quand vous sortez ?

— Oui, répondit Ibrahim.

— Naturellement, intervint l'officier, c'est toujours le même système de défense ridicule, car tu diras que tu ne fermes pas ta porte d'habitude parce qu'il n'y a rien à y voler, et que si tu y avais mis ces objets-là, pour une fois tu aurais pris soin de la boucler. Je sais, je sais ! Ce sont des astuces qu'on trouve souvent dans les romans ou les films policiers. Mais tu te réveilleras, mon petit Ibrahim.

Il se tut et, d'un geste de la tête, invita l'inspecteur à poursuivre son interrogatoire.

— Dites-moi maintenant, Ibrahim, continua le jeune policier, n'avez-vous vu ni rencontré personne quand vous rentriez chez vous ?

— Non, personne, répondit Ibrahim qui paraissait plus à l'aise quand il avait affaire à l'inspecteur.

— C'est dommage que tu aies choisi cette méthode de défense qui consiste à faire l'ignorant et le naïf, dit le commissaire, l'affaire est plus grave que tu ne peux l'imaginer. Ici, la falsification des billets est considérée comme une atteinte à la sûreté intérieure de l'État et relève de la compétence de la D2, la Police Politique, dont la férocité est devenue légendaire. Alors prends garde, Ibrahim. Je veux bien t'aider, moi, mais à condition que tu me facilites la tâche, sinon… Tu gardais deux millions de francs en faux billets : dans ta valise, un million huit cent mille ; plus les deux cent mille environ que t'a coûté la chaîne stéréophonique… plus — j'oubliais — les dix mille…

Le téléphone sonna. Le commissaire décrocha le combiné en se redressant sans quitter des yeux le suspect. « Allô, oui… lui-même, j'écoute… Oui, oui, je comprends : vous dites bien la Routière ? Oui, oui… À quel moment ? Oui, oui ! Bien que ce ne soit pas votre boulot, puis-je vous demander de veiller à ce que personne ne touche à rien ? … Ah, eh bien tant mieux, tant mieux. J'y suis dans un instant ».

Il appuya sur le bouton d'appel et le même agent de police entra et salua. Le commissaire, lui montrant Ibrahim : « Ramenez-le et dites à ceux qui attendent qu'ils peuvent disposer. Je les rappellerai quand il le faudra. »

L'agent fit sortir Ibrahim et la porte se referma. « Nous nous occuperons d'Ibrahim un peu plus tard, mon petit Sosso, lui expliqua l'officier en rangeant ses documents. On m'annonce une mort suspecte au Banconi. (Il se leva, inspecta sa mise.) Si je dois confier l'une de ces affaires à quelqu'un d'autre, j'en aviserai à mon retour. Pour le moment, je m'occupe personnellement des deux. (L'inspecteur était déjà debout.) Toi, tu vérifies les déclarations du jeune homme : la mort de sa mère, Ladji Sylla, la rencontre providentielle, la propriétaire de l'endroit où il habite, etc. J'ai décidé de ne le confronter avec le chauffeur et le marchand qu'après. Voilà… Allez ! » conclut-il en allant vers la porte.

— Chef, risqua l'inspecteur comme ils descendaient l'escalier, puis-je vous demander vos premières impressions, parce que…

— Bof ! tu sais, Sosso, c'est dommage que tu tombes sur des affaires coriaces en début de carrière, qu'il n'y ait pas de progression dans la difficulté pour toi, car je te prédis qu'elle sera coriace, cette enquête qui commence. (Il s'arrêta en mettant sa main sur l'épaule de son collaborateur.) Je suis sûr que tu n'es pas loin de penser qu'Ibrahim est innocent ; méfie-toi de tes sentiments : tu es un policier et non un poète. Les affaires complexes sont souvent aussi lamentables. Dis-toi qu'il se peut qu'un jeune homme qui a presque ton âge se soit engagé dans une sale histoire en comptant s'en tirer par son intelligence ou son imagination. Car à supposer qu'il soit la victime d'une machination, pourquoi l'a-t-on choisi, lui, et pas un autre ? Il est donc indéniable qu'on le connaît d'une façon ou d'une autre dans ce milieu. Allez !

La voiture du commissaire démarra alors que l'inspecteur, coiffé de son casque, enfourchait sa moto.

*

Habib repéra facilement le lieu car tout le Banconi semblait s'y être donné rendez-vous.

« C'est par là, commissaire », déclara un agent de la Brigade criminelle en l'accueillant. L'officier se contenta de grogner et suivit l'agent dont la tenue était couverte de poussière et le képi de travers.

C'était dans une concession d'aspect piteux, comme, du reste, pratiquement toutes celles qui formaient le Banconi : une clôture ébréchée, écroulée par endroits, autour de deux ou trois piaules en banco. Une foule de curieux se massait à l'entrée, contenue par un cordon de police ; elle s'ouvrit d'elle-même pour laisser passer l'officier que saluèrent les agents. « On en a assez ! » cria une voix au milieu de commentaires les plus extravagants. « On en a marre, comme ça ! » renchérit la même voix. Alors des murmures d'approbation s'élevèrent, mais pas assez forts pour couvrir la rumeur.

Le commissaire Habib pénétra dans les latrines. La morte était une femme adulte, bien en chair, vêtue d'une camisole et d'un pagne bon marché. Elle était couchée à même le sol, presque contre le mur que son bras droit portant des égratignures encore saignantes avait dû racler ; sa main gauche serrait son bas-ventre. Ses yeux grand ouverts étaient remplis de larmes.

Le commissaire s'accroupit, observa le corps de la tête aux pieds. Il souleva la camisole de la morte et constata qu'une bandelette de tissu qui tenait lieu de ceinture était solidement nouée autour de la taille. Il se releva, promena son regard alentour : une bouilloire était posée tout près du mur situé à droite. Quand l'officier en eut soulevé le couvercle, il remarqua que l'outre était remplie d'eau dont aucune goutte ne s'était répandue sur le sol.

— Vous avez fait le nécessaire, je suppose, inspecteur, demanda-t-il à un policier d'un noir luisant habillé en civil : l'inspecteur Baly.

— Oui, commissaire ; j'ai accouru aussitôt que mon collègue de la Routière m'a mis au courant alors que nous procédions à un contrôle de routine, non loin d'ici. Je lui ai demandé de vous téléphoner pour…

— Oui, l'interrompit l'officier, vous avez bien fait. Vous me transmettrez votre rapport dès que possible. Dites au médecin légiste que c'est urgent.

— Entendu, commissaire, à vos ordres.

Pendant qu'on déposait le corps sur un brancard, le commissaire Habib sortit.

Dehors, la foule avait grossi et les agents avaient de plus en plus de peine à l'empêcher d'avancer. De nouveau, pourtant, sans se faire prier, elle offrit le passage à l'officier.

« On en a marre, maintenant, on en a marre ! On est fatigué ! » Le nombre des protestataires s'était multiplié et les voix étaient devenues plus agressives. N'y comprenant rien, le commissaire Habib ne pensa plus qu'à retrouver son bureau.

40

*

Après une dizaine de minutes d'un parcours éprouvant, le commissaire Habib se rangea enfin devant la Brigade Criminelle et entama l'escalier un peu raide, sans se rendre compte qu'au même moment l'inspecteur Sosso, après avoir garé sa moto, pressait le pas pour le rejoindre.

— Salut, chef, nous arrivons presque en même temps, lança-t-il au commissaire qui se retourna, visiblement surpris par la décontraction de son collaborateur. Il sourit puis continua son chemin en compagnie du jeune homme.

— Oui, inspecteur, il s'agissait tout simplement d'un constat, lui expliqua-t-il. En attendant le rapport du médecin légiste, il est bel et bien question de mort naturelle. C'est curieux malgré tout, parce qu'il n'est pas fréquent de voir des gens mourir dans les latrines. On verra bien. J'espère que tu rapportes quelque chose de plus intéressant, toi.

Ils montaient l'escalier intérieur et leurs pas résonnaient sur les marches de ciment.

— Oui, chef, répondit le jeune policier. C'est vrai que la mère d'Ibrahim est morte hier matin, c'est vrai aussi que Ladji Sylla lui a demandé d'aller le voir et un témoin croit avoir aperçu l'étudiant entrant chez l'homme. Malheureusement, je n'ai pas réussi à voir Ladji Sylla, qui serait en voyage pour quelques heures. Je note que le gardien de sa maison est muet, vraiment ; mais pas sourd. Ensuite, la propriétaire de la maison où habite l'étudiant s'appelle mère Sabou ; elle est sourde et presque aveugle et, dans tous les cas, elle n'est jamais chez elle. Sa petite-fille Baminata se rappelle seulement avoir vu Ibrahim de retour de l'école ; il aurait jeté quelque chose dans sa chambre et serait parti aussitôt. Quoi ? Elle l'ignore, mais affirme que ce n'était pas un objet lourd.

L'inspecteur ouvrit la porte du bureau et entra après le commissaire.

— Ainsi, constata ce dernier une fois assis, autant dire que tout continue d'être aussi flou. Avec ces sourds et ces aveugles, la chose ne sera pas facile. Dis-moi un peu, Sosso, ce Ladji Sylla, qui est-il au juste ?

— Un marabout, un grand marabout, si je me réfère à sa maison qui est très belle. J'ai appris aussi que c'est un transporteur qui possède des camions reliant Bamako à Abidjan. On le respecte beaucoup et je pense même qu'on le craint. Il paraît qu'il est aussi un médium très prisé des plus hautes autorités politiques et administratives. Il paraît encore qu'il lui suffit de poser la main sur la tête de ceux qui formulent un vœu pour que le vœu se réalise. Bien entendu, ses services sont réservés aux plus riches.

— Eh oui, Sosso, l'argent, encore l'argent ! (Il sonna.) Nous allons donc recommencer à bavarder avec l'étudiant. J'espère qu'il aura eu le temps de réfléchir.

Ibrahim fut introduit de nouveau sous le regard scrutateur des policiers. Il avait toujours l'air absent, presque stupide. L'inspecteur lui désigna, sans parler, la chaise placée en face du commissaire. Le jeune homme s'y assit mécaniquement.

— Allons, Ibrahim, l'exhorta l'officier, après ce temps de repos, je suppose que tu as recouvré tes esprits. Alors je récapitule : on a retrouvé au fond de ta valise un million huit cent mille francs en faux billets dont tu déclares ignorer la provenance et même la présence ; dans ta chambre, il y avait encore un appareil de musique neuf d'une valeur d'environ deux cent mille francs, et dans ta main, un billet de dix mille qu'un passant — dont tu ne sais rien — t'a donné en échange des coupures de cinq cents et mille que t'a offertes Ladji Sylla. (Sa voix changea brusquement et se fit plus énigmatique.) Écoute bien, mon petit : de toute façon, je découvrirai la vérité. Si tu tentes de couvrir quelqu'un ou si tu te crois plus intelligent que moi, c'est tant pis pour toi. Alors je te pose de nouveau la question : peux-tu prétendre que tu ne sais rien ?

— Oui, répondit Ibrahim, je ne comprends rien… rien… je ne sais pas… quelqu'un a dû…

Le commissaire prit dans un tiroir une carte qu'il déposa devant l'étudiant.

— Et pourtant, voici ta carte d'identité qu'on a retrouvée dans le magasin d'où provient la chaîne stéréophonique. Regarde, regarde-la ! cria le commissaire en poussant la carte vers Ibrahim.

Ce dernier s'en empara, incrédule, la tourna en tout sens, porta machinalement sa main à sa poche et, finalement, la bouche ouverte, rendit la carte au commissaire.

— C'est bien la tienne, n'est-ce pas ?

— Oui, oui… mais… bégaya Ibrahim.

— Allons, allons, Ibrahim, explique-moi toute cette affaire sans crainte. Je suis prêt à faire l'impossible pour toi, à condition que tu me dises la vérité. D'où tiens-tu les faux billets ?

— Mais… Je n'en sais rien… Je ne suis allé nulle part… c'est quelqu'un qui a dû… bafouilla le jeune homme sur le point de pleurer.

— Et il n'y a personne dans ton entourage, parmi tes camarades qui soit capable de se mêler de ce genre d'affaire ? Réfléchis !

— Nooon… Je ne sais pas…

— On va voir ! le coupa sèchement le commissaire en sonnant de nouveau.

L'inspecteur, lui, ne quittait pas le prévenu des yeux.

Aussitôt après, le propriétaire du magasin d'appareils de musique fut introduit dans le bureau.

— Regardez-le : le reconnaissez-vous ? lui demanda le commissaire en lui montrant Ibrahim.

— Hummmm…, grogna l'homme en examinant l'étudiant de ses yeux de myope.

Il n'hésita d'ailleurs pas à se baisser, les mains sur les genoux, pour scruter le visage du jeune homme. Sur son crâne à moitié chauve et luisant, l'ombre des pales du ventilateur dansait. Le commissaire paraissait anxieux.

— Nooon ! nia le commerçant rondouillet en se redressant lentement et en regardant l'officier dont les yeux brillants trahissaient une surprise désagréable.

L'inspecteur Sosso, au contraire, soupira imperceptiblement.

— Mais enfin, monsieur, voyez la carte d'identité que vous m'avez apportée ! Cette photo n'est-elle pas celle de ce garçon ?

— Oui, oui, commissaire, convint l'homme, c'est bien sa photo, mais je jure que ce n'est pas à ce type-là que j'ai vendu l'appareil. L'autre était plus beau, plus clair de teint, alors que celui-ci a l'air fatigué. Et… attendez ! s'écria-t-il soudain en ouvrant le col de la chemise d'Ibrahim. C'est ça ! Ce n'est pas ce jeune homme-là : l'autre a un grain de beauté à la naissance du cou.

Le commissaire Habib garda le silence, comme s'il méditait, et regarda fixement en direction de la porte. « Vous pouvez disposer, monsieur », dit-il au commerçant d'une voix impersonnelle.

Le chauve sortit. Ibrahim avala sa salive, mais se raidit de nouveau quand on fit entrer un autre homme, un petit vieux bancal et bossu ayant un mégot au coin des lèvres et qui s'immobilisa, les mains au dos.

Le commissaire Habib ne put s'empêcher de sourire à la vue du petit vieux qui ressemblait plus à un personnage de film comique qu'à un véritable chauffeur de taxi.

— Si vous voulez bien me rappeler votre nom…

— Le Chauffeur de l'enfer, répondit-il avec une gravité qui ajoutait à son masque comique.

L'officier rit aux éclats, au grand étonnement de l'inspecteur qui sourit.

— Vous n'avez pourtant pas l'air d'un casse-cou, monsieur le Chauffeur de l'enfer, remarqua ironiquement le policier dont le visage cependant ne tarda pas à redevenir impassible. Regardez ce jeune homme devant vous. Est-ce lui que vous avez transporté avec son appareil de musique du Grand Marché au Banconi ?

Le petit vieux fit un pas en direction d'Ibrahim, les mains au dos et sans soulever les pieds. Il s'arrêta, effectua le même mouvement inverse puis se tourna vers l'officier.

— Non, dit-il avec assurance, celui-ci est un pauvre, l'autre est riche ; celui-ci est vilain, l'autre est beau ; celui-ci a le teint foncé, l'autre a le teint clair.

— Vous êtes sûr de ne pas vous tromper, Chauffeur de l'enfer ?

— Woï, woï, mon commissaire.

— Alors je vous remercie ; vous pouvez disposer, Chauffeur de l'enfer.

Le petit vieux sortit en traînant les pieds et le commissaire dit à l'étudiant : « Mon petit Ibrahim, je vais devoir te laisser libre provisoirement. Il est bien entendu que tu ne quittes pas Bamako sans mon autorisation. Dans ton cas, je n'ai qu'une certitude : tu n'es pas l'acheteur de l'appareil de musique ; mais ça ne fait que compliquer le problème, car tout le reste est à résoudre. Allez, tu peux partir. »

Le jeune homme sortit : plus rien ne semblait l'intéresser sur terre.

« Sosso, j'ai le pressentiment qu'elle va être longue, longue et difficile, cette enquête, car vois-tu... » commença le commissaire Habib, mais le téléphone sonna. Il s'interrompit, décrocha le combiné : « Allô, lui-même... oui, j'écoute... (Son visage sembla s'assombrir.) Mes

46

respects, mon colonel. À l'instant ? Bien, mon colonel. À vos ordres, mon colonel. » Il raccrocha.

« Sosso, tu viens avec moi au Directoire, le patron me convoque », dit-il en se levant énergiquement.

Les deux hommes dévalèrent les marches deux par deux et l'inspecteur s'installa au volant ; son chef se cala sur le second siège.

CHAPITRE 3

Au Banconi, devant la maison endeuillée, après que l'ambulance eut emporté le corps de la morte, la foule, au lieu de se disperser, s'épaississait. Les cris de protestation on ne sait trop contre qui ni contre quoi s'élevaient de plus en plus nombreux.

Peu à peu, la rumeur s'amplifiait, se faisait tumulte. « On en a marre ! On en a marre ! On est fatigué ! » clamait-on dans un désordre épouvantable. Les enfants commencèrent à jeter des cailloux aux véhicules qui passaient et proféraient des vulgarités à faire frémir. Sans que personne le lui eût commandé, la foule se mit en branle en vociférant. La poussière rouge que soulevaient les pieds devenait de plus en plus dense, recouvrait tout, étouffait.

Les cris de protestation du début avaient cédé la place à des revendications plus précises : « Nous en avons assez d'être exploités ! Nous en avons assez d'engraisser les porcs qui nous gouvernent ! Nous en avons assez de trimer et de mourir de faim ! » Comme une mécanique déréglée, la foule se répandit dans le Banconi. « Au marché ! au marché ! » vociféra quelqu'un. « Au marchéééé ! » tonnèrent en écho des centaines de bouches à la fois.

La foule déchaînée se rua sur les boutiques dont les propriétaires surpris n'avaient pas eu le temps de fermer ; elle vidait puis saccageait les rayons et les comptoirs. Pendant que, attirés par la clameur, d'autres habitants affluaient, ceux qui avaient réussi à s'emparer de quelques marchandises s'en retournaient chez eux en courant. Quelqu'un tenta même d'emporter un bélier en divagation, mais l'animal lui flanqua un tel coup dans le ventre que l'imprudent s'étala, les quatre fers en l'air, à la grande joie des enfants. La bête prit son élan, fonça de nouveau : l'homme qui s'était relevé on ne sut comment, se fondit dans la foule.

On dévalisait à présent les magasins de céréales. Spontanément, il se forma une chaîne de distribution : ceux qui se trouvaient à l'intérieur faisaient passer aux autres des sacs de mil, de maïs et de riz.

Tout se déroula sans incident jusqu'au moment où la foule s'attaqua au troisième magasin de céréales. Son propriétaire, armé d'une pique, surgit et blessa légèrement un des assaillants : on se jeta sur lui et il fut désarmé en un tour de main. Pendant que certains le rouaient de coups, les autres accaparaient les sacs de céréales.

« La police ! » cria quelqu'un. Ce fut la débandade. Déjà, surgissant d'un « panier à salade », des soldats — et non des policiers — casqués et brandissant leurs fusils, fonçaient sur les pillards qui jetaient les sacs et disparaissaient dans les dédales du quartier. Ceux qui tenaient à leur butin se faisaient arrêter stupidement après avoir reçu quelques coups de crosse. Les soldats en poursuivaient d'autres jusque dans les maisons d'où ils les ramenaient en leur tordant la main ou en les tirant par une jambe et les jetaient dans la fourgonnette.

Pourtant, un soldat tressaillit, jeta son arme, et se tint à deux mains la bouche pleine de sang. Il cracha : deux dents tombèrent. Un peu plus loin, disparaissait à toutes jambes, dans le labyrinthe des chemins, son lance-pierre à la main, un garçon.

Des camions pleins de soldats venaient à la rescousse des premières unités : le quartier allait être quadrillé.

*

En route pour le Directoire, l'inspecteur Sosso conduisait d'une main, l'autre soutenant sa tête. À le voir enfoncé dans l'encoignure, on eût dit qu'il se reposait. La voiture, d'ailleurs, roulait assez lentement à cause de l'encombrement de la chaussée où un flot de cyclomoteurs et de charrettes tirées par des chevaux ne cessait de grossir. Les cyclistes pédalaient sur le bas-côté sans s'inquiéter outre mesure des voitures qui, à cause de l'état désastreux de l'asphalte, pouvaient dégringoler sur eux à tout moment.

Soudain, l'inspecteur freina si brutalement que la tête de son chef rebondit contre le siège. « Allons, allons, Sosso, ne réfléchis pas au volant ! Je crains que tu ne

50

m'aies fait une bosse à la nuque », le gronda le commissaire en se frottant la partie endolorie.

L'inspecteur ne répondit pas ; sa confusion était évidente car il avait seulement marmotté sans oser regarder l'officier. Un embouteillage fort pittoresque, comme on n'en voit qu'à Bamako, qui fait hurler les hommes, piaffer les chevaux, braire les ânes dans un tintamarre de klaxons de tous timbres, s'était formé on ne sait trop pourquoi. L'agent de police arrêté au carrefour se démenait, mais dépassé par les événements, il gesticulait et s'embrouillait dans ses décisions.

« Quel enfer ! » grommela le commissaire Habib en soufflant. Les lèvres de l'inspecteur remuèrent mais n'émirent aucun son audible.

Il fallut, pour mettre fin à cet imbroglio, que les usagers de la route prissent la décision de régler eux-mêmes la circulation. Alors on fonça en tout sens ; on freina, on marcha en arrière, on freina de nouveau, on se faufila entre les autres véhicules ; quand on était coincé, il suffisait d'appuyer sur le klaxon sans désemparer et les obstacles s'évanouissaient. Quelques minutes de ce remue-ménage indescriptible et la circulation redevint fluide. L'inspecteur Sosso démarra.

« C'est ce qu'on appelle de l'autogestion », nota l'officier de police qui éclata aussitôt de rire en apercevant l'agent de police qui, par prudence, était allé s'arrêter sous un arbre et demeurait là, le sifflet aux lèvres. L'inspecteur rit dans sa barbe.

Ils traversaient un quartier populaire aux rues poussiéreuses ; le commissaire monta la vitre fébrilement. Son jeune collaborateur s'enfermait dans son mutisme.

— Voyons, dit soudain l'officier, dis-moi ce qui te tracasse, Sosso.

— Non, chef, rien... bafouilla l'autre.

— Mais si, mais si ! insista le chef. Tu es absorbé dans tes pensées, mon petit.

— Oui, avoua l'inspecteur, je pense à Ibrahim, chef ; quelque chose en moi m'interdit de croire à sa culpabilité et même à sa complicité.

— Hum, je ne suis pas loin d'éprouver la même impression, mais je m'en tiens aux faits. En tout cas, elle sera difficile à débrouiller, cette affaire.

— Chef, si vous le permettez, je voudrais faire une remarque, euh...

— Mais vas-y, mon petit Sosso.

— Voilà, chef, je pense que vous auriez dû procéder à la confrontation avant tout ; il me semble qu'on aurait gagné du temps.

— Peut-être ; mais il n'y a pas de règle absolue en la matière. Si j'avais procédé immédiatement à la confrontation, mon jugement aurait été affecté, car Ibrahim a révélé involontairement des détails qu'il aurait cachés. La vérité, Sosso, c'est que nous nageons dans le noir, parce que les événements n'ont pas fini de se dérouler, parce qu'il manque un pion au jeu. Le problème ne peut être résolu si l'énoncé est incomplet. Mais quelque chose me dit que ça ne saurait tarder.

— Oui, chef, opina l'inspecteur.

Ils parvinrent au Banconi étrangement vide. Le commissaire descendit la vitre. Quelques soldats casqués et armés montaient la garde aux points stratégiques ; puis l'officier de police aperçut des camions immobilisés à une centaine de mètres du marché où Tiléry comptait de nouveau les « personnes » présentes avec la même application. Il se tourna vers l'inspecteur.

— Qu'est-ce que c'est que ça ?

— C'est étonnant, chef, on dirait...

La place du marché jonchée de sacs de céréales éventrés et de diverses autres marchandises se découvrit. Les portes et les fenêtres de plusieurs magasins avaient été arrachées. Le lieu avait l'aspect désolé d'un bidonville malmené par une violente tornade.

« Ça m'a tout l'air d'une émeute, marmonna le commissaire, je crois comprendre la raison de la convocation du patron. (Il se tut et se tourna vers son collaborateur.) Ça se complique terriblement, Sosso. »

L'immeuble abritant les bureaux du Directoire (appellation ésotérique du Centre d'Information et de Prévention — direction tentaculaire des Services de Sécurité et de Renseignements) se dressait presque au flanc de la colline et n'attirait guère les regards à cause de la banalité de son architecture, deux étages compartimentés le plus simplement et peints à la chaux jaunâtre que les pluies avaient délavée.

L'inspecteur Sosso gara la voiture le long de la clôture de briques surmontée d'une grille de fer.

— C'est une séance d'empoignades qui va commencer, Sosso, lui confia son chef. Ça va être long et passionné, comme d'habitude. Voici ce que tu vas faire en attendant : je recevrai les résultats de l'autopsie sous peu, je l'espère ; fais donc un tour au Banconi et prends le maximum de renseignements sur tout ce qui est susceptible de nous éclairer. Fouine partout, écoute tout. À l'heure qu'il est, les obsèques ont commencé ou elles ne tarderont guère. Tu peux écouter nos informateurs aussi, mais tu les connais… Allez !

— À vos ordres, chef.

Le commissaire montait les marches de l'escalier du Directoire quand son collaborateur tourna au coin de la rue.

CHAPITRE 4

Dans la vaste salle de réunion du Directoire, s'étaient installés autour de la longue table plaquée de formica tous les grands chefs des différents services de la Sécurité. Il y avait le patron du Groupement d'Interventions Rapides, ou D1, celui de la redoutable Police politique : D2, celui de la D3, l'Agence de Renseignements, celui de la D4, la Brigade Criminelle (en fait Direction Générale de la Répression du banditisme), le commissaire Habib, auxquels s'était joint le chef d'État-major de la gendarmerie. On n'attendait que le grand patron, l'Oracle, comme on l'avait surnommé au Directoire.

Ces chefs semblaient avoir choisi chacun son voisin d'après leurs affinités ; ainsi, tandis que le redoutable commandant de la D2 était seul, au bout de la table, et griffonnait des notes, levant de temps en temps un regard sévère sur ses collègues qui s'entretenaient à voix basse, le commissaire Habib conversait avec son condisciple, le chef des Renseignements, un homme beau et distingué que sa physionomie apparentait plus à un play-boy qu'à un policier.

— Écoute, mon vieux, disait-il au commissaire, tu as bien traversé le Banconi, non ?

— Oui, mais après ? lui demanda son collègue.

— Bon, ça ne peut être qu'à ce propos que l'Oracle veut nous voir.

— Oui, mais c'est plutôt du domaine de la répression, il me semble.

— De tous les domaines, mon cher ; tu vas t'en rendre compte. Tu vois ton « ami » (il fit un clin d'œil vers le chef de la police politique), il jubile déjà.

— Naturellement, convint le commissaire en souriant, il pense à son avancement.

— Et ton affaire de faux billets ? interrogea le commandant sans transition.

— Mais… comment le sais-tu ? s'étonna l'officier de police.

Le chef des Renseignements rit doucement : « Allons, ne va pas me faire croire que tu as perdu la boule, mon cher commissaire… » À ce moment, le colonel entra : tous se levèrent. « Asseyez-vous, messieurs », commanda l'homme après s'être bien installé à l'autre bout de la table, face au chef de la D2. Malgré son uniforme militaire, il avait l'air d'un chef de famille affable. Sa calvitie ressemblait à une tonsure et ne se remarquait pas du premier coup.

Son secrétaire, qui était entré à sa suite, déposa devant lui une chemise. Le militaire ôta cérémonieusement ses lunettes à verres correcteurs de leur étui et les mit ; puis il ouvrit la chemise, regarda à la ronde les officiers silencieux. « Messieurs les officiers, commença-t-il, vous m'excuserez d'abord pour ce retard qui, comme vous pouvez vous en douter, est indépendant de moi : le ministre m'avait convoqué d'urgence (la quatrième convocation depuis hier matin). Il va sans dire que le motif de notre réunion est de la plus haute importance. » Il se tut, jeta un coup d'œil aux documents étalés devant lui. « Voici donc les faits, continua-t-il. Ce matin, il s'est produit au Banconi une émeute… euh non, non ; disons plutôt des troubles (parce qu'une émeute c'est autrement plus grave). Il y a donc eu des troubles avec vols et pillages, naturellement, d'après les premières informations que m'a fournies la D3, tout a commencé aux obsèques d'une femme nommée… euh… enfin, c'est un détail sans intérêt. Ce qui est grave, c'est que ces troubles ont revêtu un caractère politique, si on se réfère aux cris de la foule, des cris hostiles au gouvernement. La soudaineté de l'affaire et son organisation font croire, raisonnablement, qu'elle a été provoquée par des agitateurs. Or, dans la situation actuelle du pays, que vous connaissez autant que moi, toute manifestation de ce genre constitue un danger majeur pour l'ordre public, pour la stabilité du régime. Notre devise en cette affaire doit être : prévenir et guérir ; guérir en retrouvant les agitateurs en question et remonter au groupuscule qui les emploie ; prévenir en agissant de façon à décourager d'éventuels trublions qui seraient tentés de jouer aux justiciers. Il faut aller très vite, et c'est pourquoi une action concertée est nécessaire… Commandant », conclut-il en levant les yeux sur le chef des Renseignements.

— En fait, dit ce dernier après avoir essuyé avec son

mouchoir les revers de sa veste, je ne possède d'autres renseignements que ceux que vous détenez, mon colonel. J'ai une certitude, cependant, parce que les rapports de nos informateurs concordent tous sur ce point : cette émeute… ces troubles sont le fait d'agitateurs ; d'abord, il n'y a aucun lien entre le décès d'une femme issue d'une famille quelconque, plutôt préoccupée de sa survie que de politique, et les cris hostiles proférés ; ensuite un individu dont, malheureusement, nous ne possédons qu'un vague portrait, a été le premier à pousser lesdits cris et a disparu. Ce n'est pas un habitant du quartier et j'insiste là-dessus. Voilà, mon colonel : j'ai terminé.

— J'ai entendu les cris en question, moi-même, intervint le commissaire Habib, parce que j'étais présent : la mort de la femme m'avait été signalée comme suspecte, mais j'attends les résultats de l'autopsie. J'avoue que ça ne m'a pas paru être le début d'une émeute ; il m'avait semblé qu'il s'agissait d'une simple querelle due à l'émotion provoquée par la mort d'un proche. D'ailleurs, quand je quittai les lieux, il n'y avait pas de manifestation du tout.

— C'est dommage, commissaire, fit remarquer le commandant de la Police politique, c'est dommage que vous ne sachiez pas distinguer une simple querelle d'une manifestation politique. Vous m'en voyez sidéré. Si vous aviez su faire cette distinction, la manifestation en question aurait été étouffée dans l'œuf.

— Et moi, je trouve dommage, Commandant, que vous n'ayez pas suffisamment de flair pour vous trouver là où vous le devez et au moment opportun. Vous me permettrez de vous rappeler que je ne suis ni vos yeux, ni vos oreilles.

— Allons, allons, messieurs les officiers ! les rabroua l'Oracle, ce n'est pas le moment de se tirailler pour des futilités, parce que nous n'avons pas de temps à perdre.

Le chef d'État-major de la gendarmerie demeurait impassible, raide dans son uniforme, tandis que le chef de la D1 jouait avec les clés de sa voiture et que le commandant de la D3 souriait à l'adresse de son condisciple.

À travers les fenêtres vitrées, on apercevait les arbres immobiles qui couronnaient la colline toute proche ; les roches y scintillaient au soleil comme des plaques de métal.

Dans la salle, les climatiseurs ronronnaient.

Le colonel, s'adressant au chef de la D1, demanda : « Votre appréciation de la situation, commandant ? » Le chef de la D1 avait l'air absent, même quand il cessa de jouer avec ses clefs comme à regret.

— Ainsi que l'a dit mon collègue de la D2, il n'y a pas de faits nouveaux ni d'informations nouvelles. Notre intervention nous a permis de procéder à des arrestations, mais je ne peux pas affirmer que c'est du gros gibier parce que mes hommes avaient essentiellement pour mission de stopper le désordre ; ils ont donc arrêté un peu au hasard.

— Combien sont-ils en fait ? s'enquit le grand patron.

— Quarante-huit, dont un blessé grave qui a été admis à l'hôpital.

— Vous m'envoyez les quarante-sept restants, commanda le chef de la police politique avec tant de brutalité que ses collègues ne purent s'empêcher de manifester leur surprise ou leur agacement. Ce fut le commandant de la D4 qui lui donna la réplique :

— Vous avez tendance à brûler les étapes, cher commandant ; qui vous dit que ces gens-là sont pour la D2 ? Il me semble que vos mains vous démangent de nouveau.

— Attention, commissaire, attention à vos insinuations outrageantes ! je ne tolérerai pas…

— Ça suffit ! tonna le colonel en tapant sur la table. Je vous rappelle, messieurs les officiers, que vos querelles d'humeur n'ont pas place ici. Tâchez de ne pas l'oublier. Commandant, veuillez achever votre intervention, termina-t-il en s'adressant au chef de la D1.

— Je n'ai pratiquement rien à ajouter, mon colonel, sinon que la diligence de mon collègue de la D3 mérite un coup de chapeau car c'est grâce à cela que l'opération a été menée rapidement.

— Ce que vous dites ne me déplaît pas tellement, lui répondit avec coquetterie le chef de la D3 en souriant. Je voudrais cependant insister sur le fait qu'autant il est prudent d'empêcher ce genre d'incident de se reproduire par la prévention, comme le dit mon colonel, autant la sagesse commande d'éviter d'exagérer la gravité du problème. Dans cette affaire, il faut faire la part des choses : il y a deux personnes qui sont, à coup sûr, des agitateurs, et les autres ne constituent qu'un troupeau de moutons…

— Vous ne pouvez pas savoir, commandant, le coupa le chef de la D2, parce que derrière chacun de ceux que vous désignez comme d'inoffensifs moutons, il peut se cacher un agitateur. Soyons clairs : il s'agit là d'un problème politique et j'en fais mon affaire. Mon colonel, avec votre permission, j'en formule la demande.

— Décidément, vous avez envie de broyer de la chair humaine, mon très cher collègue, lui rétorqua le commissaire Habib.

— Bien sûr, commissaire, bien sûr ! Seulement, si vous étiez un poète ou un philosophe, vous ne seriez pas là. Vous êtes un policier et moi, un militaire. Nous avons une seule et même mission : réprimer. Moi, j'ai le mérite de faire mon travail plus consciencieusement et sans masque.

*

Pendant que les chefs de la Sécurité se livraient à un duel impitoyable, au Banconi, l'inhumation terminée, on regagnait la maison de Mambé. Le veuf marchait à côté de Ladji Sylla et de l'imam toujours d'humeur morose. À la queue du cortège, les jeunes gens bavardaient presque gaiement. L'inspecteur Sosso se trouvait parmi eux et ne cessait de s'étonner de ce deuil si peu habituel.

Une fois chacun ayant regagné sa place, dans la concession de Mambé, alors qu'on s'attendait aux remerciements de Monzon qui libéreraient la foule, c'est Ladji Sylla lui-même qui fut annoncé comme le dernier orateur ; il y eut quelques murmures de surprise.

L'homme se leva et Monzon aussi. Un silence pesant s'établit instantanément. « Ladji Sylla va parler ; mon maître va parler, frères musulmans », déclara Monzon avec emphase.

« Mes frères musulmans, commença le grand marabout, si aujourd'hui je prends la parole alors que j'ai toujours laissé les autres le faire, c'est parce que je le crois nécessaire. Nous vivons une période trouble qui annonce la grande fin, ainsi que nous l'a enseigné le prophète Mohamed, la paix soit sur son âme. Tout le prouve, de l'inclémence du ciel aux agissements des mortels. Tout est précaire, tout est dangereux. C'est pourquoi nous devons prendre garde, mes frères musulmans.

Allah, dans sa toute-puissance, vient de retirer à Naïssa l'âme qu'il lui avait confiée selon le contrat qui les liait depuis le jour où il a insufflé la vie à Naïssa. Dans ces conditions, que devons-nous faire sinon tomber à genoux et reconnaître l'omnipotence de notre créateur, le seul être à qui on ne pose pas de questions, qui n'a pas à répondre de ses actes.

On m'a dit que Naïssa suivait un chemin oblique au regard de la loi divine. On m'a dit : elle priait, certes, elle jeûnait, certes, elle offrait l'aumône, certes, mais elle marchait dans les ténèbres.

Et moi, je dis à ceux qui affirment une telle chose que l'homme n'est pas Dieu, qu'il doit se garder de vouloir se substituer à Dieu. Allah nous a dit par la bouche de son prophète Mohamed (que la paix soit sur son âme) que celui qui prie, jeûne et offre l'aumône mérite d'être inhumé par ses semblables et qu'il n'a à répondre que devant lui seul de ses actes. Voilà pourquoi j'ai fait comprendre à tous ceux qui pensaient contrairement qu'ils avaient outrepassé leurs droits.

Par ailleurs, certains frères musulmans désemparés tentent de faire croire qu'Allah a décidé de punir les habitants du Banconi. Pourquoi ? D'après eux, parce qu'il y a eu deux décès en deux jours.

Que les morts soient tous deux des femmes, que les malheurs se soient produits également dans les latrines, qu'y a-t-il d'étonnant ? Et moi je demande : et si demain, dans sa toute-puissance Allah décidait de mettre un terme à la vie d'une autre femme dans les mêmes conditions, dirait-on que la fin du monde a sonné ?

Non, mes frères musulmans, aucun mortel n'a le droit de se substituer à Allah. Le jour de la fin du monde, vous verrez le ciel s'entrouvrir ; il pleuvra une pluie de soufre et de braises ardentes ; vous verrez des anges dans le ciel, vous en verrez d'autres fendre la terre ; le soleil s'éteindra et la voix de notre créateur retentira, faisant trembler la terre sur ses fondations. Ne voyez-vous pas que nous sommes loin de ce jour ? Et je vous redis : croyez en Allah et vénérez-le. Que la paix du Tout-Puissant soit sur nous tous ! »

L'homme se rassit tandis que Monzon qui n'avait cessé, tout au long de son discours, d'acquiescer de la tête et de la voix, demeurait debout et disait les mérites exceptionnels du grand marabout à l'assemblée qui l'avait écouté dans un grand recueillement.

Un griot révéla, en vociférant et en agitant des billets de banque, que Ladji Sylla venait d'offrir cinquante mille francs à Mambé, le veuf, pour l'aider à surmonter la pénible épreuve à laquelle il se trouvait confronté. Mambé, lui, demeurait recroquevillé, hébété, comme s'il ne comprenait pas encore le drame.

Puis la foule se dispersa. L'inspecteur Sosso, la tête pleine des rumeurs et des confidences, démarra. Il pensa que son chef avait eu du flair, comme d'habitude, tant cette cérémonie funèbre lui paraissait édifiante.

*

D'ailleurs, au Directoire aussi, la tumultueuse rencontre allait bientôt s'achever.

« Alors messieurs, conclut le colonel, dans la vaste salle silencieuse où les passions s'étaient apaisées, voici mes instructions. D'après vos rapports, il apparaît qu'on ne peut pas, pour le moment, se hasarder à faire des déductions. Il n'y a qu'une certitude : cette émeute... euh... ces troubles, s'ils ne sont pas absolument politiques, ils ont quand même été utilisés par des agitateurs professionnels ; d'où l'urgente nécessité d'y mettre un terme en retrouvant les responsables de l'agitation.

Je décide donc ceci : en ce qui concerne les personnes arrêtées, leur interrogatoire sera mené conjointement par la D2 et la D1, jusqu'à ce que soit découverte une piste digne d'intérêt ; auquel cas, la D2 deviendrait responsable à part entière de la suite de l'enquête.

Naturellement, de par sa fonction, la D3 sera associée à toutes les phases des recherches. En ce qui concerne la cause apparente des troubles (la mort de la femme... euh...), je demande à la D4 d'établir s'il s'agit de mort naturelle ou de crime et, dans ce dernier cas, quel rapport il peut y avoir éventuellement entre ce fait et celui qui nous préoccupe. S'il est prouvé qu'il y a une connexion entre les différentes pistes, il m'appartiendra de prendre la décision qui s'impose. Vous avez soixante-douze heures pour résoudre ce problème. Nous nous retrouverons donc ici dans trois jours, à la même heure. Messieurs les officiers, je vous remercie. »

Le colonel se leva et, suivi de son secrétaire, disparut par où il était entré. Les autres officiers, à leur tour, s'égaillèrent.

Alors que les portières claquaient et que les voitures démarraient en trombe, celle du colonel étant déjà au tournant de la rue, le commissaire Habib et le commandant de la D3 se serrèrent la main en plaisantant.

L'inspecteur Sosso attendait son chef à l'endroit où ils s'étaient quittés. L'officier de police se retourna, agita la main à son collègue et condisciple dont la voiture climatisée traînait après elle un ronronnement particulier, puis il s'assit à côté de son jeune collaborateur.

— Ça s'est passé exactement comme je m'y attendais, lui expliqua-t-il : des empoignades entre mon très cher et très vénérable collègue de la D2 et moi. Nous en serions venus aux mains sans la présence de l'Oracle.

La voiture démarra.

Le commissaire bâilla et murmura « pardon ».

— Il paraissait effectivement furieux à sa sortie, le chef de la D2, confirma l'inspecteur Sosso.

— Naturellement, il n'aime pas être contrarié, commenta le commissaire ; sans transition, il ajouta :

gare-toi devant la rôtisserie, Sosso, j'ai terriblement faim. Avec tout le boulot qui nous attend...

Ils pénétrèrent dans la rôtisserie, sorte de hangar moderne construit avec des éléments préfabriqués entièrement en bois. Pas de fourchettes ni de couteaux, seulement des gobelets en plastique de diverses couleurs. Dans un coin était installé un four isolé du reste de la pièce par une murette. On apercevait quand même les braises rougeoyantes chaque fois qu'un serveur entrouvrait la petite porte d'accès à la cuisine.

Seuls deux hommes aux cheveux blancs étaient attablés et mangeaient en silence. Le Commissaire passa la commande après qu'ils eurent choisi une table isolée.

— Alors, Sosso, la pêche a-t-elle été bonne ? demanda-t-il.

— Assez, chef, lui répondit l'inspecteur en souriant. Il y a d'abord la morte. Elle s'appelle Naïssa et elle semble avoir une mauvaise réputation dans le quartier, à tel point que l'imam s'est fait tirer l'oreille pour assister à l'inhumation.

— Tiens ! et qui a osé tirer ces saintes oreilles ?

— Ladji Sylla, chef.

— Ah ! tu l'as enfin vu ?

— Oui, chef, et c'est un homme vraiment imposant, bel orateur, riche, très riche même, parce qu'il a offert cinquante mille francs au veuf...

— Quoi ? s'exclama le commissaire, tu t'imagines, mon petit ?

— C'est exact, chef. Et le mari, le veuf, est un homme désabusé qui se drogue pour ainsi dire de prières. Il vit hors du monde.

Un serveur tout en sueur déposa devant les policiers une assiette en plastique jaune pleine de viande grillée et un seau d'eau pour se laver les mains.

— Seulement, ça ne nous avance pas beaucoup, mon petit, remarqua le chef peu après qu'ils eurent commencé à manger.

— Il y a un détail curieux : la mère d'Ibrahim est morte, elle aussi, dans les latrines, tout comme Naïssa, précisa Sosso.

L'officier de police suspendit son geste :

— Tiens, tiens, tiens, c'est curieux, ça. Et… y a-t-il un lien quelconque entre les deux femmes, entre leurs maris ?…

— Je ne sais pas, chef, mais je ne pense pas.

— Et le père d'Ibrahim ?

— Oh… J'avoue qu'il donne une image plutôt troublante de lui. C'est un homme renfermé, d'après ce que j'en ai appris. Il serait aussi d'une jalousie maladive. Il paraît qu'il a failli étrangler sa quatrième épouse qu'il soupçonnait d'entretenir des rapports coupables avec un jeune homme.

— Et où est-elle, cette malheureuse quatrième épouse ?

— Saïbou l'a répudiée.

— Saïbou ? s'étonna le commissaire avant de se reprendre : « Je comprends, je comprends : c'est le nom du père d'Ibrahim, n'est-ce pas ? Continue, Sosso. »

— Il paraît qu'il a des colères hystériques en pareil cas, mais que, après, il pleure à chaudes larmes et devient doux comme un enfant.

— Entre sa femme et lui ?

— Personne ne se souvient de les avoir vus ni entendus se quereller, mais Saïbou aimait follement sa femme Sira. Un de ses voisins paraît même convaincu que c'est lui qui a empoisonné son épouse, sans pouvoir en apporter la moindre preuve, bien sûr. En tout cas, tout son voisinage est unanime à insister sur sa jalousie. Et Sira était jeune et très belle…

— Oui, acquiesça le chef songeur, tu vois, Sosso, quelque chose commence à se dessiner, mais j'ai la conviction que les événements n'ont pas fini de s'accomplir. Il faut aller vite, parce que le patron me donne trois jours pour élucider le mystère de cette mort — si mystère il y a réellement —, sinon, c'est mon ami de la D2 qui a des chances de se voir confier l'enquête. Et comme il voit de la subversion partout, il va tout bâcler. Dès que les résultats de l'autopsie seront disponibles, eh bien, il y aura un peu plus de lumière.

Quand ils eurent fini de manger ils reprirent le chemin de la Brigade Criminelle. Au Banconi, qu'ils devaient franchir, un agent de police, arrêté au milieu de la seule rue passante du quartier, déviait la circulation. Sur sa droite, devant une maison, un attroupement plutôt silencieux ne cessait de grossir. Un car de police était garé non loin et d'autres policiers en uniforme étaient remarquables dans la foule à leurs casquettes.

L'inspecteur Sosso freina quand l'agent lui intima l'ordre de bifurquer à gauche. Le commissaire se pencha par la portière. « Qu'est-ce qui se passe ? » lança-t-il à l'agent qui, l'ayant reconnu, se mit à crier : « Inspecteur ! inspecteur ! » à l'adresse de quelqu'un dans la foule. Baly surgit en courant et, suivant le doigt de l'agent qui indiquait la voiture du commissaire, il reconnut son chef.

— Chef, vous tombez à pic… débita-t-il.

— Allons, allons, inspecteur Baly, reprenez donc votre souffle ; qu'y a-t-il ? l'interrompit le commissaire, un sourire moqueur aux lèvres.

— Bien, chef, mais il y a encore un mort… dans les latrines !

Le commissaire et l'inspecteur Sosso jaillirent de la voiture comme des diables et se précipitèrent en direction de la maison où se massait la foule de curieux, devançant l'inspecteur Baly qui dut trotter pour les dépasser et leur frayer un chemin.

Le deuxième mort de la journée était un homme, un adulte corpulent, lisse telle une femme et vêtu d'un ensemble tergal presque délavé. Il était étendu sur le dos, les yeux révulsés, la bouche affreusement tordue, le visage inondé de sueur, les jambes écartées, une main agrippant le ventre, l'autre soutenant la tête. Il paraissait avoir été frappé de stupeur.

Le commissaire s'accroupit, releva la veste de l'homme et nota la ceinture de cuir correctement bouclée.

Il jeta un dernier coup d'œil autour de lui et prit le chemin de la sortie.

— Nous vous avons cherché partout, en vain, chef, commença l'inspecteur Baly. La victime s'appelle Hama. Il était comptable à la Générale des Sociétés Sucrières. Je regrette que…

— Ne vous excusez pas, inspecteur, l'interrompit l'officier, vous avez fait ce qu'il fallait. Dites au médecin légiste que j'exige les résultats des deux autopsies pour demain à la première heure. Vous êtes responsable devant moi, inspecteur. Qu'il travaille de nuit, s'il le faut !

Le commissaire prit place à côté de l'inspecteur qui démarra alors que les brancardiers transportaient le corps hors de la maison. Ils roulèrent longtemps en silence.

— Sosso, mon petit, dit enfin le commissaire Habib, il me semble que la pièce qui manquait au puzzle vient de nous être donnée : l'énoncé du problème est presque complet. Il n'est pas indispensable de connaître les résultats de l'autopsie pour faire une première déduction. Mais toi, tu ne fais que commencer ta carrière : je me garderai bien de te donner de mauvaises méthodes de travail.

Alors, patientons jusqu'à demain. En attendant, je te dépose chez toi.

— Oui, chef, acquiesça l'inspecteur.

CHAPITRE 5

Bamako est une ville qui se réveille tard. Tant que le soleil n'inonde pas les rues, celles-ci demeurent presque désertes et les arbres et les habitations paraissent sommeiller encore. Puis brusquement, on ne sait comment, ça bourdonne, ça pétarade, ça klaxonne, comme si tous les habitants quittaient leur domicile au même instant.

C'est justement avant le moment de ces embouteillages typiquement bamakois que, sur sa moto, l'inspecteur Sosso fonçait vers le Banconi d'où, en file indienne, se hâtaient des piétons (comme de toute la banlieue, du reste), pour rejoindre le centre-ville. Des taxis-brousse, encore peu nombreux mais bondés de marchandes et d'ouvriers un peu plus fortunés, bringuebalaient dans les rues poussiéreuses.

L'inspecteur s'arrêta devant la concession de mère Sabou et, ayant ôté son casque, il pénétra dans la maison. La cour était vide ; seules deux tourterelles éparpillaient du son de mil ; elles s'envolèrent, d'ailleurs, en entendant le pas du jeune homme. Le policier tapa à la porte de la chambre d'Ibrahim sans recevoir de réponse. Il tapa de nouveau et une voix enrouée lui répondit.

L'inspecteur tira la porte en face de laquelle était assis Ibrahim, sur son lit de bambou. Il paraissait avoir vieilli ; deux nuits d'insomnie lui avaient tiré les traits, enfoncé les yeux dans les orbites ; l'étudiant s'abandonnait à sa détresse.

— Ibrahim, l'appela le policier.

— Oui, répondit faiblement Ibrahim.

— C'est moi, Sosso ; tu me reconnais pas ?

— Hum…

— Je peux entrer, Ibrahim ?

Ibrahim hocha la tête. Sosso entra et s'assit à côté de l'étudiant, son casque sur les genoux.

Dans la mansarde planaient une odeur de renfermé et la chaleur que la relative fraîcheur matinale n'avait pu dissiper. Dans le toit, on entendait comme un craquement de poutres.

— Ibrahim, écoute-moi, commença l'inspecteur, nous avons pratiquement le même âge, toi et moi. Ne vois pas en moi un policier, mais un copain qui te veut du bien. J'ai une certitude : toi, tu n'es pour rien dans cette affaire de faux billets. Si je n'étais pas convaincu de ton innocence, je n'aurais pas pris le risque de venir te voir sans l'aval de mon chef. Sans en avoir la preuve, j'ose dire que tu es victime d'une machination. C'est pourquoi il faut que tu te secoues pour que nous recherchions la vérité ensemble. Tu comprends, Ibrahim ?

La sincérité du ton et l'allure du policier que rien, apparemment, ne distinguait des autres jeunes hommes (il était, ce matin-là, vêtu d'une chemise à carreaux et d'un pantalon de velours côtelé et chaussé de baskets) parurent avoir raison de l'apathie d'Ibrahim qui se redressa.

— Oui, répondit-il d'une voix plus vivante.

— Écoute. Je vais te poser une question qui va te surprendre après tout ce que je viens de te dire, mais réponds franchement sans chercher à comprendre autrement. Es-tu jamais entré en rapport avec quelqu'un, un individu qui t'aurait parlé d'une affaire de faux billets ? Qui t'aurait fait des propositions ? Réponds franchement, Ibrahim, c'est indispensable si tu veux que nous découvrions la vérité.

— Non, répondit l'étudiant sans hésiter.

— Tu me donnes ta parole ?

— Oui, je te donne ma parole.

Un sourire furtif éclaira le visage du policier.

À travers le rideau, on apercevait, dans la cour, la petite Baminata accroupie, en train de faire sa toilette sommaire avec une bouilloire d'eau et, comme à l'accoutumée, elle se laissait distraire par le moindre objet, le moindre bruit.

— Dis-moi maintenant, Ibrahim, s'enquit l'inspecteur Sosso auprès de son interlocuteur en le regardant droit dans les yeux, de quoi as-tu donc peur ?

— De... rien... rien, bafouilla Ibrahim qui s'était contracté de nouveau, comme s'il eût été terrorisé.

— Bien, bien, laissons ça, si tu veux, s'empressa de l'apaiser son interlocuteur, mais tu dois t'être rappelé où tu as perdu ta carte d'identité, n'est-ce pas ?

Ibrahim soupira. Le policier lui posa la main sur l'épaule.

— Ibrahim, insista-t-il, il faut que tu répondes. Tu sais où tu l'as perdue, n'est-ce pas ?

— Oui, reconnut Ibrahim.

— Où donc ?

— On me l'a volée.

— Tu dois donc savoir qui l'a volée.

— Oui, un ami.

— Ah ! s'étonna l'inspecteur Sosso, quelqu'un qui te vole ta carte d'identité et t'attire des ennuis, tu considères celui-là comme un ami ? C'est drôle.

— C'est un ami, malgré tout.

— Et comment ça s'est passé ?

— Quelqu'un l'a contacté la veille de la mort de ma mère et lui a proposé une forte somme d'argent contre la carte d'un étudiant qui se prénommerait Ibrahim, avec la promesse de la lui rendre.

Il prétendait que c'était pour les besoins d'un journal qui organisait un concours et qu'il ne pouvait pas en dire plus.

Mon ami a accepté parce qu'il se trouve dans une situation pénible. Je crois qu'il n'a même pas réfléchi, tellement il avait besoin d'argent. Quand je lui ai expliqué ma mésaventure, il a voulu aller de lui-même se dénoncer à la police ; je l'en ai dissuadé en lui faisant comprendre que la vérité surgirait d'elle-même.

— Tiens, tu me parais un peu trop optimiste, Ibrahim. Cet ami, quel est son nom ?

— Je ne peux pas le dire.

74

— Que fait-il ? Travaille-t-il ? Est-ce un étudiant ?

— Je ne peux pas le dire.

— Alors, dis-moi quand même à qui il a donné ta carte.

— À quelqu'un qui s'appellerait le Pacha.

Il ne le connaît pas et il ne sait pas comment cet homme nous savait amis. C'est certainement un surnom qu'il lui a donné.

— Il pourrait quand même le reconnaître, je suppose.

— Je ne sais pas. Je ne… Il paraît qu'il est beau et élégant et qu'il a un grain de beauté à la naissance du cou. Il posséderait une XL rouge.

L'inspecteur sourit en se levant. « Eh bien, je m'en vais maintenant, Ibrahim. Ces détails me suffisent, pour le moment, sinon je te préviens que je retrouverai ton ami avec ou sans ton aide. Tu es trop généreux, Ibrahim ; trop généreux ou trop naïf, mon ami. C'est parfois dangereux. À bientôt. »

La petite Baminata attendit que le policier eût franchi le seuil pour lui lancer une pierre qui rata sa cible. L'inspecteur Sosso ne se retourna pas. Peu après, il fonçait vers la Brigade Criminelle.

*

En montant l'escalier, l'inspecteur croisa le médecin légiste qui, l'air préoccupé, ne le remarqua pas.

Le jeune homme se retourna en souriant puis grimpa les marches deux à deux. Il entra dans le bureau du commissaire qui était en train de téléphoner.

« Sosso, tiens, assois-toi donc ! » s'écria l'officier presque joyeusement dès qu'il eut raccroché. Le jeune homme s'assit, son casque sur les genoux. « C'est maintenant que le boulot commence vraiment, mon petit. Je viens de recevoir les résultats des deux autopsies : empoisonnement au cyanure dans les deux cas. Aucune erreur possible, le médecin légiste vient de lever toute équivoque. Qu'est-ce que tu en penses, toi ? »

— C'est très intéressant, chef, mais si on pouvait savoir de quoi est morte la mère d'Ibrahim, ce pourrait être plus intéressant. Elle est morte dans les latrines, elle aussi, et même si ce n'est pas forcément…

— Parfaitement, mon petit ! le coupa son chef. Je pense exactement comme toi ; seulement, dans le dernier cas, il faudrait exhumer le corps. En entrant, tu m'as trouvé en train de téléphoner à la « Poubelle »[1] pour vérifier si dans le cas de la mère d'Ibrahim — elle s'appelle Sira — il avait été établi un certificat de décès et un permis d'inhumer. Eh bien, non, sa mort n'a même pas été constatée par un médecin.

— Je vois, chef, mais c'est courant dans ces milieux-là. On ne déclare le décès d'un parent qu'au moment de payer l'impôt de capitation.

— Et c'est dommage, Sosso ; c'est bien dommage ! Remarque que c'est l'Administration qui en est responsable parce qu'elle ferme les yeux sur des anomalies. Sinon, tout aurait été plus clair, si les choses s'étaient déroulées légalement. Maintenant, il n'y a pas d'autre

1. Le service des archives.

solution que d'exhumer le corps. Avec ces mentalités stupidement religieuses, ça ne va pas être facile.

— En essayant de les persuader… suggéra l'inspecteur.

— Mais c'est impossible, mon petit ; je n'ai que trois jours pour tirer tout ça au clair ! Il faut au contraire agir sans même prévenir qui que ce soit.

Tout en parlant, il composait un numéro. « Le colonel, de la part du commissaire de la Brigade Criminelle, dit-il. Il se tut un bref instant puis : mes respects, mon colonel… Justement, c'est à ce propos que je vous appelle, mon colonel. Il y avait eu auparavant une mort suspecte, mais la défunte avait été enterrée sans qu'aucune formalité ait été remplie ; or il y a des détails troublants concernant ce premier cas qui ressemble étrangement aux suivants… Oui… oui… oui ; c'est cela, mon colonel, une exhumation… Je comprends parfaitement mon colonel, mais je n'ai que trois jours pour débrouiller cette affaire… Oui… Pour raison d'État, mon colonel, ça justifie tout — il sourit — oui, mon colonel. À vos ordres, mon colonel. »

Il raccrocha puis, s'adressant à Sosso : « Dans quelques minutes, nous pourrons commencer à travailler ».

— Oui, chef, lui répondit son jeune collaborateur, mais l'affaire des faux billets…

— Je ne l'ai pas oubliée, Sosso, je ne l'ai pas oubliée. À propos, quelle est ton opinion deux jours après le début de toutes ces histoires abracadabrantes ?

— Chef, euh, hésita le jeune homme, je ne sais pas comment dire, mais j'ai l'impression que toutes ces affaires sont liées et qu'aucune d'elles ne saurait être éclaircie sans les autres.

— Et voilà ! s'exclama le commissaire Habib triomphant. Je suis heureux que nous pensions pareillement, mon petit ; c'est de bon augure. Bientôt, nous allons en avoir le cœur net. Tiens, ajouta-t-il en poussant des feuillets devant l'inspecteur, les rapports du médecin légiste et de l'inspecteur Baly ; tu peux en prendre connaissance.

Le commissaire écrivait et l'inspecteur lisait quand le téléphone sonna.

« Mes respects, mon colonel, répondit l'officier de police. Oui… oui… oui ; entendu, mon colonel… oui… oui. J'y veillerai, mon colonel… Oui… mes respects, mon colonel. »

Levant les yeux sur son collaborateur, qui était tout oreilles, le commissaire dit d'une voix qui trahissait sa satisfaction : « ça y est, mon petit Sosso, le boulot commence ! ».

CHAPITRE 6

La rumeur de l'exhumation prochaine de petite-mère Sira avait stupéfait et indigné au Banconi, car de mémoire d'homme on n'avait jamais vu déterrer un cadavre humain. Était-ce seulement pensable ? Des attroupements agités avaient commencé à se constituer çà et là, mais des soldats avaient, discrètement, pris position aux points névralgiques du quartier, tempérant ainsi les velléités de soulèvement. Le cimetière était particulièrement surveillé : à ses abords, stationnaient deux fourgonnettes de la police et un camion de transport militaire dont les occupants étaient soigneusement dissimulés derrière les arbres.

Dans la famille de la défunte, après qu'on eut eu vent de l'horrible nouvelle, les vociférations avaient retenti de nouveau, comme si petite-mère Sira venait de mourir une deuxième fois. Quant à Saïbou, il avait disparu de la maison à l'insu de tous ; son jeune frère Balla le chercha vainement à travers le quartier.

Peu après, un cortège d'une dizaine de voitures officielles (reconnaissables à leurs plaques d'immatriculation ou à leur couleur noire) traversa le quartier périphérique et se dirigea vers le cimetière, sous les yeux incrédules des habitants du lieu, lesquels, cependant, se contentèrent de contempler le spectacle par-dessus les murs de clôture. Le lugubre cortège passa en trombe dans un brouillard de poussière. Au-devant, la voiture du procureur et du juge d'instruction ; suivaient celle du maire, celle du colonel du Directoire, celle du commissaire Habib qui avait tenu à se faire accompagner de son fidèle inspecteur Sosso ; enfin, une ambulance à bord de laquelle se trouvaient le médecin légiste et des infirmiers.

Aux abords du cimetière, les voitures s'immobilisèrent les unes après les autres, les portières claquant les unes après les autres. C'est en silence que leurs occupants marchèrent à pas presque cadencé en direction d'un point du cimetière, précédés d'un indicateur de la police qui se trouvait auprès des soldats en faction au garde-à-vous. Le médecin et les infirmiers en blouse blanche descendirent à leur tour de l'ambulance et se hâtèrent. Surgissant d'entre les arbres, des soldats munis de piques et de pelles prirent la même direction.

« Arrêtez ! Arrêtez ; mécréants ! Je ne vous laisserai pas profaner cette tombe. » Celui qui avait hurlé ainsi était un vieil homme malingre, voûté sous son grand boubou, et pointant un fusil sur les officiels. D'où avait-il surgi ? Certainement d'entre les mélinas formant une haie à une centaine de mètres environ du cimetière.

« Qu'est-ce que c'est que ça ? » interrogea le colonel surpris, mais il ne reçut pas de réponse ; instinctivement,

80

tous avaient ralenti le pas. On entendit des armes cliqueter. Les officiels finirent par s'immobiliser.

« Vieillard, lança le chef du Directoire à celui qui menaçait de son arme, laisse tomber ce fusil, sinon tu provoqueras ton propre malheur. » Le vieillard ne répondit pas, ne bougea pas : son arme demeurait braquée devant lui. Le colonel esquissa un pas en avant : le coup partit et atteignit un infirmier à l'épaule.

« Ne tirez pas ! » cria le commissaire Habib aux soldats qui, sans cet ordre, eussent abattu le mari de la défunte Sira ; celui-ci, d'ailleurs, laissa tomber son arme et s'assit par terre, la tête entre les mains, et pleura à chaudes larmes comme un enfant. Le commissaire Habib alla le relever pendant que l'inspecteur Sosso s'emparait du fusil. Le vieil homme fut confié à la garde de deux agents de police qui l'entraînèrent vers les fourgonnettes. L'infirmier, blessé légèrement, mais dont la blessure saignait quand même, fut soutenu par un de ses collègues qui l'aida à entrer dans l'ambulance.

Loin derrière le cordon de sécurité, quelques habitants du quartier suivaient la scène. Deux enfants traînaient un chien mort mais durent s'en débarrasser avant d'avoir atteint le cimetière, les soldats leur ayant ordonné de retourner sur leurs pas.

On creusait déjà. Les piques et les pioches s'enfonçaient en un bruit sourd dans la terre sèche ou ricochaient contre les roches en faisant jaillir des milliers d'étincelles. Une odeur de chair décomposée empestait l'air à mesure que les restes de petite-mère Sira se découvraient. Les hommes s'étaient couvert le nez de leur mouchoir ;

l'inspecteur Sosso, lui, tourna le dos au spectacle macabre. Son chef le rejoignit.

— C'est affreux, mon petit.

— Oui, chef, acquiesça le jeune policier, c'est insupportable.

Ils s'éloignèrent lentement sans plus parler. Quelques instants après, le procureur, le juge d'instruction, le maire et le chef du Directoire leur emboîtèrent le pas. Le médecin et les infirmiers ne tardèrent pas à regagner l'ambulance avec leur horrible butin.

Les portières claquèrent de nouveau et le cortège s'ébranla.

Après qu'ils eurent roulé quelque moment dans un silence pesant, le commissaire Habib obligea l'inspecteur Sosso à se garer le long de la clôture du Jardin botanique, parce que, depuis leur sortie du cimetière, l'inspecteur paraissant encore sous le choc qu'avait provoqué en lui l'exhumation des restes de petite-mère Sira.

« Eh oui, mon petit, lui dit l'officier après qu'ils se furent assis sur un banc, c'est aussi ça l'homme, rien que ça : un corps destiné à pourrir. Le spectacle n'est pas beau à voir, c'est vrai, mais il faut t'y faire, Sosso. La pitié, la cogitation, les tergiversations ne sont pas de notre monde. Vois-tu, mon grand "ami" de la D2 n'a pas tout à fait tort ; moi je dis seulement qu'on peut être un policier ou un soldat et demeurer un peu humain. » Il se tut et son collaborateur ne parla pas.

Sur un autre banc, deux jeunes amoureux s'embrassaient langoureusement. La fille émettait des rires brefs chaque fois qu'elle tentait de s'écarter du jeune homme qui la retenait. D'autres couples passaient nonchalamment, enlacés et muets. Une vieille Blanche promenait son chien qui humait l'herbe. Dans les feuillages, les oiseaux pépiaient.

« Allons, Sosso, nous partons, commanda le commissaire un quart d'heure environ après en se levant. Pour nous, il n'y a pas de repos. » À proximité de la voiture, il ajouta : « C'est moi qui conduis ; c'est plus sûr. »

*

Pendant ce temps, dans la salle des interrogatoires de la D1 se déroulait un curieux défilé de mode.

Suivant les instructions de l'Oracle, les chefs de la D1 et de la D2 étaient convenus de la méthode indiquée pour distinguer dans le lot des quarante-huit interpellés de l'affaire du Banconi les prévenus susceptibles d'être confiés à la police politique et ceux de peu d'intérêt. Puisque c'était la D1 qui détenait la « marchandise », le commandant de la D2 avait dû faire le déplacement. À présent, il se trouvait assis dans un fauteuil attenant à celui de son collègue, chacun des deux chefs ayant à ses côtés ses collaborateurs privilégiés.

La salle était un long couloir toujours plongé dans la pénombre et dont les murs étaient si épais qu'ils étaient insonores. Aux deux extrémités, deux portes se faisaient face ; la première assez grande, la seconde étroite ; à quelques pas de cette dernière, deux petites issues latérales.

Depuis un moment déjà, les interpellés défilaient dans l'allée sous le regard sévère des deux chefs pendant qu'un soldat en civil droit debout lisait leurs dossiers. Pour la police politique, la pêche demeurait encore infructueuse, tous ceux qui avaient passé jusque-là n'étant que du menu fretin.

« Amadou Ganda ! » appela l'agent en civil. La porte du fond s'entrebâilla et un homme apparut, sans doute poussé dans le dos, vu la façon dont il avait titubé. Il hésita, probablement à cause du silence qui l'accueillit et des silhouettes mystérieuses qui l'attendaient dans la semi-obscurité. « Avance ! » lui ordonna une voix. L'homme se remit à marcher.

« Trente-deux ans ; célibataire sans enfants ; condamné une fois à deux mois de prison pour vol », continua de lire l'agent.

— Ce ne sera certainement pas ta dernière condamnation ! lança le commandant de la D2 à l'adresse de l'homme qui s'immobilisa. Qui t'a payé pour semer le désordre, qui ?

— Personne, murmura l'homme.

— Je te demande qui t'a payé pour que tu ailles dévaliser le marché ?

— Personne, murmura de nouveau le détenu.

Des jets de lumière fusant de partout l'éblouirent soudain. Il se protégea les yeux des mains. « Enlève tes mains de là ! » hurla le chef de la D2 ; l'homme obéit. Il suait à grosses gouttes.

« … puis à trois mois de prison pour avoir voulu franchir la frontière clandestinement avec la complicité d'étrangers… »

— Et alors, Amadou Ganda, qui étaient ces étrangers qui avaient tenté de te faire sortir du pays ? Qu'avais-tu à te reprocher pour t'enfuir ainsi ?

— Rien ; je ne connais pas d'étrangers ; je n'ai rien fait de mal…

« … cinq ans de prison pour recel d'armes à feu… »

— Coupez ! ordonna le chef de la D2 qui, se tournant vers son collègue de la D1, ajouta : « Celui-là, je l'emmène ».

Les projecteurs s'étaient éteints et la salle avait été de nouveau plongée dans la pénombre. « Mais non, protesta l'autre chef, je vois mal ce que vous pourriez en tirer. S'il vit encore, c'est qu'on n'a pas pu prouver qu'il était impliqué dans des problèmes politiques. Sinon, votre prédécesseur ne l'aurait pas libéré. Il a purgé ses peines comme un détenu de droit commun. Non, vraiment, non, commandant, pas celui-là. »

Puis à haute voix, alors que le chef de la D2 haussait les épaules et faisait la moue, celui du Groupement d'Interventions Rapides ordonna à l'homme de marcher et de sortir par la porte de droite. « Au suivant ! » laissa-t-il tomber froidement.

« Mamadou B. ; vingt-huit ans ; célibataire ; deux enfants ; ancien étudiant à ***, expulsé pour agitation ; ancien étudiant à *** ; expulsé pour agitation ; a séjourné à *** pendant un an À SES FRAIS. Arrêté à Bamako en 19… pour agitation, mais libéré faute de preuves. Actuellement au chômage… »

— Ça suffit ! coupa le patron de la D2, les yeux rivés sur le jeune homme svelte mais exténué que les projecteurs aveuglaient. Qu'en dites-vous, commandant ? Celui-là aussi est-il sans intérêt ? demanda-t-il à son collègue impassible qui se contenta de tirer les lèvres grotesquement en hochant la tête.

— Mamadou B., il me semble que tu es arrivé à destination maintenant, n'est-ce pas ? Alors explique-moi ce que tu faisais en tête des émeutiers du Banconi. Allez, je t'écoute.

— Je n'étais pas à la tête des émeutiers, répondit calmement Mamadou B. ; je ne faisais que passer et on m'a arrêté.

— Sans doute comme tu passais par hasard dans tous les pays d'où tu as été expulsé pour cause d'agitation, ironisa le chef de la D2.

— Il n'y a aucune preuve contre moi ; on n'arrête pas un innocent.

L'aplomb du jeune homme surprit tellement le commandant de la D2 qu'il ne put retenir un rire nerveux. « Oh ! tu l'auras bientôt, ta preuve, répondit-il au téméraire. On verra bien si dans quelques heures tu vas continuer à crâner. »

« Avancez ! Porte de gauche ! » ordonna le chef de la D1.

Le jeune homme s'exécuta. « Le dernier ! » lança la même voix. La porte du fond s'ouvrit devant une espèce de colosse au visage balafré ; sa chemise était ouverte sur sa poitrine velue.

« Kambira Barka : quarante ans ; célibataire sans enfants ; ex-soldat de deuxième classe ; s'est d'abord signalé par un refus d'exécuter un ordre sous prétexte que l'ordre en question était contraire à sa foi religieuse. Arrêté en 19... pour participation au complot d'octobre de la même année ; a été pour cette raison condamné à cinq ans de prison ; s'est expatrié à *** et est de retour depuis trois jours... »

— Et voilà le deuxième poisson ! conclut le chef de la D2 en se levant presque en même temps que son collègue qui fit retentir son « Avancez ! Porte de gauche ».

Au moment où, au bas de l'escalier, ses hommes embarquaient les deux suspects dans une jeep, le chef de la D2 serra la main du commandant de la D1 et lui dit en souriant : « Vous avez l'air fatigué, mon cher collègue », avant de s'engouffrer dans sa voiture qui démarra en trombe.

« On dirait des SS conduisant un convoi de Juifs à Auschwitz », fit remarquer le commandant de la D1 au jeune sergent qui se tenait à côté de lui.

CHAPITRE 7

Au moment où l'inspecteur Sosso pénétrait dans le bureau du commissaire Habib, il n'était pas encore huit heures ; cependant, le chef était là, arrêté à la fenêtre aux volets ouverts et absorbé dans ses pensées. Bien que la porte eût claqué quand le jeune policier la refermait, l'officier ne s'était rendu compte de rien.

Hors de là, dans les rues étroites encombrées de piétons et de véhicules, Bamako se débattait dans ses habituels soucis. La foule bigarrée qui avait envahi les trottoirs marchait nonchalamment, comme si elle accomplissait une corvée. Au-delà de l'épais rideau de caïlcédrats, le fleuve paraissait assoupi sous le fin nuage vaporeux flottant à sa surface ; témoin indolent des angoisses et des turpitudes de cette cité, il ne se mettait presque jamais en colère. Au-delà du fleuve, une chaîne de collines plutôt sombres que vertes se détachait sur l'horizon cotonneux.

— Bonjour chef, salua l'inspecteur.

— Ah, Sosso ! s'exclama le commissaire Habib en

refermant les volets ; j'essayais de comprendre à quoi ressemble cette ville, mais je n'y suis pas parvenu.

Il marcha vers son bureau, s'y appuya : « Je crois même que je n'y parviendrai jamais », dit-il — « Tiens, mais assois-toi donc, mon petit », invita-t-il son collaborateur au moment où lui-même prenait place. Lis ça (il plaça un texte sous les yeux de l'inspecteur qu'il regardait pendant que celui-ci lisait).

Quand le jeune homme eut pris connaissance du texte, il soupira, hocha la tête.

— Les choses sont devenues plus claires, continua le commissaire, parce que la donnée est complète maintenant ; trois morts, trois empoisonnements au cyanure.

— Je suis d'accord avec vous, chef, mais si les trois personnes en question sont mortes par absorption de cyanure, rien ne nous permet de conclure qu'il s'agit d'empoisonnements criminels...

— Mais je n'ai rien affirmé de tel, Sosso, protesta le commissaire.

— C'est exact, chef, mais puisque nous tenons pour presque certain que ces morts et les faux billets sont liés, logiquement...

— Effectivement, l'interrompit le commissaire avec un sourire d'admiration. Tu as l'esprit agile, mon petit Sosso, et avec ça, tu iras loin dans la police. Cependant, une rectification : nous ne tenons pas pour presque certain qu'il y a corrélation entre ces affaires, mais nous avons le pressentiment que... c'est différent ! Bon, alors résumons-nous : en deux jours, nous avons trois morts : une femme le premier jour ; une femme et un homme, le deuxième jour ; tous trois morts des suites d'absorption de cyanure ; et les trois corps ont été découverts dans des latrines. Tu m'entends, Sosso ?

— Oui, chef, très bien.

— Bien ! alors il s'agit pour nous de découvrir d'éventuels rapports entre les trois victimes, de vérifier leur emploi du temps du jour de leur mort pour savoir d'où pouvait provenir le cyanure qui les a tuées.

— C'est tout un programme, chef, remarqua l'inspecteur ; et si c'est au plus tard demain qu'il faudra avoir débrouillé tout ça...

— C'est juste, Sosso. C'est d'ailleurs pourquoi nous allons procéder d'une façon inhabituelle : toi, tu t'occupes du cas de l'homme, euh... Hama. L'inspecteur Baly a établi un excellent rapport sur lui, ça doit aller vite ; moi, je m'occupe des deux mortes ; avec les femmes, c'est plus subtil, mon petit. C'est dommage, ç'aurait été très utile pour ta formation ; mais qu'à cela ne tienne, je m'engage à tout t'exposer par écrit, mon petit. Compte sur moi.

L'inspecteur Sosso sourit en se levant et en balançant légèrement son casque.

— Ha ! Tu m'as l'air sceptique, constata le commissaire ; crois-moi, je tiendrai ma promesse. Allez, Sosso, en avant !

Le jeune policier sortit en riant.

*

Au « Centre d'écoutes » de la D2, Kambira passait de bien pénibles moments. Le centre en question était

90

une cellule étroite, insonorisée, dont le mobilier se composait de cinq fauteuils alignés le long du mur et faisant face à une chaise en fer, d'une table longue au-dessus de laquelle pendait une chaîne métallique accrochée au plafond. Un lourd battant fermait la porte d'entrée et pour toute fenêtre, il n'y avait qu'une sorte d'œil-de-bœuf vitré.

Kambira Barka était donc attaché à la chaise, menottes aux poignets, et le dos plaqué contre une fente circulaire pratiquée dans une murette dressée vis-à-vis des fauteuils. Du mur opposé, les faisceaux de lumière de trois projecteurs convergeaient sur le visage de l'ancien soldat. Dans les fauteuils, le chef de la D2 et quatre de ses collaborateurs ; sur leur droite, un homme trapu se tenait debout près d'un tableau de commande hérissé d'ampoules multicolores, de manettes et de boutons.

— Pour la dernière fois, Kambira Barka, menaça le commandant, je te somme de dire quels sont tes complices dans cette agitation au Banconi. Tu as tout intérêt à parler si tu veux sortir d'ici à peu près intact. Je t'écoute.

— Je n'ai pas de complices, pour la simple raison que je n'ai rien à me reprocher dans cette histoire, lui répondit Kambira.

— Et que faisais-tu parmi les émeutiers ?

— Je passais, j'ai été mêlé à la foule, puis arrêté. La preuve, c'est que je n'ai même pas tenté de m'enfuir.

— Naturellement !

Sur un signe du commandant, le servant du tableau de commande abaissa successivement deux manettes et appuya sur un bouton. Les ventilateurs suspendus au-dessus des fauteuils se mirent à tourner ; une lumière aveuglante jaillit d'un projecteur et fouetta littéralement le prévenu au visage tandis que, par la fente circulaire, de la vapeur d'eau se répandait, de plus en plus chaude.

Pour ne pas suffoquer, Kambira Barka ouvrait la bouche grandement. Ses yeux se dilataient et il tentait de se lever, mais ses liens le retenaient solidement. Devant lui, des hommes impassibles, indifférents, dont certains paraissaient sommeiller. Une vague de colère submergea soudain Kambira qui banda tous ses muscles et hurla : « Assassins ! Vous êtes des assassins ! Je suis innocent, libérez-moi ! » puis il retomba sur son siège, apathique, comme s'il s'était vidé de son reste d'énergie.

Le commandant se leva, se dirigea vers l'œil-de-bœuf, les mains dans les poches. « Tu parleras, Kambira, tu parleras ; ici, on finit toujours par parler, quand on a perdu l'envie de faire la tête ; quand on sent qu'on ne saurait résister davantage. Les héros n'existent pas, Kambira, et toi, tu n'es pas un héros. Tu parleras ou tu mourras bêtement ! » affirma-t-il. Il pivota et marcha du même pas tranquille vers son fauteuil et, une fois assis, il fit de nouveau un signe de tête au servant du tableau de commande, qui appuya sur un bouton rose. Peu après, Kambira se mit à haleter, les paupières closes ; sa gorge se contractait et il hoquetait. « Parle, Kambira, résonna la voix froide du commandant, parle sinon tu vas crever inutilement, parle ! » Le prévenu, dont les habits trempés lui collaient au corps, haletait comme un chien, tandis qu'en face de lui cinq paires d'yeux le contemplaient sans ciller.

« Ah ! Ta femme, Birama, je te jure que c'est elle qui

est venue à moi. Moi, je ne t'aurais jamais joué un tel tour. Je suis ton ami, Birama, mais la femme, c'est le diable. Elle m'a harcelé ; elle m'a supplié nuit et jour, j'ai résisté autant que j'ai pu. Mais pardonne-moi cette fois-ci, au nom de notre amitié. » Les yeux fermés, Kambira parla comme s'il rêvait. Ensuite, il se mit à chanter une berceuse d'une voix menue d'enfant. « Mère, mère, que fais-tu ? Mère, mais viens donc ! Ne vois-tu pas que je ne peux pas aller au marigot tout seul ? J'ai peur, mère, j'ai peur du caïman. Mère, j'ai faim, allaite-moi donc ! Mère… » Ses bourreaux rirent. « La mémoire te revient, Kambira, lui dit le chef de la D2 entre deux rires, c'est toujours comme ça. » Le silence se réinstalla.

Kambira s'arc-bouta tout à coup, toutes les veines démesurément gonflées, à tel point que sa figure en devint monstrueuse. Alors, de sa bouche ouverte et de ses narines, trois jets de sang fusèrent.

*

L'inspecteur Sosso roulait à vive allure dans une rue du Banconi lorsqu'il freina si brutalement que l'avant de la moto se souleva. Il tourna à droite, s'engagea sur une autre ruelle et stoppa devant la concession de mère Sabou.

Il traversa la cour vide et alla droit à la chambre ouverte d'Ibrahim. « Il n'est pas là », dit une voix de petite fille. L'inspecteur Sosso se retourna : Baminata faisait la cuisine, couchée de tout son long sur une vieille natte, derrière une case. La flamme chauffait moins la marmite que les pierres du foyer, mais la fillette n'en avait cure.

— Il est sorti il y a longtemps ? l'interrogea le jeune policier.

— Depuis hier.

— Depuis hier ? s'étonna l'inspecteur. Il n'a pas dormi ici ?

— Non.

— Et comment le sais-tu ?

— Je le sais parce que je l'ai vu hier : il est devenu fou.

— Quoi ?

— Il est devenu fou ; tout le Banconi le sait…

— C'est toi qui es folle, Baminata, l'interrompit l'inspecteur qui entra dans la chambre d'Ibrahim.

Effectivement, l'étudiant en était absent.

— Je te dis qu'il est devenu fou ; il est parti hier en parlant tout seul et en riant. C'est ta faute. Toi et tes policiers…

— Où est ta mère ? demanda Sosso en sortant de la chambre.

— Ce n'est pas ma mère, c'est ma grand-mère. Elle est au marché ou bien elle est tombée dans un puits, parce qu'elle est sourde et aveugle.

— Tu ne sais même pas faire la cuisine. Règle la flamme ! lui lança le jeune homme agacé.

Baminata attendit qu'il fût dehors pour lui crier : « Ça ne te regarde pas ! » Mais déjà le policier avait mis en marche sa moto qui parut s'arracher du sol en projetant du sable et des cailloux.

Sosso ne tarda pas à pénétrer dans le quartier du centre. Il s'arrêta au cinquième de la rue 9.

En constatant que la maison de Hama, elle aussi, paraissait abandonnée, l'inspecteur ressentit un pincement au cœur. En fait de maison, c'était un unique bâtiment de trois pièces en briques de terre enduites de ciment ; à gauche, deux débarras dont l'un servait de cuisine et l'autre de toilettes.

L'inspecteur tapa à chacune des portes closes sans recevoir de réponse. « Il y a quelqu'un ici ? » demandait-il vainement à chaque fois ; il se mit alors à tambouriner sur l'une d'elles au hasard. Une figure de femme ridée apparut par-dessus la clôture de la concession contiguë.

— Que veux-tu, mon fils ? demanda la vieille femme intriguée.

— Je veux voir la femme de Hama, lui répondit Sosso.

— Elle est sortie. Tu es… son frère ? demanda la vieille femme avec un regard soupçonneux.

— Heu… non. Est-ce que je peux entrer chez vous, « mère » ? J'ai un renseignement à vous demander.

L'autre tira ses lèvres grotesquement puis acquiesça du chef.

Sosso entra chez la femme qui lui présenta un escabeau sans manifester une grande chaleur.

— Je suis de la police, « mère », commença l'inspecteur.

— Hé, bissimilahi ! tu aurais dû me le dire plus tôt ! s'exclama la femme dont la réserve s'envola. Il paraît que Hama a été empoisonné ; eh bien, c'est elle, Houley, qui l'a empoisonné ! assena-t-elle avec une assurance déconcertante.

— Comment pouvez-vous en être aussi certaine ? se hasarda à demander le jeune homme.

— Hey ! mais il me semble que tu ne connais rien, toi, explosa la femme. Je me demande vraiment pourquoi on embauche des enfants étourdis comme toi dans la police. Est-ce que tout le Banconi ne sait pas que Houley détestait son mari à mort ? Est-ce que tout le monde au Banconi ne sait pas que Houley est le genre de femme capable de sucer le sang de son semblable ? Moi, Ba Djénèba qui te parle, je vis dans ce quartier depuis trente ans, depuis qu'il n'était qu'un hameau : je sais tout ce qui se passe ici, même dans la tête des gens !

Elle avait parlé, la vieille Ba Djénèba, sans même prendre le temps de respirer, en gesticulant et en rattachant sans cesse son mouchoir de tête qui n'arrêtait pas de tomber. Son ton autoritaire et la confiance qu'elle avait en elle-même amusèrent l'inspecteur.

— Est-ce que vous avez vu Houley en train d'empoisonner son mari ? lui demanda Sosso tout en prévoyant une réponse cinglante.

— Oh ! tu es pire qu'un idiot, mon enfant. Est-ce que quand on tue quelqu'un on invite tout Bamako à venir assister au crime ? Ha ! toi, tu aurais voulu que Houley vienne me prendre par la main pour me dire : « Écoute, Ba Djénèba, je vais donner du poison à Hama » ? N'est-ce pas ? Idiot !

— Vous avez raison, Ba Djénèba, lui concéda le policier amusé, mais ils se querellaient souvent, Hama et Houley ?

— Pour se quereller, il faut être au moins deux ; or Hama n'existait pas. Ce n'était pas un homme, parce que sa femme le commandait. Elle criait sur lui, le prenait au collet, et l'autre lui demandait pardon. Hama était la honte des hommes. Je veux bien demander à Allah de lui pardonner ses péchés, mais c'était un moins que rien, ce Hama. Quant à Houley, elle a tellement d'amants qu'ils ne peuvent pas tenir dans cette concession. Au moins cent, bilahi ! Des grands, des petits, des minces, des gros, des Blancs, des Noirs, des Chinois, des... Même des enfants comme toi en ont fait leur femme. Or Hama aurait volé pour lui offrir ce qu'elle désirait... Houley ? Pouah ! C'est pourquoi Allah ne lui a pas donné d'enfants.

Un vieillard tout voûté, un véritable arc de cercle, entra en s'aidant d'un bâton. Il marchait lentement et s'arrêtait tous les trois pas pour souffler. « Il va pleuvoir ! La pluie, bientôt, Kokè ! » cria la femme à tue-tête. Le vieillard fut pris d'agitation aussitôt et se hâta, manquant de tomber à chaque pas. Quand il eut disparu derrière une porte, Ba Djénèba rit : « C'est mon mari, expliquat-elle à l'inspecteur. C'est le seul moyen de l'obliger à aller vite. Il ne connaît même pas son âge. » C'est cette dernière remarque incongrue qui fit rire Sosso. Il se leva.

« Elle doit être chez un de ses amants, cette maudite Houley. Dès que tu la verras, mets-la en prison : c'est elle et personne d'autre qui a tué Hama », continua Ba Djénèba.

Le policier venait de franchir le seuil quand la femme lança : « Si jamais tu ne la mets pas en prison et que tu enfermes un innocent, tu auras affaire à moi ; bon à rien ! … Il va pleuvoir ! Houhou, Kokè ! »

L'inspecteur Sosso démarra en riant aux éclats. Il ne remarqua pas Houley qui, de retour d'un voyage de trois jours, marchait vers le domicile conjugal, une valisette en main. Le quartier était tellement habitué à ses fugues que plus personne n'y prêtait guère attention. Elle était donc hors de cause.

CHAPITRE 8

Dans la salle d'attente attenante au secrétariat du commissaire Habib, étaient assises chacune à une extrémité d'un banc, Sadio et Soussaba, les deux épouses restantes de Saïbou. Elles se tournaient le dos comme étrangères l'une à l'autre.

L'inspecteur Baly sortit du bureau du chef avec une liasse de feuillets et, sans s'arrêter, « Qui est Sadio ? C'est toi ? Allez, entre ! » lança-t-il à la première épouse de Saïbou. La femme se leva, dénoua puis renoua son foulard de tête, ajusta son pagne et entra enfin dans le bureau de l'officier de police au moment où en sortaient deux autres femmes qu'elle sembla avoir reconnues.

« Asseyez-vous sur cette chaise », l'invita le commissaire en tentant de rencontrer son regard qui fuyait sans cesse, car la femme ne relevait pratiquement pas la tête.

Elle s'assit, les mains sur les genoux la tête baissée. Le commissaire comprit qu'il avait devant lui le type même de la femme soumise à son mari, au chef, au mâle.

— Sadio, commença-t-il d'une voix grave, presque céré-monieuse, mais sans sévérité, je vous ai fait venir pour vous interroger au sujet de la mort de votre jeune coépouse Sira. Il est vrai que c'est Allah seul qui décide de notre sort, mais il est aussi vrai que certains hommes, sous l'emprise de Satan, ôtent à leur semblable le don qu'Allah lui a fait. Nous avons la preuve aujourd'hui que Sira a été empoisonnée par quelqu'un, une femme ou un homme. Je n'accuse personne et je ne dis pas que l'assassin se trouve dans la famille de Saïbou ; c'est jus-tement parce que je veux savoir la vérité que je vous ai demandé de venir ici. Je vais donc vous poser des ques-tions et il faudra que vous y répondiez avec la plus grande franchise. Nous nous sommes compris, n'est-ce pas, Sadio ?

La femme releva la tête le temps de souffler « oui ». Pendant que le policier parlait, Sadio n'avait cessé de l'approuver avec des « uhum » sans pour autant le regar-der une seule fois dans les yeux.

— Alors, Sadio, continua le policier, Sira était votre coépouse. Bien que vous soyez plus âgée, vous partagiez donc le même mari avec elle. Vous arrivait-il de vous quereller, elle et vous ?

— On ne peut pas vivre dans la même maison sans se quereller, à plus forte raison quand on a pour mari un seul et même homme. C'est vrai que dans les premiers moments, nous nous sommes chamaillées, Sira et moi, mais nous n'en sommes jamais venues aux mains. Elle était trop jeune alors, elle avait le sang chaud ; mais après…

100

— Cependant, vous vous êtes querellées il y a tout juste quatre jours, l'interrompit le commissaire.

Sadio ne put cacher sa surprise, car elle redressa brusquement la tête et, pour la première fois, elle osa dévisager son interlocuteur.

— C'est vrai, acquiesça-t-elle en avalant difficilement sa salive, mais ce n'est pas tout à fait ainsi : elle se disputait avec Soussaba et je lui ai donné tort, parce qu'elle avait tort. C'est pourquoi elle s'est fâchée.

— Et elles se disputaient souvent, Soussaba et Sira ?

— Oui, surtout ces derniers temps ; mais Allah veut qu'on dise vrai, c'était surtout Sira qui provoquait les hostilités. Elle était si irritable ces derniers temps qu'il était difficile même de la saluer sans provoquer sa colère.

— Elle ne vous a rien confié, un secret, par exemple qui pourrait expliquer son comportement ?

— Non, rien. Elle avait, ces derniers temps, peu de rapports avec les membres de la famille. Elle était toujours dans sa chambre.

— Essayez maintenant de faire un effort, Sadio, pour vous souvenir de ce qu'a fait Sira le jour de sa mort et qui vous aurait intriguée.

Pour réfléchir, la femme détourna la tête et regarda fixement le mur en faisant craquer ses doigts. Le commissaire l'observait, les mains jointes sur la table.

— Non, dit-elle, je ne me souviens de rien en particulier. Elle m'avait seulement dit, avant de sortir, qu'elle allait demander à son amie Mamou de lui donner un peu de henné.

— Seulement, Mamou, qui vient de sortir d'ici, prétend ne l'avoir pas vue ce jour-là.

— Ah ! s'étonna la femme qui se tut aussitôt et baissa les yeux.

— Oui. Entre votre mari et Sira, comment étaient les rapports ?

— Je ne sais pas, répondit Sadio après un court moment de réflexion ; Allah seul sait ce qui se passe entre une femme et son mari. Mais je sais que notre mari l'aimait beaucoup. Beaucoup.

— Ils ne se querellaient pas ? Le comportement de Sira ne laissait-il pas deviner que quelque chose n'allait pas entre eux ?

— Je ne sais pas. C'est à l'égard de tout le monde que Sira avait changé ces derniers mois. Elle semblait éprouver du plaisir à tenir des propos blessants.

L'inspecteur Baly rentra : « Chef, Ibrahim est introuvable. Il a disparu de son domicile depuis deux jours et à la Faculté non plus on ne l'a pas vu. »

— Recherchez-le, inspecteur, parce que j'aurai bientôt besoin de lui. C'est dans son intérêt aussi, d'ailleurs… Qu'on fasse entrer la suivante.

La deuxième épouse de Saïbou, Soussaba, entra à son tour, les mâchoires serrées, les lèvres tirées et les yeux plissés. Elle s'assit sans attendre d'y être invitée. L'officier de police la toisa. « Soussaba, lui dit-il avec un soupçon d'irritation dans la voix, je disais à votre "grande sœur[1]"

---

1. Euphémisme pour coépouse.

Sadio que Sira, votre coépouse, a été empoisonnée par quelqu'un que nous cherchons à découvrir… »

— Alors vous croyez que c'est moi qui l'ai empoisonnée ! lança la femme avec une telle hargne que le commissaire écarquilla les yeux et que Sadio ouvrit la bouche d'étonnement.

— Je ne vous ai pas accusée d'avoir tué Sira, lui rétorqua le policier dont la voix trahissait l'exaspération, mais il n'est pas interdit de vous poser des questions que je sache, d'autant plus que, entre Sira et vous, rien n'allait.

— Eh oui, je m'y attendais : c'est ce qu'« elles » sont venues dire. Elles auraient dû préciser qu'elles m'ont vue en train de forcer Sira à boire de l'eau empoisonnée. Elles ne craignent pas Allah, pourquoi me craindraient-elles, moi, Soussaba ?

Ce n'était plus de la hargne, mais de l'insolence, car la deuxième épouse de Saïbou tordait la bouche en parlant, martelait la chaise et regardait sa coépouse du coin de l'œil. Le commissaire Habib ne put maîtriser davantage sa colère.

— Écoutez-moi bien, Soussaba, quand on me parle, on n'élève pas la voix, parce que ici, le chef, c'est moi ! Que vous ayez un caractère désagréable, c'est votre affaire, mais moi, je ne suis pas votre coépouse pour supporter votre humeur exécrable. Quand tout le Banconi vous entend dire à chaque fois que vous vous chamaillez avec Sira que celle-ci ne vivra plus longtemps si elle continue à s'en prendre à vous, comment voulez-vous qu'on ne vous interroge pas quand Sira meurt brutalement des suites d'un empoisonnement ? Qu'est-ce qui prouve que ce n'est pas vous qui lui avez fait manger un plat empoisonné ?

— N'est-ce pas ce que je disais dès le début, monsieur le policier ? Il ne vous reste donc qu'à me mettre en prison puisque c'est ce qu'« elles » veulent. (Elle se tourna vers sa coépouse.) Tu es enfin parvenue à tes fins, Sadio. Tu m'as toujours souhaité du mal, tu t'es employée à me perdre par tous les moyens. C'est toi qui poussais Sira à médire de moi ; mais Allah te voit et Il te jugera. Je m'en remets à Lui.

— C'est ça, lui répondit Sadio, Allah te jugera aussi pour le mauvais caractère que tu me prêtes injustement.

Elle se tut et détourna la tête comme si tout ce que pouvait désormais dire sa coépouse ne l'intéresserait pas, ne la concernerait pas. Le commissaire Habib, lui, savait d'expérience que la meilleure façon de mener l'interrogatoire dans ce genre de situation était de laisser les coépouses s'entre-déchirer. Effectivement, les derniers propos de Sadio jetèrent la deuxième épouse de Saïbou dans une fureur aveugle ; elle ne se retenait plus, criait à tel point que de l'écume s'amassait aux coins de sa bouche.

— Tu l'as dit et bien dit, Sadio : Allah châtiera celle de nous deux qui a l'âme noire. J'ai toujours compris qu'on ne m'aime pas dans cette maison. Que n'a-t-on pas fait pour me rendre détestable ? Quel marabout n'a-t-on pas consulté pour que mes enfants ne réussissent pas dans la vie ? Et c'est toi, Sadio, avec tes airs de sainte, qui manigances tout. Tu m'as rendue antipathique à mon mari et à Sira et tu jubiles de ton forfait. Alors, alors, puisque personne ne veut de moi dans cette maison, eh bien, moi non plus je ne veux de personne. (Elle se tourna vers le commissaire.) J'ai donc décidé de dire toute la vérité : eh bien, monsieur le policier, c'est mon mari qui a donné du poison à boire dans une bouteille à Sira au moment où elle sortait sous le prétexte de se rendre chez une de ses amies. Voilà la vérité !

Sadio était devenue raide et, la bouche et les yeux grands ouverts, elle regardait sa coépouse comme une apparition. Le commissaire Habib, lui, ne parut pas étonné outre mesure de la révélation faite par Soussaba qui, essoufflée, s'était tue et tentait maladroitement de renouer son foulard de tête.

— Il faut faire attention à ce que vous dites, Soussaba ; l'accusation est très grave. Êtes-vous prête à la répéter ? intervint le commissaire.

— Je suis prête à la répéter même devant le pape ! clama Soussaba en se frappant la poitrine alors que sa coépouse la dévorait du regard, bouche bée, et pleurait.

Le commissaire avait sonné entre-temps et Saïbou fut introduit. La seule nuit de garde à vue avait fini de le voûter ; il marchait avec précaution comme s'il eût craint de tomber, les yeux hagards, les lèvres tremblantes. À la vue de son mari, Sadio fondit en larmes et enfouit son visage sous un pan de son boubou ; Soussaba, elle, continuait de tirer les lèvres. Quand le vieil homme se fut assis sur la chaise qu'il lui avait désignée, le commissaire Habib le regarda comme avec compassion, mais quand il parla, sa voix avait la froideur du marbre.

— Saïbou, votre femme vient de me révéler un détail important que vous m'avez caché : vous avez donné à Sira une bouteille contenant un liquide, juste avant qu'elle ne sorte de chez vous. Pourquoi ne m'en avez-vous pas parlé ?

— Oui, c'est moi qui l'ai dit à monsieur le policier, cria Soussaba à Saïbou, moi Soussaba que tu n'aimes pas, à qui tu préfères tes autres femmes. Je t'ai vu lui donner cette bouteille ; tu l'as tuée par jalousie ; tout le Banconi sait qu'il n'y a pas mari plus jaloux que toi sur terre. Oui, c'est moi Soussaba qui l'ai dit à cet homme.

— Je vous écoute Saïbou, intervint le policier.

— C'est vrai : je lui ai donné cette bouteille, reconnut le vieil homme.

— Voilà, je n'ai pas menti ! triompha Soussaba en claquant des mains et en roulant les yeux. Sadio se mit à gémir et se cacha le visage.

— Qu'y avait-il dans cette bouteille, Saïbou ? demanda l'officier.

— La réponse est chez moi, monsieur le policier. Si nous y allions ensemble…

La voix de Saïbou s'étrangla. Le commissaire descendit derrière lui les marches de l'escalier de la Brigade Criminelle après avoir donné à l'agent se trouvant dans la salle d'attente l'ordre de retenir les deux coépouses.

CHAPITRE 9

La famille de Saïbou fut stupéfaite en voyant le chef suivi du commissaire Habib. Tous les gestes se suspendirent et tous les regards s'attachèrent aux deux hommes.

C'est dans une chambre délabrée que Saïbou fit entrer l'officier de police, qui toussa dès qu'il eut franchi le seuil. L'intérieur puait à tel point qu'on se demandait si jamais un être avait habité là. On entendait un frou-frou incessant dans le toit ; des ustensiles, des sacs de jute et divers objets indéfinissables qui s'entassaient pêle-mêle. Il fallut au policier le temps de s'habituer à la pénombre pour distinguer sur une natte un vieillard tout blanchi, mais tellement gras qu'il était obligé de s'adosser au mur et de tenir sa bouche toujours ouverte.

À la vue du policier, le vieillard entrouvrit seulement ses paupières, puis les referma. Un silence étrange planait dans la chambre.

— C'est mon frère Gossi, dit enfin Saïbou en regardant le vieillard. Gossi, dit enfin Saïbou en regardant le vieillard. Gossi, te souviens-tu de ce que tu m'as donné pour Sira le jour de sa mort ? Dis-le à monsieur le policier.

— Parle fort, Saïbou, je t'entends mal, répondit l'autre d'une voix presque éteinte.

— Gossi, mon frère, reprit Saïbou en élevant la voix, dis à monsieur le policier ce que tu m'as donné pour Sira le jour de sa mort.

Les paupières du vieillard dansèrent, il étendit la main, tira d'une outre un flacon plein d'un liquide jaunâtre. Saïbou s'en empara et le tendit au commissaire Habib. « Voilà ce que j'ai donné à Sira, monsieur le policier, expliqua-t-il d'une voix tremblante. J'ai eu un fils de ton âge, mais tu représentes la loi et je vais devoir te dire ce que personne au monde, hormis mon frère Gossi et moi, ne sait. Mon frère a donné ça à Sira pour que je redevienne un homme parce que, je ne sais pas pourquoi, en face d'elle, je… Et c'est depuis des mois. Ça s'est fait comme ça, brusquement. C'est inexplicable. Voilà, monsieur le policier. »

« Oui, murmura le commissaire Habib, j'ai compris. » Il empocha le flacon, quitta la chambre, traversa la cour où le petit monde de Saïbou n'avait pas esquissé un geste depuis. La façon dont il démarra trahit son malaise. Alors il fonça en direction du Grand Marché où, arrivé bientôt, il comprit qu'il était contraint de se garer en stationnement interdit, tant le lieu grouillait de monde. C'est à peine si les voitures pouvaient se déplacer au milieu de la foule qui coulait en traînant les pieds. Dès que le commandant de la Brigade Criminelle eut bouclé la portière et tourné le dos, un agent de la Routière, qui semblait le guetter, se hâta de glisser une contravention sous l'essuie-glace de son véhicule.

108

Le commissaire se laissa emporter par le flot, butant contre des pieds, accrochant des pans de boubou, donnant du coude dans quelque objet dur ou mou. Il parvint à se frayer un passage à coups d'épaule, s'engagea sur une ruelle coincée entre deux rangées de bâtiments et débouchant sur la partie du marché où les femmes vendaient des pagnes de toutes sortes dans une odeur étouffante de teinture. Tout au fond, s'entassaient des étalagistes vendant de tout, des pièces détachées pour bicyclettes aux carcasses de voitures.

Un jeune homme au visage agréable qu'éclairaient des yeux malicieux vint à la rencontre du commissaire après être sorti d'on ne sait où. Il se contenta de saluer par un « bonjour, chef » et se dirigea vers un coin isolé, suivi du policier.

— Alors ? l'interrogea laconiquement le commissaire.

— Chef, ça n'a pas été facile, parce que les gens hésitent à parler, surtout après les arrestations…

— Oui, oui, l'interrompit le commissaire ; je comprends tout ça, Kabirou, mais viens-en à l'essentiel.

— Bien, chef ; voici : je n'ai rien découvert d'intéressant dans la famille même dont le chef est un pauvre type toujours endetté qui ne peut même pas nourrir les siens. Il a trois femmes et dix-sept gosses. Donc, vous comprenez, chef, dans des circonstances pareilles, si on n'a pas…

— Allons, allons ! s'impatienta le commissaire.

— Alors, chef, bref, reprit Kabirou qui n'arrêtait pas de gesticuler et de plonger les mains dans ses poches, bref, c'est loin d'être une famille modèle. La femme

Naïssa n'a jamais eu d'enfants ; vous savez, chef, parce que dans des situations de ce genre, quand une femme...

— Kabirou !

— Alors, bref, chef, feue Naïssa menait une vie pas très catholique...

— Oui, oui, le coupa de nouveau l'officier de police, je connais la liste de ses amants, mais je t'ai chargé de chercher à savoir son emploi du temps le jour de sa mort.

— Alors, bref, chef, c'est ça : le jour de sa mort vers onze heures, elle était chez sa copine Sali...

— Où habite-t-elle ? Que fait-elle ?

— Elle habite le Banconi, elle aussi, chef ; et son métier est difficile à expliquer ; vous savez, chef dans des circonstances de ce genre, quand une jeune femme est obligée de...

— Prostituée, c'est bien ça, Kabirou ?

— Bref, oui, chef, vous l'avez deviné.

— Tu as pu en savoir davantage ?

— Non, chef ; bref, les prostituées, moi je suis un bon musulman, c'est pourquoi je préfère...

— C'est ça, c'est ça, Kabirou, tu es un bon musulman et moi un cafre ! L'adresse de Sali ?

— Enfin, bref, chef, Rue 2, logement 3.

— Tu es un indicateur efficace, Kabirou, conclut le commissaire Habib, mais tu parles trop. Sosso prendra contact avec toi plus tard. Alors, bref, ciao, mon petit.

— Enfin, bref, merci chef et au revoir.

Kabirou disparut derrière les collines de pagnes alors que le policier refaisait péniblement le même trajet, car de minute en minute la foule grossissait.

Il arracha la contravention, la froissa avec rage et la jeta ; puis il démarra, mais freina plusieurs fois avant de pouvoir forcer la priorité au milieu d'un concert de klaxons et de protestations. Le commissaire Habib n'en avait cure. Il avait seulement hâte de voir à quoi ressemblait cette Sali, et ce qu'elle pouvait bien lui apprendre.

Arrivé au Banconi, il se gara devant une mansarde de la rue 2 et ne put s'empêcher de faire la moue en entrant dans la cour au mur de clôture écroulé à moitié. Il marcha droit vers l'unique petit bâtiment qui se dressait dans un angle, tapa par deux fois à la porte de tôle ondulée, mais n'obtint pas de réponse. Malheureusement pour celui qui se trouvait de l'autre côté et voulait faire croire à son absence, un objet métallique tomba et tinta tout le temps qu'il roula. Un juron étouffé et un froufrou se firent entendre.

« Commissaire Habib ! c'est la police, Sali ; ouvrez ! » Quelque instant encore et la porte s'ouvrit sur une chambre proprette parfumée à l'encens et séparée en deux par un rideau épais. Sali, une jeune femme, pas belle mais assez charmante et rondelette, était debout, les cheveux défaits et les habits mal mis.

— Asseyez-vous, pria-t-elle le commissaire alors même que cette partie de la chambre était dépourvue de siège.

— Vous êtes bien Sali, l'amie de Naïssa ? lui demanda le commissaire, ignorant l'invitation.

— Naïssa ? interrogea Sali. Quelle Naïssa ?

— Cessez de jouer cette détestable comédie, Sali ! le rabroua le policier. Naïssa était chez vous quelques heures avant sa mort. Vous faites semblant d'ignorer que votre situation est grave, parce que rien ne prouve que ce n'est pas vous qui l'avez empoisonnée.

— Hey ! hey ! hey ! s'exclama la jeune femme en tapant des mains, hey ! moi, tuer Naïssa ? Hey ! hey !

— Alors dites-moi où elle est allée après vous avoir quittée, sinon vous serez obligée de venir avec moi à la police, la menaça le policier.

— Babou ! Babou ! cria soudain la femme, en tirant brutalement le rideau derrière lequel apparut, assis sur un lit défait, un adulte dont la chemise était à l'envers et les cheveux en bataille. De gêne, il n'osait regarder le commissaire en face. C'est toi qui m'as dit que tu as aperçu Naïssa à sa sortie d'ici, alors réponds ! lui commanda Sali.

— Elle est allée chez elle... je suppose, répondit l'homme dont l'hésitation était manifeste.

— Tout droit ? s'enquit le policier.

— Non, elle est passée par le marché.

— Chez qui est-elle allée ?

— Je ne sais pas, moi ; elle s'est arrêtée en chemin pour bavarder avec un jeune homme qui lui a remis quelque chose qu'elle a attaché dans son mouchoir de tête.

— Quel jeune homme ?

— Je ne le connais pas du tout ; je l'ai seulement rencontré quelquefois au quartier.

— Est-ce qu'il présente un signe particulier ?

Babou baissa la tête, puis dit :

— Il se gratte le derrière souvent ; du moins, c'est ce qu'il a fait ce jour-là.

— C'est tout ce que vous avez retenu de lui ?

112

— Oui, commissaire, je le jure.

— Quelle est votre profession ? lui demanda Habib sans transition.

Le nommé Babou écarquilla d'abord les yeux avant de répondre : « Agent d'affaires ».

Le commissaire se tut et dévisagea ses hôtes mal à l'aise.

— Dites-moi, Sali, vous n'êtes pas mariée, vous, mais Naïssa l'était. Que venait-elle donc chercher chez vous ? Comment s'appelle son amant ?

— Elle n'avait pas d'amant, répondit la jeune femme avec assurance.

Le ton du commissaire se durcit.

— Faites attention, Sali, c'est la dernière fois que je me montre compréhensif. Dites-moi le nom de celui qui était l'amant de Naïssa. Allez !

Le nommé Babou n'osait pas relever la tête. Maladroitement, il tentait d'arranger tantôt sa chemise, tantôt ses cheveux. Habib semblait ne même pas le remarquer.

— C'est pourtant la vérité que je vous dis là, commissaire, protesta Sali. Naïssa venait ici chaque fois avec quelqu'un de nouveau. C'étaient souvent des jeunes gens et je ne les connais pas. Ils ne m'intéressaient pas. J'avais dit à Naïssa qu'ils étaient trop jeunes, mais c'est ce qu'elle voulait.

— Si je comprends donc, ici, c'est une chambre de passe ?

— Ah non, non ! nia énergiquement la prostituée, Naïssa était une amie d'enfance. Je lui rendais seulement service. Et c'était gratuit. D'ailleurs, Naïssa ne prenait jamais d'argent pour… Elle se tut. Le commissaire la dévisagea de nouveau, puis son regard s'attacha à Babou.

— Et vous, Babou, connaissez-vous au moins un de ces jeunes gens ?

— Non, répondit Babou en avalant sa salive, je n'en ai jamais rencontré ici.

— Sali, qu'est donc venue chercher Naïssa ici, le jour où… Babou l'a aperçue au marché ?

— Rien, répondit Sali. Elle est venue tout juste pour me voir. Je ne lui ai pas demandé d'où elle venait, mais elle paraissait pressée de rentrer chez elle.

— Son mari savait-il qu'elle le trompait ?

— Non, je ne crois pas. Naïssa était prudente. Je pense que c'est pour ça qu'elle ne s'attachait pas à un seul homme. En tout cas, tout ce que je puis vous affirmer, c'est qu'elle souffrait de ne pas avoir d'enfants.

Sans plus attendre, le commissaire Habib tourna le dos : il était convaincu que ce n'était pas dans cette mansarde qu'il résoudrait le mystère de la mort de Naïssa, même si ce qu'il venait d'apprendre sur la défunte n'était pas dénué d'intérêt.

*

Après avoir quitté Ba Djénéba, l'inspecteur Sosso voulut en apprendre davantage sur Hama à la Générale des Sociétés Sucrières qui constituait le siège social de plusieurs unités industrielles.

Il faillit manquer le virage et percuter l'une des deux colonnes de béton en délimitant l'entrée. En voulant redresser le guidon de sa moto, il faillit de peu tamponner une fille qui quittait le lieu et qui dut s'écarter précipitamment. Le jeune policier réussit tant bien que mal à conduire son engin jusqu'au parking où il tenta, pour se garer, de se glisser entre deux voitures, mais il en frôla une, y laissant une longue rayure sur la portière arrière. Il se dégagea vivement, alla se garer plus loin et s'empressa de s'éloigner.

La secrétaire du service de comptabilité, qui se limait les ongles derrière sa machine à dactylographier, autorisa l'inspecteur à entrer dans le bureau grand ouvert du chef comptable sans même en aviser ce dernier penché sur les documents jonchant sa table métallique. On ne voyait de lui que son crâne dégarni et luisant.

— Monsieur le chef comptable ? s'enquit le policier.

— Ouiii, répondit l'homme en relevant la tête et en fixant sur le jeune inconnu des yeux vifs mais petits que des sourcils froncés réduisaient à deux points lumineux.

— Je suis l'inspecteur Sosso de la Brigade Criminelle et j'ai quelques questions à vous poser à propos de Hama.

— Hama ! s'exclama le chef comptable qui se mit à tâter la table des deux mains comme s'il eût cherché quelque chose.

— Vous avez l'air préoccupé, monsieur, lui fit remarquer le policier.

— Heu, bafouilla l'homme, je cherche… c'est ça : mes verres !

L'inspecteur sourit, car les lunettes étaient posées bien en évidence sur la table. Le chef comptable put enfin parler. Il bégayait et clignait des yeux constamment.

— Monsieur l'inspecteur, Hama, vous savez... Mais asseyez-vous donc, asseyez-vous là, inspecteur... Bien ! Alors Hama est... était un imbécile. Pardon, pardon, il est mort. Mais c'est un imbécile vraiment, qui, à quarante ans passés, se lamentait comme un enfant chaque fois que sa femme menaçait de le quitter. Si ce n'était que ça ! Imaginez, monsieur l'inspecteur, i-ma-gi-nez qu'il a sub-ti-li-sé deux millions de francs ! dans la caisse et quand le Directeur l'a mis en demeure de les restituer, il a promis de le faire avant sept jours. Et la veille de sa mort, il a rapporté les deux millions ; mais comment ? Tenez-vous bien, monsieur l'inspecteur, en faux billets de dix mille ! En faux billets de dix mille, je dis ! Mais c'est un imbécile, vraiment !

— Vous vous êtes plaints à la D2, je suppose...

— Le patron, lui, certainement ; c'est ce matin seulement que j'ai découvert la supercherie.

— Dites-moi maintenant, monsieur, est-ce que ces derniers temps Hama avait des fréquentations inhabituelles ?

— Oh, Hama, c'est un... c'était un imbécile. La veille de sa mort, un jeune homme est venu le chercher ici. Il avait dans les vingt-trois-vingt-cinq ans. Beau, élégant, avec une moto, je suppose, parce qu'il tenait un casque. Je ne sais pas ce qu'il est, mais Hama avait beaucoup d'égards pour lui.

— Un signe distinctif ?

— Humm... non... oui... oui... je ne sais pas si c'est important, mais il a une tache noire là, au bas du cou. Et Hama l'appelait... euh...

116

— Le Pacha, lui rappela l'inspecteur qui se leva.

Aliou sortit vite de son étonnement pour dire :

— Dites, monsieur l'inspecteur, est-ce qu'on ne va pas croire que c'est moi, les deux millions ? Parce que vous comprenez, l'imbécile, il crève comme ça…

— Rassurez-vous, monsieur, lui répondit le policier, vous ne serez pas du tout inquiété : nous nous attendions à quelque chose comme ça. Au revoir, monsieur.

En sortant, Sosso sourit à la toute jeune secrétaire qui se trouvait à la place de celle qui l'avait introduit.

Sur le parking, un attroupement s'était formé autour de deux hommes qui vociféraient en gesticulant, prêts à se jeter l'un sur l'autre. En les écoutant, l'inspecteur Sosso comprit que le propriétaire de la voiture qu'il avait éraflée accusait injustement quelqu'un d'autre du forfait. Sans demander son reste, il se hâta vers sa moto.

*

Bientôt, de nouveau, les ruelles tortueuses du Banconi ; de nouveau, la poussière rougeâtre. L'inspecteur Sosso freina devant la concession de mère Sabou, mais n'eut pas le temps d'éteindre son moteur car, de la cour où elle jouait avec des cailloux, la petite Baminata lui cria : « Il n'est pas revenu. Puisque je te dis qu'il est devenu fou, pourquoi tu ne veux pas me croire ? D'ailleurs, qui es-tu, toi, avec ta grosse moto et ton gros casque ? En tout cas, Ibrahim est devenu fou. Je l'ai dit à ma grand-mère, mais elle a répondu qu'il y a beaucoup d'oiseaux là-haut. Tu entends ça, hein ? »

Le jeune policier ne put s'empêcher de sourire et comme il allait repartir, la fillette lança : « Si tu rencontres ma grand-mère, prends-la sur ta moto et amène-la ici, mais ne roule pas vite sinon elle va tomber. Tu entends, toi ? »

Durant un bon moment, l'inspecteur ne cessa de sourire en se rappelant les propos de Baminata, cependant, peu à peu son visage s'assombrit, car la disparition d'Ibrahim ne présageait rien de bon. Et si l'étudiant était réellement impliqué dans l'affaire des faux billets et qu'il eût cherché à jouer la comédie ?

Au feu rouge du rond-point de Médine, il stoppa derrière trois jeunes motards en file indienne. Tout à coup, il se rendit compte que celui du milieu conduisait une XL rouge et que ses habits étaient d'une coupe choisie. Comme s'il le lui eût commandé, le jeune homme tourna la tête et le policier remarqua qu'il portait une tache noire à la naissance du cou. Malheureusement, le feu passa au vert et l'autre, qui semblait impatient, démarra en trombe, se faufila entre les voitures et fonça sans se soucier de la priorité. L'inspecteur Sosso se lança à sa poursuite.

À la hauteur de l'hôpital Gabriel-Touré, le Pacha eût, sans son exceptionnelle maîtrise de la moto, renversé une vieille femme qui traversait la rue en boitant. Il tourna à l'angle du Grand Hôtel, faisant fi de l'agent de police réglant la circulation et qui le siffla sans conviction. Au moment où l'inspecteur Sosso virait à son tour, une voiture arriva sur lui à vive allure ; il freina brutalement, ses roues patinèrent et il fut projeté à quelques pas de sa moto qui tomba avec fracas.

Des curieux affluaient déjà vers lui quand l'inspecteur se releva, le visage meurtri et la chemise déchirée. Il enfourcha sa moto et tourna sur sa gauche, puisqu'il n'y avait plus de doute qu'il ne réussirait pas à rattraper le Pacha qui ne s'était douté de rien.

*

Au centre d'écoutes, cependant, on tenait coûte que coûte à découvrir des coupables. Sans tarder, un autre suspect avait pris la place de Kambira.

« Amadou, lui dit le commandant de la D2 en souriant, c'est toi qui exiges des preuves de ta culpabilité, n'est-ce pas ? Eh bien, je vais te laisser d'abord le soin de trouver lesdites preuves, en te rendant la mémoire, sinon... »

Amadou était lié à la chaise comme tantôt Kambira. Des taches de sang couvraient le mur et le sol, et le détenu les regardait les yeux dilatés, comme s'il cherchait encore à se convaincre que c'étaient vraiment des taches de sang.

Progressivement, la pénombre s'était épaissie dans le centre d'écoutes et, sourdant de partout, une plainte, d'abord faible, allait s'amplifiant. On pouvait deviner que c'était une voix d'homme et que celui qui gémissait subissait un pénible châtiment. De minute en minute, la plainte devenait plus lugubre, comme devenaient plus distincts les bruits qui l'accompagnaient : les claquements de fouet, le choc régulier de quelque instrument dans une partie molle du corps, des vibrements entrecoupés de crissements ; parfois, un ordre retentissait sec et inhumain ; aussitôt le supplicié hurlait plus fort et plus longuement et son hurlement s'amplifiait, pareil à un roulement de tonnerre répercuté par des montagnes.

Amadou claquait des dents, le visage baigné de sueur, face aux quatre hommes assis, indolents, dans leurs fauteuils.

Le commandant fit un signe de la main : la plainte cessa brusquement.

— Amadou, dit l'officier, ce n'est qu'un début ; pour la dernière fois, je t'ordonne de me dire le nom de ton commanditaire. Allez !

— Il s'appelle le Pacha, souffla le jeune homme. Il m'a demandé de me mêler aux manifestants en me faisant comprendre que c'était une marche de protestation contre l'oppression.

— Et voilà ! s'exclama le commandant en se levant, j'ai toujours raison, moi. Si cet imbécile de commissaire Habib pouvait être là pour entendre de ses oreilles de sourd ! Mais qu'à cela ne tienne, il entendra parler de moi. (Il marcha jusqu'à un pas de Amadou.) Alors Amadou, tu sais bien que le Pacha n'est pas un nom. Je ne veux plus te faire souffrir ; dis-moi quel est le véritable nom de ton employeur.

— Je peux vous le décrire, s'empressa de proposer, le jeune homme. Il m'a même donné de l'argent, mais je ne le connais pas…

— Je veux son nom ! rugit le militaire en faisant le même signe. Le servant du tableau de commande appuya

sur une manette ; Amadou poussa aussitôt un cri terri-
fiant et s'évanouit.

— Ranimez-le ! ordonna le chef de la D2 en retournant à son siège. Pendant qu'on détachait Amadou, un
soldat entra et salua, suivi de deux autres encadrant
Ibrahim, menottes aux poignets.

« C'est un fou qui crie des slogans politiques, mon
commandant. Nous l'avons arrêté alors que des écoliers
le suivaient en répétant ses paroles. »

L'officier resta muet dans son fauteuil, les yeux rivés
sur le jeune homme qui, l'air hagard, les cheveux en
broussaille, le regardait à son tour, la bouche bée.

— Ainsi, tu es fou, à ce qu'il paraît, jeune homme ?
demanda le chef de la D2 à Ibrahim.

— À bas les voleurs ! À bas les démagogues ! Nous
avons faim ; que vienne la Révolution ! rugit Ibrahim, la
bouche tordue et l'œil en feu.

— Eh bien, je crois que c'est toi que j'attendais, lui
rétorqua le commandant, un sourire mauvais au coin de
la bouche, sois le bienvenu, monsieur le fou.

*

Au même moment, Ladji Sylla avait fait appeler son
disciple Boussé qui se tenait respecteusement à quelques
pas de lui, son sac de voyage en bandoulière, les bras
croisés et la tête basse. Était également présent dans le
salon Diabi, le chauffeur de Ladji, un bout d'homme
solide, au cou de taureau, antipathique à souhait, qui était
réputé cruel au point de boire du sang humain.

— Boussé, mon enfant, dit le marabout de sa voix profonde et chaude, tu vas donc retourner chez ton père. C'est lui-même qui me le demande, tu vois sa lettre (il tira une enveloppe de la poche de son grand boubou). Il a dû apprendre tes agissements ici et je comprends son souci de ne pas me voir sali par ta faute. Allah m'est témoin que j'ai fait tout ce qui était en mon pouvoir pour te faire retrouver le droit chemin. Je ne suis qu'un mortel, mais je continuerai de prier le Très-Haut, pour qu'il répande un peu de sagesse sur toi, parce que, au fond, tu n'es pas un être mauvais.

— Maître, commença Boussé d'une voix chevrotante, désormais…

— Non, mon enfant, l'interrompit Ladji Sylla fermement, mais sans rudesse. Je comprends ta peine, mais je ne peux m'opposer à la volonté de ton père. Si tu parviens à t'amender, tu pourras toujours revenir auprès de moi. N'est-ce pas, Boussé ?

— Oui, maître, murmura le jeune homme.

— Diabi me dit qu'il peut t'amener, puisque son chemin passe par Kobi. Ça t'évitera de marcher. (Il lui tendit un billet de banque que le disciple prit religieusement.) Maintenant, va ! Qu'Allah te protège !

Boussé sortit, suivi du chauffeur. Ladji tira un chapelet de la poche de son grand boubou et se mit à l'égrener.

« Grimpe derrière ! » ordonna le chauffeur à Boussé une fois qu'ils furent parvenus à proximité d'une camionnette bâchée. Boussé, qui se dirigeait vers la cabine, s'arrêta net. « C'est moi qui commande maintenant », ajouta le chauffeur en claquant la portière. Presque aussitôt, il alluma le moteur et dit : « Tu me dois beaucoup d'argent, Boussé. Tu m'as trompé, mais n'oublie pas que moi je ne pardonne jamais. »

Boussé se gratta furieusement le derrière puis grimpa à l'arrière et s'assit sur la banquette. « Je te paierai » murmura-t-il d'une voix plaintive.

La voiture quitta la maison de Ladji Sylla, roula quelque temps dans une ruelle et s'arrêta devant une paillote. Deux hommes, l'un costaud et très grand, l'autre filiforme avec des muscles noueux et des yeux exorbités, montèrent et prirent place sur la banquette sans mot dire. Chacun d'eux tenait un baluchon. Intrigué, Boussé tenta d'apercevoir le regard fuyant de ses hôtes, en vain. Il se gratta furieusement le derrière et demeura les yeux fixés sur ses compagnons de voyage si étranges.

La camionnette roulait à vive allure ; elle se trouvait déjà hors de la ville. Le chauffeur ne se souciait aucunement des obstacles et des aspérités de la route et fonçait, cependant que les passagers étaient fortement secoués et s'accrochaient aux ridelles. Un épais nuage de poussière ocre s'élevait et se précipitait sous la bâche.

Cependant, bientôt l'allure diminua. La camionnette bifurqua, s'engagea sur un chemin de traverse et continua sa course, mais plus lentement.

Boussé tenta de nouveau de dévisager ses compagnons taciturnes, mais ceux-ci semblaient résolus à rester anonymes. De nouveau, le jeune homme se gratta furieusement le derrière. Or la camionnette s'arrêta. C'était à l'orée de la forêt de Dialan.

« Bon, c'est ici que vous descendez », expliqua le chauffeur aux trois passagers. Sans un mot, les deux adultes mirent pied à terre. Le jeune homme, perplexe, se gratta le derrière comme s'il eût voulu en arracher la peau.

— Mais… ce n'est pas Kobi ici ! cria-t-il.

— Je sais, répondit le chauffeur, mais moi, je ne vais pas jusqu'à Kobi. Ces deux-là sont mes amis. Vous franchissez la forêt et vous empruntez un taxi-brousse sur la grand-rue. Le maître t'a donné de l'argent pour ça, non ? Moi, je t'ai tout simplement rendu service.

Boussé ne parut pas convaincu. Il écarquillait les yeux. Malgré lui, pourtant, il se traîna hors de la camionnette et se trouva aux côtés des deux étrangers.

— Tu devrais me remercier, parce que c'est moi qui ai suggéré au maître que je pourrais te déposer ici au lieu que tu fasses cette distance à pied. De toute façon, ces deux-là sont des amis, tu n'as rien à craindre, ajouta le chauffeur.

— Oui, souffla Boussé, je te rendrai ton argent quand je retournerai à Bamako, dans une semaine. On ne m'a pas encore payé toute la « marchandise ».

Le chauffeur ne répondit pas. La camionnette démarra et disparut rapidement.

« Bon, allons-y ! » dit l'homme filiforme. Boussé marcha entre les deux adultes. Son cœur battait frénétiquement et la sueur perlait sur son front.

Les trois voyageurs entrèrent dans la forêt sombre et silencieuse. Sans s'en rendre compte, Boussé se trouva seul devant, à un moment donné. Instinctivement, il

tourna la tête : ses deux compagnons avaient tiré chacun de son baluchon une machette. Le garçon détala et
les deux adultes se lancèrent à ses trousses.

Boussé courait, aveuglé par la peur ; il s'accrochait
aux lianes, butait contre les souches, titubait, se ressai-
sissait. Ses poursuivants ne le lâchaient pas d'une semelle
et la distance qui les séparait se réduisait. Boussé cria
au secours ; on eût dit que la forêt étouffait son appel.
Comme il percevait de plus en plus distinctement le
souffle de ses ennemis mortels, il se baissa soudain,
ramassa une pierre qu'il lança de toutes ses forces à
l'adulte filiforme. Ce dernier, atteint en plein visage,
hurla de douleur et se laissa tomber. Son compagnon,
lui, ne s'arrêta cependant pas. Boussé voulut se baisser
de nouveau pour ramasser une pierre, mais il buta et
s'affala. L'homme fonça sur lui en hurlant, les yeux
hagards et en brandissant sa machette. Paralysé par la
peur, le garçon ferma les yeux et hurla à son tour.

CHAPITRE 10

Le sable et les galets crissaient sous leurs pas alors qu'ils marchaient dans une espèce de cuvette que le fleuve découvrait en s'asséchant. L'inspecteur Sosso avançait allègrement, tandis que son chef peinait quelque peu.

— Ah ! se lamenta le commissaire, l'âge fait son chemin, mon petit Sosso ; sinon, autrefois…

— Oui, chef, acquiesça le jeune homme par formalité, peut-être même sans avoir rien compris.

Après l'étendue sablonneuse, ils abordèrent un terrain marécageux que le soleil avait desséché et transformé en un conglomérat de grandes plaques argileuses aussi dures que du roc, entre lesquelles poussaient des touffes d'herbe jaunâtre ; puis ils escaladèrent un monticule au-delà duquel se dressaient des cabanes. De loin, on apercevait des filets de pêche étalés sur les toits de chaume ou fixés au sol par des pieux, des épaves de pirogues dans lesquelles s'amusaient des enfants nus et criards. L'herbe devenait plus verte, mais demeurait tout aussi drue, de même que la végétation se résumait à quelques arbustes rugueux et rabougris.

L'officier de police soufflait. Il baissa les yeux et constata que ses chaussures avaient pris la couleur de la terre ; il les secoua, en vain ; devant lui, son jeune collaborateur, au contraire, marchait avec une grande agilité comme s'il prenait de l'exercice.

À mesure qu'ils approchaient des huttes, une odeur de poisson et une vague de chaleur humide devenaient de plus en plus intenses. Au loin, sur le fleuve d'une couleur indéfinissable, des silhouettes de pêcheurs se tenaient immobiles dans leurs pirogues. Les oiseaux qui survolaient les eaux en rase-mottes passaient telles des flèches par-dessus le petit campement.

« C'est une vieille connaissance, expliqua le commissaire Habib à son collaborateur qui avait ralenti le pas pour se trouver à la hauteur de son chef. Il s'appelle Zarka. Zarka comment ? je crois que personne n'est capable de répondre à cette question. Il vient du même village que moi ; c'est un ami d'enfance de mon père, qui s'est retrouvé ici je ne sais comment. Je le taquine souvent, parce que c'est un cousin à plaisanteries. Mais c'est un savant, mon petit Sosso. Personne mieux que lui ne connaît les plantes et leurs vertus. Dans ce domaine, je me fie plus à lui qu'à notre labo… C'est par là. »

Devant la cabane qu'avait montrée le commissaire était assis un garçon de trois ans ou quatre ; entre ses jambes étendues, de tout petits poissons encore vivants s'agitaient faiblement et l'enfant les regardait d'une façon mystérieuse. L'intrusion des deux étrangers parut lui déplaire, car dès qu'il eut relevé la tête, son visage s'assombrit. « Où est ton grand-père ? » lui demanda l'officier de police. Pour toute réponse, l'enfant tourna la tête vers une cabane ; dès que les étrangers y pénétrèrent, il ramassa ses poissons et s'éloigna.

— Je parie que c'est ce vaurien de Habib qui vient me casser les pieds, lança une voix de l'intérieur.

— Je vois que tu commences à être intelligent, Zarka, lui répliqua le commissaire en entrant.

Le vieillard était assis sur un grabat et raccommodait des filets. Malgré son visage labouré de rides profondes et ses cheveux blancs épars sur sa tête comme des piquants, il demeurait encore solide. Son boubou de cotonnade béait sur sa poitrine, laissant apparaître des pectoraux imposants.

— Je ne le connais pas, celui-là, dit-il en montrant l'inspecteur Sosso.

— Il s'appelle Sosso, c'est un collaborateur.

Le vieux pêcheur regarda le jeune homme attentivement, puis hocha la tête. « Sosso[1], est-ce un nom pour un homme ? » demanda-t-il en souriant.

— C'est un moustique qui ne pique pas, lui répliqua le commissaire.

— Qu'en sais-tu ? … Je ne te demanderai pas de t'asseoir parce que tu n'en as jamais le temps. Qu'est-ce qui te fait donc courir chez ton maître, mon petit esclave ?

L'officier de police tira de sa poche le flacon que lui avait remis Saïbou : « Ça, répondit-il. J'ai encore besoin de tes lumières, mon brave Zarka. Qu'est-ce que c'est que ça ? »

1. En langue bamanan : moustique.

128

Le visage du pêcheur devint soudain grave. Il tourna et retourna le flacon lentement, l'agita, le déboucha, le huma, le referma, l'agita de nouveau puis l'observa plus longuement. Le liquide, initialement blanc, avait viré au jaune et des bulles s'y formaient. Un sourire ironique illumina le visage du vieillard alors qu'il reportait son regard sur le policier.

— Tu vieillis déjà, mon esclave, dit-il au commissaire. Moi, mon dernier enfant, je l'ai eu à soixante-dix ans ; toi, tu es déjà fatigué. Mais celui qui t'a donné ce remède est un connaisseur et il doit être aussi âgé que moi.

— Tu as raison, Zarka. Il n'y a donc aucun risque pour celui qui consomme ce… remède, quelle qu'en soit la quantité ?

— Aucun risque, mon enfant. Tu peux en boire toute une journée durant sans même attraper une diarrhée. C'est une décoction de feuilles et d'écorces d'arbres rares.

— Tu es un savant, mon brave Zarka, mais tu as commis une erreur : ce n'est pas moi qui ai besoin de ce remède-là, mais quelqu'un… qui est mort.

— Ah ! s'exclama le pêcheur qui ajouta, philosophe : on meurt un jour ou l'autre.

— Dis, mon esclave, est-ce un médicament pour les femmes aussi ?

— Oui, mon esclave, c'est l'un des rares médicaments de cette espèce à posséder cette vertu, répondit Zarka.

Puis avisant Sosso arrêté sagement dans une encoignure, les mains croisées sur la poitrine, il lui demanda. « Et toi, moustique, qu'as-tu au visage ? Viens ici. »

Sosso obéit. Le vieillard l'obligea à se pencher, examina un moment les meurtrissures recouvertes de sparadrap. Tout à coup, il en arracha le pansement, faisant sursauter le jeune policier, puis il tendit la main vers une outre dans laquelle, de l'index, il puisa une pâte blanchâtre qu'il appliqua sur les plaies vives qui l'absorbèrent presque instantanément.

— Reste deux jours sans te laver cette partie du visage et le lendemain il n'en paraîtra plus rien.

La grimace de douleur de l'inspecteur fit sourire le commissaire qui prit son collaborateur par la main et l'amena hors de la hutte. Le vieillard les suivit, s'arrêta au seuil et ferma les yeux à cause de la lumière.

— Comment sont donc tes rapports avec tes chers poissons, Zarka ? le taquina le commissaire.

— Vos machines sont en train de tuer les poissons en amont, répondit le vieux pêcheur d'une voix triste. Ils passent sur l'eau en quantité innombrable, le ventre en l'air. Moi, je souhaite seulement que la mort m'emporte avant la catastrophe que vous allez provoquer, vous les enfants.

— Allons, allons, mon esclave, tu vivras encore cent ans, lui répliqua affectueusement le policier en lui serrant la main. Que la paix du jour soit sur toi !

— Qu'Allah nous apporte la paix à tous ! souhaita le vieillard en tendant la main à Sosso.

Il regarda les deux hommes s'éloigner, soupira, puis rentra dans sa cabane.

Les policiers empruntèrent, pour retourner, un chemin plus long, mais plus commode. Un peu plus loin, sur leur droite, retentissaient des rires de femmes.

130

Le commissaire sortit le flacon de sa poche et le lança dans les mates.

— Voilà qui innocente le vieux Saïbou. Au fond, je m'attendais à un tel dénouement ; je n'ai procédé à cette vérification que par scrupule, confia-t-il à l'inspecteur.

— Oui, chef, mais son coup de fusil ?

— Bof ! J'ai obtenu de l'infirmier qu'il ne porte pas plainte. Nous ne sommes pas la D2, que diable ! Nous pouvons comprendre les problèmes des autres. Du reste, Saïbou est chez lui, mais c'est un homme fini à la tête d'une famille brisée.

Là-bas, sous les arbres au pied desquels s'étendait de l'herbe verte, des vaches paissaient, portant sur leur échine des aigrettes qui voletaient entre leurs montures et les branches basses.

— Alors récapitulons, Sosso, dit le commandant de la D4. Nous avons apparemment deux affaires distinctes ; d'un côté, une affaire de faux billets ; de l'autre, trois morts par empoisonnement. En ce qui concerne les faux billets, la question était de savoir qui avait bien pu compromettre Ibrahim. Le marchand d'appareils de musique et le fameux « Chauffeur de l'enfer » accusent un certain Pacha dont les caractéristiques apparentes seraient la beauté, l'élégance et une tache noire à la naissance du cou. D'après Ibrahim, le même Pacha possèderait une XL rouge. Mieux, tu l'as pris en chasse, toi-même, Sosso, et le portrait que tu en donnes corrobore les précédents.

Quant aux meurtres, nous retiendrons ceci : les trois victimes en question ont été retrouvées dans des latrines.

L'autopsie, dans les trois cas, a conclu à une mort par absorption de cyanure très peu de temps avant la constatation des décès. Il est difficile, pour le moment, de préciser s'il s'agit de morts accidentelles, de meurtres ou de suicides, mais il y a des faits troublants. J'ai, par exemple, examiné de près ces trois morts dans les latrines et j'affirme que les victimes ne se trouvaient pas en ces lieux pour accomplir un besoin naturel, car aussi bien Sira, Naïssa que Hama portaient leur ceinture ; et dans le dernier cas, il n'y avait même pas de bouilloire pour que l'homme pût penser à faire sa toilette après.

Une autre certitude : ni Naïssa ni Sira n'ont touché aux bouilloires, et si ce que disent leurs parents est exact (et rien ne permet d'en douter), elles sont allées directement de la rue aux latrines, sans même changer d'habits, ce qui est quand même surprenant. Qu'y avait-il donc de si urgent dans les latrines ?

— Chef, vous me permettrez de vous interrompre, intervint l'inspecteur, et si les trois victimes avaient absorbé le poison et qu'elles se soient précipitées dans les latrines, elles n'auraient pas eu, dans ce cas, la présence d'esprit de se comporter comme en situation normale.

— Exact, Sosso ; j'y ai pensé un moment, mais cette hypothèse s'effondre dès qu'il s'agit de cyanure, car on ne peut pas en absorber et marcher impunément d'un bout du quartier à l'autre. En outre, personne n'a remarqué ni de la fébrilité ni une grande hâte dans les gestes des victimes. Cependant, je concède que, pour le moment, rien n'autorise à parler de crimes. Je constate seulement qu'il y a trop de coïncidences dans ces affaires pour que tout cela relève vraiment du hasard. Qu'en penses-tu ?

— J'ai des doutes moi aussi en ce qui concerne le caractère fortuit de ces ressemblances, mais à supposer que les trois individus soient morts des suites d'un empoisonnement au cyanure, sous quelle forme ce poison a-t-il donc été absorbé ?

— Sous la forme liquide, je te réponds sans hésiter, Sosso, car si c'était sous forme de capsules, à quoi bon aller dans les latrines ?

Suis-moi bien, mon petit, parce que ça peut te paraître tiré par les cheveux. Je dis donc que le choix des latrines pour y absorber le poison n'est ni étrange ni gratuit, car s'il était nécessaire de faire disparaître les récipients ayant contenu le poison, l'endroit idéal, c'est bien les latrines pour les jeter dans les fosses d'aisance.

— Alors, chef, si je vous comprends, on leur a fait boire du poison sans qu'ils s'en rendent compte ?

— Parfaitement, Sosso ; et il s'agit forcément de la même personne. Elle n'a pas obligé ses victimes à absorber le poison, mais elle leur a fait croire que c'était autre chose. C'est pourquoi j'ai demandé à mon collègue des Sapeurs pompiers de retirer des trois latrines tout ce qui aurait pu contenir un liquide, pour un examen au labo. Enfin, quels liens existaient entre les trois victimes ? Apparemment aucun ; mais à y regarder de plus près, que découvre-t-on ? Ceci : Sira était confrontée à l'impuissance, soudaine et sélective, de son mari. Cette situation a empoisonné sa vie ces derniers mois et elle a tenté d'y remédier. Naïssa souffrait de sa stérilité à tel point qu'elle a cru pouvoir concevoir en adoptant une vie débridée. Hama, lui, était pauvre et tenait coûte que coûte à garder une femme qui n'était pas faite pour lui. Sa passion était si dévorante qu'il en redevenait un bambin. Est-ce que tu commences à « voir », Sosso ?

— D'une certaine façon, oui, chef, acquiesça le jeune homme sans conviction : disons que je comprends dans le détail, mais je vois mal où tout ça mène.

— Tu ne tarderas pas à le découvrir, mon petit, le rassura son chef en souriant. Je continue donc. Il s'agit ensuite de savoir quel rapport il y a entre les meurtres ou ce que nous supposons comme tel et l'affaire des faux billets. Il y a d'abord ce Pacha dont tu as retrouvé la trace au bureau de Hama, où il a passé avant la mort de ce dernier. Donc sur ce point, l'hypothèse de la connexion peut, raisonnablement, être retenue. Reste ce jeune homme qui se gratte le derrière d'une façon... disons indélicate. Qu'a-t-il bien pu dire ou remettre à Naïssa avant sa mort, et de la part de qui ? J'ai demandé le concours de mon ami de la D3 qui ne devrait pas avoir de grandes difficultés à identifier un individu affecté d'une tare si grotesque.

Ils entrèrent dans la voiture garée sur la berge, dans le sable fin parsemé de coquillages.

— C'est triste à constater, dit sans transition le commissaire devenu soudain sombre, le fleuve Niger n'est pas beau, Sosso, il n'est pas beau du tout.

L'inspecteur Sosso hocha la tête, perplexe, démarra lentement, roula un instant le long du fleuve puis vira à gauche. Son chef demeurait muet, le regard fixe, comme s'il méditait. Pourtant, il dit sans regarder le jeune policier : « Il nous faut retrouver le fameux Pacha le plus tôt possible, Sosso, parce qu'il est la clé de l'énigme. »

— Je m'en charge, chef, s'empressa de proposer Sosso.

— J'ai confiance en toi, mon petit, lui répondit le commissaire, mais l'échec n'est plus pardonnable ; nous opérerons donc tous ensemble. Et maintenant, je te pose une devinette : le Pacha est un play-boy ; pour le retrouver la nuit, où est-il raisonnable de se rendre ?

— Dans les boîtes de nuit, chef, répondit Sosso sans hésiter.

— Bravo ! mon petit Sosso. Ce soir, nous investirons les boîtes de nuit. En attendant, retournons au bureau où doivent nous attendre les rapports de l'inspecteur Baly et du labo.

L'inspecteur Sosso appuya sur l'accélérateur.

CHAPITRE 11

La salle d'attente du bureau du commandant de la D4 aura rarement connu une discussion aussi orageuse que celle qui opposait les brocantiers Mâmadou et son frère Sadi. Le secrétaire était au bord de la crise de nerfs, car ni ses cris, ni ses menaces n'avaient prise sur les deux frères qui, assis côte à côte sur le banc, semblaient à tout moment sur le point d'en venir aux mains ; c'est avec un grand soulagement qu'il vit apparaître son patron suivi de l'inspecteur Sosso.

« Commissaire, ce sont ces deux fous impossibles qui font ce tapage », dit-il.

Mâmadou s'était dressé brusquement, déséquilibrant son grand frère qui dut, involontairement, s'appuyer sur lui : Mâmadou fut alors contraint de se rasseoir rudement, mais il se releva promptement, obligeant son frère à l'imiter.

— *Com'saire, com'saire*, c'est moi Mâmadou, je vends un peu de tout au marché du Banconi, et surtout des bouteilles. Voici mon frère Sadi, *com'saire*, j'ai quelque chose de très important à vous dire, s'expliqua d'un trait le jeune homme au teint clair et au petit nez aplati.

— *Com'saire, com'saire*, Mâmadou est fou, protesta Sadi ; il n'a rien de sensé à vous dire (puis se tournant vers son frère sous le nez duquel il agitait vivement l'index, il ajouta :) « Tation », Mâmadou ! Moi je t'ai fait venir de Soroya pour t'ouvrir les yeux, mais pas pour que tu me crées des problèmes. Pourquoi viens-tu voir le *com'saire* pour lui raconter des sottises ? Est-ce que tu crois que ce grand homme n'a rien d'autre à faire que d'écouter un sauwasse comme toi ? Hé, Mâmadou… !

— Tcha, tcha, tcha ! grand frère Sadi, lui répliqua le jeune ; laisse-moi parler au *com'saire*, on verra. *Com'saire*, entrons dans votre chambre à coucher ; ici ce n'est pas un lieu pour faire des confidences ; il y a trop de monde.

Les policiers rirent, tandis que le secrétaire regardait le spectacle, bouche bée.

— Dites-moi d'abord à quel sujet vous voulez me voir en particulier, Mâmadou, dit le commissaire.

— C'est à propos des trois morts du Banconi, lui répondit le jeune homme.

La mine du policier changea brusquement.

— *Com'saire, com'saire !* recommença Sadi.

— Ça suffit ! tonna le commissaire. Entrez là, leur ordonna-t-il en montrant son bureau dont la porte se referma aussitôt sur eux.

Sadi et Mâmadou étaient assis face au commissaire et l'inspecteur Sosso demeurait presque adossé à la porte.

— Eh bien, je t'écoute, Mâmadou. Quant à toi, Sadi, ne parle que si je te le demande. Allez, je t'écoute, Mâmadou.

Face à l'officier de police, Mâmadou paraissait moins sûr de lui-même. Il hésita, regarda son frère qui fit une moue grotesque.

— *Com'saire*, dit-il enfin, Sira, Naïssa et Hama sont venus chez nous, à la « boutique » de mon frère, et ont demandé chacun une bouteille plate et noire ou d'une couleur foncée.

— Hé, Mâmadou, hé, Mâmadou ! se lamenta le grand frère, est-ce qu'on vient raconter des paroles sans queue ni tête à un grand chef comme le *com'saire* ? Hé…

— Tais-toi ! le coupa le commissaire. Quelle était la couleur des bouteilles que tu leur as vendues, Mâmadou ?

— C'étaient des bouteilles d'un rouge foncé.

— Pouvait-on distinguer ce qu'il y avait là-dedans ?

— Non, *com'saire*, c'est impossible.

— Tu dis qu'elles étaient plates, mais où pouvait-on les garder sur soi, par exemple ?

— Dans la poche du boubou, de la chemise… ou dans le mouchoir de tête… Je ne sais pas…

Le téléphone sonna à ce moment : Mâmadou s'interrompit et son frère sursauta.

« Lui-même, répondit le commandant de la D4, le labo ? Oui, j'écoute… Oui… trois flacons plats et d'un rouge foncé… Oui… oui… Faites suivre le rapport, docteur, mais ce que vous m'apprenez est déjà très important. Merci, docteur. » Il reposa le combiné avec précaution comme s'il calculait ses gestes, les yeux fixés sur ses deux interlocuteurs : « Tu as parfaitement raison, Mâmadou, et ce que tu m'as appris est très important », dit-il.

— Tcha, tcha, tcha ! grand frère Sadi, eh ! triompha Mâmadou qui se leva brusquement en se frappant la poitrine. Je t'ai dit que ce « sécret » est très important. *Com'saire*, grand frère Sadi a peur, parce qu'il dit qu'on va le découvrir, parce que, figurez-vous, *com'saire*, que nous, nous ne payons jamais d'impôts. Dès que nous « les » voyons venir, nous fermons la « boutique » et nous fuyons. C'est pourquoi on n'a pas de « niméro ». Grand frère Sadi, rassure-toi, le *com'saire* est un grand homme, et après le service que je viens de lui rendre, il nous dispensera de payer l'impôt ; n'est-ce pas, *com'saire* ?

Sur ces entrefaites entra l'inspecteur Baly qui fronça les sourcils en apercevant les deux frères. « Mon commandant, je vous apporte les résultats de mes investigations, commença-t-il en déposant trois feuillets dactylographiés sur le bureau de son chef. Le mari de Sira déclare que sa femme possédait deux boucles d'oreilles en or pur de cent cinquante grammes chacune, mais qu'elles ont disparu, en plus de dix pagnes neufs de Guinée à rayures jaunes et noires portant une croix tissée à l'un des bouts. Quant à Naïssa, un bracelet et un pendentif en or qu'elle gardait au fond de sa malle ont disparu, d'après sa petite sœur qui jure qu'ils étaient encore à leur place la veille de la mort de sa sœur. Voilà, mon commandant, c'est tout ce… Heu, pardon, mon commandant, un détail : la femme de Hama prétend que son mari lui avait affirmé qu'il serait riche demain à quatorze heures. »

— Merci, inspecteur, vous avez travaillé avec diligence. Je me charge du reste.

L'inspecteur Baly allait franchir la porte lorsqu'il se ravisa et retourna sur ses pas.

— Excusez-moi, commandant, mais j'ai oublié de vous dire qu'il vient d'y avoir un meurtre dans la forêt de Dialan.

— Quoi ? s'exclama l'officier.

— Le jeune homme a été tué de plusieurs coups de hache. Les assassins sont recherchés, car tout laisse à penser qu'ils étaient au moins deux. Du reste, le labo nous éclairera sur ce point. Quelles sont vos instructions, chef ?

Le commissaire Habib ne répondit pas, car l'édifice qu'il avait échafaudé risquait de s'écrouler si ce meurtre avait un rapport avec les précédents et embrouillait tout.

Baly déposa une photographie sur le bureau du commissaire. « C'est un agrandissement de la photo d'identité trouvée sur la victime. Malheureusement, la carte d'identité ne lui appartient pas : il l'a volée pour y apposer sa photo… enfin volée ou ramassée — ça revient au même », expliqua-t-il.

Devant le silence du chef, l'inspecteur Baly ne sut que faire. Son collègue Sosso lui posa la main sur l'épaule : il comprit et sortit.

Le commissaire contemplait la photo sans y toucher. Mâmadou aussi, d'ailleurs, qui s'exclama :

— Hey, hey ! tcha-tcha-tcha ! *com'saire*, je le reconnais, celui-là !

Son grand frère se laissa glisser sur la chaise, désespéré.

— Quoi, Mâmadou, quoi ? cria à son tour le commissaire.

140

— Je le connais, *com'saire*, réaffirma Mâmadou qui quitta son siège et s'arrêta au milieu de la salle où il se gratta furieusement le derrière. Il fait comme ça, comme ça ! Puis hurlant presque, il ajouta : Hey, hey ! tcha-tchatcha ! Il a échangé l'« arsent » avec Ibrahim, le fils de Sira. Grand frère Sadi, tu t'en souviens, n'est-ce pas ?

Mais grand frère Sadi pleurait à chaudes larmes.

— Mâmadou, dit le commissaire Habib, tu as parfaitement raison...

— N'est-ce pas que nous ne payerons plus d'impôts, *com'saire*.

— On verra, Mâmadou ; sergent, en attendant, prenez leur déposition ! » commanda l'officier par interphone.

Les deux frères sortirent allègrement ; l'inspecteur Sosso referma la porte.

À peine le téléphone eut-il sonné que le commissaire décrocha le combiné : « Ah, c'est toi, mon cher, s'exclamat-il joyeusement, mais peu après sa mine s'assombrit et sa voix s'assourdit. Oui... oui... tiens ! ... Je comprends, oui, oui... Il l'a certainement torturé. Certainement... Oui... merci bien, mon vieux... Oui, Ah, oui : Boussé tu dis ? Bien, bien. Alors merci bien, mon vieux. Je me demande ce que je serais sans toi. Allez, bye ! »

Il raccrocha, resta un moment la main sur l'appareil puis dit à l'adresse de l'inspecteur Sosso : « Mon petit, j'ai une mauvaise nouvelle pour toi : le salaud de la D2 a cueilli Ibrahim. Le jeune homme se trouve à l'asile psychiatrique. C'est mon ami des Renseignements qui me l'apprend. »

Il décrocha le combiné, le raccrocha, se leva si précipitamment qu'il cogna son bureau, faisant tomber les documents et se rua vers le secrétariat. Son collaborateur fit un écart pour éviter le choc. « Ah, ils sont là ! s'écria-t-il en haletant. Mâmadou, dis-moi, dans quelle maison as-tu vu entrer le jeune homme qui se gratte ? Allez ! »

— Dans la maison de l'homme qui a beaucoup d'« arsent » ! Ladji Sylla lui-même, répondit Mâmadou surpris.

« Sosso ! » hurla le commissaire Habib. Les deux policiers sortirent en trombe, dévalèrent l'escalier sous les regards stupéfaits des employés de la Brigade Criminelle et s'engouffrèrent dans la voiture qui démarra tel un bolide et, peu de temps après, s'immobilisa en crissant devant le domicile de Ladji Sylla.

Le gardien leur ouvrit le portail sans parler. À la question « Est-ce que Ladji Sylla est ici ? » posée par le commissaire, l'homme hocha la tête, et c'est alors que l'officier se souvint qu'il se trouvait en face d'un muet. Les deux policiers parvinrent à la porte du salon. Ayant entendu le bruit des pas sur le sol de ciment, le grand marabout invita ses hôtes à entrer.

Ladji Sylla, assis dans le fauteuil faisant face à l'entrée, en désigna deux autres aux policiers : le commissaire s'installa vis-à-vis du maître de céans, l'inspecteur Sosso ayant choisi de demeurer debout près de la bibliothèque pleine de bibelots.

— Que puis-je pour vous ? demanda le saint homme après les salamalecs d'usage durant lesquels il avait regardé avec insistance le jeune policier tout absorbé dans la contemplation des objets contenus dans la bibliothèque.

— Je suis le commissaire Habib de la Brigade Criminelle, répondit l'officier en exhibant sa carte que Ladji Sylla regarda presque avec dédain. Je voudrais savoir, continua néanmoins le commissaire, si vous avez ou aviez à votre service, ou chez vous, un employé, un disciple ou un parent nommé Boussé.

— Boussé ? Boussé comment ? interrogea l'homme d'Allah avec suffisance, ses yeux à la flamme insoutenable rivés sur ceux de son interlocuteur aussi froid que du marbre. On eût dit un défi.

— Boussé C., maître ; mais voici quelque chose qui vous aidera certainement à vous souvenir, dit le commissaire.

Il tendit la photo à Ladji Sylla ; celui-ci y jeta un coup d'œil puis la lui rendit.

— Mais oui, fit-il dédaigneusement, c'est Boussé C. ; il était chez moi.

— Et qu'était-il pour vous, maître ?

— Écoutez, commissaire, l'heure de la prière approche et je ne pense pas qu'entre honorer Allah et parler de Boussé, il y ait un choix à faire. Pour être bref, je vais répondre à cette question qui, je l'espère, sera la dernière. Eh bien, Boussé m'avait été confié par son père lors de mon passage à Kobi, il y a deux ans. J'ai voyagé avec lui, j'ai veillé sur lui autant que possible. Malheureusement, c'est un garçon maudit dont tous les actes sont contraires à la conduite d'un bon musulman. Je me suis employé à le changer pour qu'il puisse être sauvé, en vain. C'est pourquoi j'ai écrit à ses parents pour les informer de la conduite scandaleuse de leur enfant. Son père, qui est un bon musulman, m'a donné raison, malgré le chagrin qu'il en a éprouvé. Il m'a donc demandé de lui renvoyer Boussé. Et ce matin, j'ai donné au garçon ce qu'il fallait pour rentrer chez lui. Voilà, commissaire. Des enfants comme Boussé, je préfère ne même pas en entendre parler. Et maintenant, si vous voulez bien...

— Vous n'entendrez plus parler de lui, maître, du moins d'une certaine façon : il est mort ; on l'a tué de plusieurs coups de hache, l'interrompit le commissaire en le regardant droit dans les yeux.

— La illah ilallah ! s'exclama Ladji avec dignité cependant ; on a tué Boussé en chemin, sans qu'il ait revu ses parents ? Pauvre garçon... Allah akbar !

— Alors vous comprendrez, maître, expliqua le policier, que je tienne à vous poser quelques questions supplémentaires si nous voulons retrouver son assassin... Quand avez-vous donc écrit à ses parents ?

Ladji fronça imperceptiblement les sourcils, dévisagea impudemment son interlocuteur.

— Attendez, dit-il enfin, il y a... il y a deux jours, je crois.

— Et quand vous est parvenue la réponse de son père ?

— Hier.

— Par la poste ?

— Non, par les soins d'un chauffeur de taxi-brousse qui passe par Kobi une fois par mois. Il s'appelle

144

Bakary K. Vous le retrouverez facilement à l'autogare de Sogoniko.

À ce moment, après s'être assuré qu'il n'était pas observé, l'inspecteur Sosso prit dans la bibliothèque quelque chose qu'il glissa furtivement dans la poche de sa chemise.

— Je ne vous importunerai pas davantage, maître, conclut le commissaire Habib en se levant, je voudrais cependant vous demander de me faire tenir la lettre par laquelle vous avez reçu la réponse du père de Boussé, si vous n'y voyez pas d'inconvénient.

Comme s'il s'attendait à cette sollicitation, Ladji Sylla dit en se levant : « Aucun problème, commissaire », ouvrit un des tiroirs de la bibliothèque, y prit la lettre et la tendit au commissaire.

« Commissaire, dit alors Ladji Sylla, vous devez faire votre travail, c'est vrai ; mais prenez garde, car votre pouvoir vous a été donné par Allah ; ne vous avisez donc pas de vous prendre pour Allah. Lui seul crée, lui seul tue sans devoir répondre devant qui que ce soit. Les créatures lui appartiennent corps et âme. Vous avez profané une tombe, vous avez touché à ce qui appartient à Allah et à Allah seul. Allah vous en tiendra rigueur. Je ne suis qu'un pauvre mortel, mais je prierai pour vous afin que le Tout-Puissant vous pardonne cet errement. »

Le commissaire Habib se contenta de proférer un « merci maître » puis tourna le dos. Le marabout ajouta : « Vous transmettrez mes amitiés à votre chef, le colonel, commissaire. — Je n'y manquerai pas », répondit l'officier qui, suivi de l'inspecteur et visiblement irrité, se hâta vers sa voiture laquelle démarra aussitôt.

— Tu as entendu, mon petit Sosso ? Le vénérable marabout se dit l'ami du colonel et me menace de ses foudres de façon à peine voilée. Ça veut dire : attention, petit commissaire, ne viens plus me casser les pieds chez moi, sinon tu auras chaud.

Le commissaire Habib s'efforçait de parler de façon sereine, mais la colère altérait sa voix.

— Je vous avais pourtant dit qu'il avait de solides relations en haut lieu, chef ; mais il est vrai que j'étais loin de penser au colonel.

Il y eut un moment de silence. Le commissaire paraissait soucieux, contrairement à son jeune collaborateur qui conduisait avec décontraction. Un embouteillage sur le pont reliant les deux rives du Niger l'obligea à s'arrêter. Il jugea même nécessaire de couper le moteur, parce qu'il ne pouvait s'agir que d'une collision ou d'une panne et l'attente serait forcément longue.

Le commissaire se plongea dans la lecture de la lettre que lui avait donnée le marabout.

— Chef, vous pensez donc que le saint homme peut être mêlé à cette affaire ? lui demanda l'inspecteur.

— Je ne l'ai jamais dit, Sosso, protesta le chef ; seulement, c'est un témoin et il était de mon devoir de l'interroger. Cette lettre constitue pour lui un alibi inattaquable dans tous les cas, si le chauffeur en question le confirme.

« Chef, regardez. » L'inspecteur tendit au commissaire l'objet qu'il avait dérobé chez Ladji Sylla.

— Quoi ! s'exclama le commissaire en contemplant l'objet.

— Je l'ai volé dans sa bibliothèque, le précéda le jeune homme.

L'officier sourit : « Même Allah prend des moments de détente » remarqua-t-il. Il empocha l'objet.

Sosso démarra enfin. La circulation était si dense qu'il était obligé de freiner à tout moment pour éviter un cycliste imprudent ou un automobiliste dévergondé qui se croyait plus pressé que tout le monde. Franchi le pont, la circulation redevint plus fluide.

L'autogare de Sogoniko grouillait de monde et de véhicules et l'inspecteur dut chercher patiemment un espace pour se garer. Ils se dirigèrent vers un hangar couvert de feuilles de tôle ondulée dont l'éclat jouait sur les murs. Le jeune homme, en habitué des lieux, avisa un homme trapu assis seul sur une banquette, un cahier chiffonné sur les genoux, un képi crasseux de travers sur sa grosse tête aux cheveux hirsutes, et lui demanda où se trouvait Bakary K. « Bakary ! » hurla aussitôt l'homme avec tant de force que ses cordes vocales vibrè-rent. « Oui-iii ! » répondit un autre homme assis à même le sol et adossé à un mur, quelques pas plus loin. L'ins-pecteur alla vers lui, suivi du commissaire.

— Qu'est-ce que tu veux, mon gars ? lui demanda insolemment Bakary K. Si c'est bien Bakary que tu cher-ches, c'est moi et pas un autre. Alors ?

— Voilà, répondit Sosso en jouant le timide, ce mon-sieur que voici est rentré de France il y a deux jours, après un séjour de vingt-cinq ans. Bon. Un de ses amis l'a chargé d'un message important pour sa mère qui habite Kobi. Il voudrait donc y aller et en revenir le plus rapidement possible. Son ami Ladji Sylla du Banconi, lui a fait comprendre que vous seul êtes capable de l'aider à accomplir sa mission.

Bakary éclata d'un rire de satisfaction, découvrant des dents affreusement cariées. Il se tapait la cuisse en s'esclaffant.

— Hâ ! hâ ! hâ ! hâââ ! ce Ladji Sylla, il ne cessera jamais de m'admirer, lui, à ce que je vois. Imaginez qu'hier dans la nuit, il m'a envoyé apporter une lettre à Kobi ; en un clin d'œil, me revoilà devant lui avec la réponse à la lettre. J'ai fait deux cents kilomètres le temps d'un éclair.

Il rit de plus belle. L'inspecteur Sosso voulut y ajouter du sien, mais ne réussit qu'à grimacer horriblement. Le commissaire était dépassé.

— Il nous a assuré que vous êtes le seul chauffeur en qui on puisse avoir confiance, renchérit l'inspecteur.

— Il n'a pas menti ! s'écria le célèbre chauffeur. Et pour ce qui est d'être un homme de confiance, ne va pas chercher loin : je suis là. Imagine-toi, petit, imagine-toi que Ladji Sylla m'a confié cin-quan-te-mil-le-francs ! oui, je dis bien : cin-quan-te-mil-le-francs pour celui à qui il a envoyé la lettre. Ça prouve bien qu'il a confiance en moi, n'est-ce pas ? Ha ! ha ! ha ! hi ! hi ! hi ! Alors toi, le monsieur de « Farance », tu as donc passé vingt-cinq ans là-bas ?

— Alors Bakary, intervint précipitamment l'inspecteur quand il eut remarqué l'air ébahi de son chef ; nous allons de ce pas chercher les bagages du monsieur de « Farance ». Vous nous attendez, n'est-ce pas ?

— Aaaaah ! s'irrita le chauffeur, si vous ne faites pas vite, je suis tellement sollicité que je ne peux promettre de vous attendre indéfiniment.

Son enjouement avait disparu soudain. L'inspecteur prit le commissaire par la main et l'entraîna hors du lieu.

— Eh bien, mon petit Sosso, put enfin dire l'officier quand la voiture eut démarré, tu es un comédien doublé d'un menteur de talent.

— Chef, c'est que je le connais, ce Bakary-là. C'est un des plus gros menteurs de Bamako. Et gonflé avec ça ! Vous l'avez entendu. (Il se tut, puis ajouta :) Je crois qu'il n'y a vraiment rien à récolter du côté de Ladji Sylla, chef.

De nouveau, l'embouteillage sur le pont. Les deux policiers demeurèrent silencieux. Le commissaire paraissait préoccupé alors que son jeune collaborateur dévorait du regard l'image d'une belle femme que le rétroviseur lui renvoyait de la voiture suivant celle qu'il conduisait.

« Oui, marmonna le commissaire Habib, Ladji Sylla a un alibi inattaquable, mon petit Sosso. Nous chercherons ailleurs. Allons ! »

La circulation étant devenue fluide, ils ne tardèrent guère à arriver à la Brigade Criminelle.

« Tu as du temps libre jusqu'à vingt heures, Sosso, avant l'heure d'ouverture de la chasse au Pacha », plaisanta le commissaire comme le jeune homme se garait au bas de l'escalier.

— Chef, dit Sosso en portant son casque, qu'avait donc de si particulier la vie que menait Boussé et dont a parlé Ladji Sylla ?

— Ah, je ne te l'avais pas dit, c'est vrai ; Boussé était un homosexuel doublé d'un voleur.

— Chapeau ! s'exclama le jeune homme en sifflant en même temps qu'il s'asseyait sur son engin qu'il fit hurler et qui se déchaîna aussitôt. Le commissaire s'arrêta sur la dernière marche, regarda son collaborateur disparaître dans un nuage de poussière et secoua la tête.

À peine eut-il posé le pied dans son bureau que le téléphone sonna ; il se hâta de le décrocher : « Allô, oui, j'écoute… Mes respects, mon colonel » salua-t-il.

« J'ai une mise en garde pressante à vous adresser, commandant, attaqua le colonel à l'autre bout du fil. On m'apprend que vous êtes allé importuner Ladji Sylla jusque chez lui. Faites attention, commandant ; accomplissez votre mission comme il faut, mais évitez de vous en prendre à des personnalités hors de tout soupçon et qui ont l'estime des plus hautes autorités. Votre enquête porte sur des crimes crapuleux et uniquement sur ces crimes crapuleux ; que des voyous attirés par l'odeur de l'argent tournent autour du vénérable maître, quoi de plus normal ? Mais cela ne vous autorise pas à faire quelque rapprochement que ce soit, même de façon indirecte. J'ai beaucoup d'estime pour vous, commandant, mais j'ai des chefs auxquels je rends compte, moi aussi. J'irai personnellement présenter des excuses en votre nom à Ladji Sylla — puisque c'est ce qu'on exige de moi, mais

150

tâchez de vous tenir désormais loin de lui, commandant. Terminé. »

Le commissaire Habib raccrocha et, à pas lents, les mains au dos, il se dirigea vers la fenêtre qu'il ouvrit : l'air chaud et vicié de la ville lui fouetta le visage. Jamais le commissaire Habib de la Brigade Criminelle n'avait été aussi soucieux.

*

Contrairement à ce que lui avait suggéré son chef, l'inspecteur Sosso ne songea nullement à s'amuser. Il éprouvait tellement de sympathie pour Ibrahim qu'il avait tendance à se croire responsable du sort de l'étudiant. « Seigneur, qu'a bien pu lui faire la D2 ? » s'inquiétait-il au moment où, tel un cheval fougueux, sa KX avalait les quelques kilomètres de rue bitumée qui se tortillait à n'en plus finir une fois atteinte la colline sur laquelle se dressait l'hôpital du Point-G qui abritait l'asile psychiatrique.

Le gardien ne laissa entrer le policier que lorsque ce dernier eut décliné son identité et exhibé sa carte professionnelle. Une fois dans l'enceinte de l'hôpital, l'inspecteur roula plus lentement jusqu'au portail de l'asile. Déjà, certains des fous qui déambulaient, quémandant aux malades des cigarettes et de la nourriture, se dirigèrent vers lui. Deux d'entre eux jouèrent au motard en apercevant son casque, le premier imitait le ronflement de l'engin, tandis que le second le poussait dans le dos en imitant à son tour les gestes du conducteur. Un troisième fou arrêté sur le pas de la porte réglait la circulation. Le jeune homme sourit. Un quatrième vint à sa hauteur et s'appliqua à calquer sa démarche sur la sienne. Cependant, dès qu'apparut le médecin, les quatre se volatilisèrent.

— Bonjour, docteur, salua Sosso ; je suis l'inspecteur Sosso de la Brigade Criminelle. Il y a un de vos patients que j'aimerais voir pour les besoins d'une enquête, si vous le permettez.

— Son nom ? demanda abruptement le psychiatre avec une animosité évidente tout en se dirigeant vers des locaux situés sur sa gauche. Le policier lui emboîta le pas.

— Il s'appelle Ibrahim.

— Ah ! vous pouvez être fier du travail que vous avez accompli sur ce pauvre, monsieur l'inspecteur. Et dire que vous voulez continuer à le martyriser ! Non, monsieur, vous ne pensez tout de même pas que je vais vous laisser faire…

— Excusez-moi, docteur, vous commettez une erreur. C'est la police politique qui vous l'a amené dans l'état où vous l'avez trouvé, or moi, je suis de la Brigade Criminelle et, à ma connaissance, on n'y moleste personne. Ce jeune homme était presque devenu mon camarade.

— Ah, vous savez, inspecteur, lui répondit le médecin après un moment d'hésitation, on ne s'y retrouve pas avec toutes ces appellations. Pour moi, la police, c'est la police. Enfin… Et que lui veut la Brigade Criminelle aussi ?

— C'est un témoin important dans une affaire criminelle, docteur, un témoin et non un complice.

152

— Si c'est ainsi, oui. Il n'est pas fou à proprement parler, mais il a subi des tortures morales et physiques qui ont fortement ébranlé son équilibre. Je me demande bien ce que vous pouvez tirer de lui dans l'état où il est. Il s'occupait donc de politique aussi ?

— Non ; à mon avis, on s'est servi de lui.

— Eh bien, le voici, inspecteur.

Le docteur se mit à l'écart, laissant l'inspecteur seul en face d'Ibrahim prostré sur un lit de camping. On ne distinguait de lui qu'une silhouette maigre recroque-villée.

« Ibrahim ! » l'appela le policier. Le jeune homme tourna la tête un bref instant et Sosso tressaillit en aper-cevant ce visage ravagé auquel les yeux de bête traquée donnaient une expression indéfinissable. Les cicatri-ces vives sur le cou et la poitrine en disaient long sur le supplice que la D2 avait infligé à l'étudiant.

« Ibrahim. » On n'appelle pas une statue ; l'inspecteur, qui avait fait un pas, s'immobilisa. Tirant de sa poche la photo de Boussé, il dit : « Ibrahim, je suis Sosso ; tu me reconnais, n'est-ce pas ? Je ne te veux pas de mal. Regarde cette photo et dis-moi si tu reconnais cet individu. »

Dès qu'il aperçut la photographie, Ibrahim se redressa vivement et ses yeux se dilatèrent. Il s'arracha de son lit, s'arrêta au milieu de la chambrette et se gratta furieuse-ment le derrière. Il interrompit son geste brusquement et son visage s'empreignit de gravité. « Si jamais, par ta faute, les hommes s'avisent de toucher au cadavre de ta mère, tu ne connaîtras plus la quiétude et ta jeunesse prendra fin prématurément. Tu as raison, ô grand

Ladji ! » dit-il d'une voix étrangement calme. Puis tout à coup ; il hurla : « Je ne veux pas échanger tes dix mille francs ! » Répétant obstinément la phrase, il se cognait la tête contre les murs, arrachait ses vêtements, trépignait. Des infirmiers vinrent en courant et se saisirent de lui.

L'inspecteur se hâta de reprendre sa moto, traversa l'hôpital en coup de vent, faisant fuir les fous qui l'attendaient. Bientôt, il allait en apprendre tellement au commandant de la D4 !

CHAPITRE 12

À vingt heures trente, le portail de la cour intérieure de la Brigade Criminelle s'ouvrit devant la voiture du commissaire Habib que suivaient deux fourgonnettes, une voiture de police banalisée fermait la marche avec à son bord l'inspecteur Baly.

Puisque, avait raisonné le chef de la D4, le fameux Pacha était réputé pour son élégance et sa beauté, c'était dans les boîtes de nuit les plus huppées de la ville qu'il fallait le rechercher. Aussi, depuis vingt heures, des indicateurs de la Brigade Criminelle s'étaient-ils mêlés aux premiers clients du Royal, de l'Orient et du Nirvâna.

En passant devant chacun de ces night-clubs, des policiers en civil quittaient discrètement les fourgonnettes et cernaient l'endroit. Ceux du Royal étaient commandés par l'inspecteur Baly, ceux du Nirvâna par l'inspecteur Sosso qui avait préféré sa moto à la voiture ; et enfin, ceux de l'Orient par le commissaire Habib qui supervisait l'ensemble des opérations qu'il pouvait suivre de sa voiture grâce au talkie-walkie le reliant à ses collaborateurs.

Si le seul indice de la présence du Pacha avait été la XL rouge, il eût été pratiquement impossible d'appréhender le jeune homme, parce que, devant les trois boîtes de nuit, s'entassaient pêle-mêle des motos de toutes marques et de toutes couleurs parmi lesquelles des XL rouges en grand nombre. Encore heureux pour le commandant de la D4 que ce fût par un mercredi et non un samedi, jour d'affluence par excellence où les croulants côtoyaient gaiement les adolescents.

À son P.C., le commissaire Habib attendait, anxieux, le premier appel. Cette nuit était un moment essentiel de sa carrière, parce qu'il fallait coûte que coûte prendre au filet ce fameux Pacha qui constituait à son avis la clé permettant d'accéder enfin à la solution de ce problème compliqué. Un échec serait pour le commandant de la Brigade Criminelle une tache indélébile à son état de service si élogieux et surtout une défaite cuisante devant son grand « ami » de la D2. Voilà pourquoi, lorsque retentit le conventionnel « Groupe 2 appelle P.C. », provenant de l'inspecteur Baly, le commissaire sursauta : mais aussitôt après, un « excusez-moi, chef, c'était une fausse alerte » le replongea dans l'anxiété.

Un jeune couple excentrique arriva à ce moment devant l'Orient, vêtu d'habits étincelants et montant un cheval pompeusement harnaché de soierie et de verroterie qui miroitaient dans le néon. Le commandant de la D4 regarda les jeunes gens, ahuri. Sans se soucier des curieux ni des railleurs, le jeune homme mit pied à terre, aida sa compagne à faire de même, puis ils entrèrent la main dans la main.

« Groupe 3 appelle P.C. » La voix impatiente de l'inspecteur Sosso résonna aux oreilles du commissaire Habib.

— Le P.C. écoute.

— L'oiseau est là, lui assura l'inspecteur Sosso.

— Qu'il ne s'envole surtout pas ! Nous arrivons, dit l'officier avec un frémissement dans la voix ; puis il ajouta : « P.C. au groupe 1 : l'oiseau est en cage au point 2 ; rappliquez ! Terminé ».

Peu après, le commissaire démarra, suivi de la fourgonnette. Pendant ce temps, au Nirvâna, le jeune inspecteur était déjà assis à une table isolée, en compagnie d'un agent de la D4, face à un groupe bruyant de jeune gens dont le Pacha était le point de mire. Ce jour-là, le jeune homme à la XL rouge portait une chemisette de soie dont le col ouvert laissait apparaître une chaîne d'or scintillant sous les feux multicolores ; son poignet droit également était orné d'un bracelet en or. La tache noire à la naissance de son cou apparaissait nettement.

« C'est bien le Pacha, chef ; je le confirme », commit l'imprudence d'ajouter l'inspecteur au moment où un client passait derrière lui. Ce dernier se hâta vers le groupe bruyant, murmura à l'oreille du Pacha qui s'empressa de prendre le chemin de la sortie. L'inspecteur comprit, se rua, bouscula des tables et leurs occupants, provoquant un grand remue-ménage. Il boxa en pleine face un jeune homme qui tentait de lui barrer le chemin ; le malheureux hurla, le visage ensanglanté. Il n'était pourtant pas au bout de ses peines, car l'agent accompagnant l'inspecteur et qui avait ramassé vivement le talkie-walkie abandonné par son chef, le catapulta au milieu des tables.

La XL du Pacha vrombissait déjà. L'inspecteur enfourcha sa moto qui se mit à hennir à son tour. L'équipe du commissaire et celle de Baly arrivèrent presque en même temps et se lancèrent elles aussi aux trousses du fugitif.

La XL rouge volait sans se soucier des feux ni de la priorité. Le Pacha était devenu un motard fou dont l'idée fixe était d'aller toujours plus loin et toujours plus vite. Les voitures s'écartaient précipitamment de lui, des cyclistes freinaient brutalement, juraient et maudissaient ce kamikaze qui osait rouler en sens interdit ; or à peine finissaient-ils de crier leur colère qu'un autre motard les dépassait, si vite qu'ils n'entendaient qu'un « vouf » aussi sonore que bref. Suivaient les voitures, comme si elles confrontaient leurs performances dans une course de rallye.

Le Pacha déboucha sur l'Avenue I, contourna le hangar du Grand Marché en sens interdit, s'engagea, encore en sens interdit, sur la petite rue aboutissant au siège des services postaux, vira sans ralentir à tel point qu'on eût juré qu'il allait tomber, redressa son cheval de fer, traversa la rue à la hauteur de la Maison des artisans et prit le chemin passant devant le parlement. C'est à ce moment que l'inspecteur Sosso qui le talonnait réussit à le tamponner par-derrière. La XL déséquilibrée fit une embardée et projeta son conducteur dans un caniveau. L'inspecteur freina brutalement, sauta de son engin, s'accrocha au Pacha qui tentait de s'enfuir : les deux jeunes gens roulèrent à terre, se relevèrent ensuite, toujours agrippés l'un à l'autre. Le Pacha commit l'imprudence de balancer le premier son poing que son adversaire évita en se baissant en même temps qu'il atteignait le propriétaire de la XL rouge en pleine face. Le coup fut si rude que la victime poussa un hurlement sauvage et tomba lourdement. Déjà, le commissaire Habib, l'inspecteur Baly et les occupants de la fourgonnette sautaient à terre, dans le nuage de poussière soulevé par les voitures.

— Eh bien, mon petit Sosso, dit le commandant de la D4 en tendant la main à son jeune collaborateur, tout couvert de sueur et de poussière, je te dois une fière chandelle.

— Merci, chef, répondit l'inspecteur essoufflé.

L'inspecteur Baly mit les menottes au Pacha et le fit monter dans l'une des fourgonnettes en même temps que sa moto.

« On y va ! » ordonna le commissaire, et le cortège fila jusqu'à la Brigade Criminelle où le Pacha fut mené directement dans le bureau du chef.

*

Le commissaire Habib regarda longuement le jeune homme assis en face de lui, dans ses habits déchirés et maculés de boue. Sa lèvre supérieure avait enflé et une vilaine blessure, sur laquelle le sang s'était coagulé, défigurait son beau visage. La tache noire au cou paraissait s'être élargie.

L'inspecteur Sosso se tenait à sa place favorite, tout près de la porte, et l'inspecteur Baly à un pas de la fenêtre.

— Eh bien, mon petit Drissa, je crois que l'immunité dont tu bénéficiais est levée maintenant. Il va falloir que tu t'adaptes à ta nouvelle condition, parce que tu as cessé d'être un pacha. Normalement, tu aurais dû avoir un casier judiciaire très chargé, mais à chaque fois tes hautes protections t'ont sauvé. Moi, je n'ai jamais eu affaire à toi, mais les commissariats de quartier, si. Détournements de mineures, proxénétisme, magouilles dans l'immobilier, escroqueries diverses, falsification de documents administratifs, usurpation d'identité et de fonction, chantage etc. etc. etc. La liste de tes forfaits est longue et je pourrais te donner toutes les précisions, mais à quoi bon ? (Le commissaire sortit d'un tiroir une chemise qu'il plaça devant le Pacha.) Tout est là, dans cette chemise. Et ce qui prouve que tu étais vraiment intouchable, mon petit Drissa, c'est que mes collègues ont hésité avant de me communiquer les renseignements te concernant. Mais, maintenant, c'est fini : tu ne peux plus compter sur personne, si haut placé soit-il. Tu n'es plus rien d'autre qu'un prévenu. Alors dis-moi pour qui tu travailles.

— Je ne parlerai jamais, répondit le Pacha imperturbable. Tuez-moi si vous voulez.

— Ooooh ! Pourquoi te tuer, mon garçon ? Hein ? Tu m'es plus utile vivant. De toute façon, bon gré mal gré, tu parleras : tu ne peux compter sur aucune aide.

— Vous perdez votre temps.

Le ton du Pacha traduisait une si froide résolution que le commandant de la D4 ne s'y trompa pas : ce soir, le jeune homme ne parlerait effectivement pas.

160

Trois heures sonnèrent à l'horloge de Notre-Dame de Bamako. Le commissaire se leva en bâillant : « Emmenez-le, ordonna-t-il à ses policiers, nous continuerons cette conversation demain matin de bonne heure. Veillez particulièrement sur lui, Baly, c'est un Pacha. »

L'inspecteur Baly remit les menottes aux poignets de Drissa et lui enjoignit de se lever… un peu trop rudement. Le commissaire Habib avait déjà franchi le seuil.

CHAPITRE 13

Dans la salle 2, se trouvaient réunies toutes les têtes de la Brigade Criminelle, comme à chaque fois que se déroulait un interrogatoire décisif qui exigeait la collaboration de tous les services. Était présent, ce matin-là, même l'adjoint du chef, le lieutenant Boua, aussi flegmatique qu'un sphinx et qui préférait l'anonyme mais paisible travail de bureau à la chasse aux bandits.

Le commandant de la D4 se gara à la place habituelle, puis grimpa l'escalier hâtivement. Il traversa le bureau vide, entra dans la salle 2 ; ceux qui étaient assis se levèrent précipitamment et les conversations cessèrent. « Eh bien, je vois que nous sommes tous là ; bonjour, messieurs, et asseyez-vous » dit le commissaire. Tous prirent place dans un bruit irritant de chaises grinçant sur le carreau. « Inspecteur Baly, faites venir Drissa. » Alors que l'inspecteur Baly sortait, le commissaire ajouta : « Je crois que vous savez tous de quoi il s'agit, messieurs ; il faut nécessairement que ce problème soit résolu... Inspecteur Diallo ! »

— Oui, chef, lui répondit le chef de l'Identité.

— Tâchez de recueillir le maximum de renseignements sur Boussé pour demain, au plus tard à midi. À propos de Hama…

Le commandant de la D4 s'interrompit, car l'inspecteur Baly venait de rentrer, les yeux hagards.

— Chef, il est mort, bredouilla-t-il.

— Mais qui donc ? cria le commissaire.

— Le Pacha.

Comme si on leur en avait donné l'ordre, tous les policiers se ruèrent hors de la salle 2 en direction de la cellule de garde à vue. Le commissaire, au contraire, marcha tel un automate. Ses collaborateurs s'écartèrent pour lui permettre de voir le Pacha couché sur le plancher dans une posture qui rappelait étrangement celle des morts des latrines. Le jeune homme tenait encore entre ses dents une bouchée de pain. L'officier s'accroupit, ramassa le reste de pain jeté à côté du bol de café brisé dont le contenu avait coulé jusque sous le mort et l'ouvrit. Il y avait sous la tartine de beurre un grand nombre de capsules jaunâtres. Le policier n'eut pas à réfléchir longtemps pour comprendre que le morceau de pain renfermait suffisamment de cyanure pour foudroyer un éléphant. Il se leva.

— Qui était chargé de sa garde ? demanda-t-il avec un calme surprenant.

— C'est moi, chef, répondit un agent de police à la chemise froissée et crasseuse aux aisselles, un pauvre hère aux allures de chien famélique et craintif.

— Qui lui a donné ce café ?

— C'est… c'est une femme.

— Où est-elle ?

L'agent fut incapable de parler ; il ne put que montrer une direction du doigt. Le commissaire s'approcha, plongea sa main dans la poche du malheureux qui tremblait de la tête aux pieds et en rapporta cinq billets neufs de dix mille francs. « C'est avec des faux billets qu'elle t'a soudoyé. » Puis s'adressant aux autres, le chef ajouta : « Fouillez les environs avec son aide. Pour ce qui le concerne, j'en aviserai. » Il froissa les billets et les fourra dans sa poche.

Les policiers se pressèrent derrière l'agent corrompu, tandis que, les mains au dos, la nuque raide, le commissaire regagnait son bureau d'un pas égal, comme un homme qui a une certitude. Et sa certitude à lui, le commissaire Habib de la Brigade Criminelle, était qu'en perdant le maillon essentiel de la chaîne qui menait des latrines à l'assassin qu'il traquait, il avait perdu tout espoir de débrouiller cette affaire à temps. Il marcha vers la fenêtre : le téléphone sonna. Il le décrocha calmement.

« Commissaire, dit une voix de femme à l'autre bout du fil, le colonel me charge de vous rappeler que la réunion est pour dans un quart d'heure. Merci, commissaire. » Comme pour le narguer !

Le policier s'arrêta à la fenêtre. Dans les rues, le même spectacle d'une ville sans visage.

« La voici ! » hurla l'agent de police véreux en poursuivant une jeune femme qui courait avec une rapidité à faire pâlir un champion olympique. Puis le commissaire distingua Sosso et Baly et d'autres qui, tous, pourchassaient la fugitive. Il souffla profondément en sortant de son bureau à grandes enjambées.

La jeune femme, étonnamment agile, réussissait à échapper aux policiers entre lesquels elle se glissait comme une anguille. Au moment où le commissaire parvint sur la dernière marche de l'escalier, la femme voulut traverser la rue en courant : une voiture la balaya littéralement, l'envoya à une autre voiture qui venait en sens inverse, laquelle, à son tour, la tamponna, roula sur elle, l'accrocha et la traîna sur des dizaines de mètres avant de pouvoir freiner.

Comme subjugué par la scène, le commissaire Habib continua à marcher à pas mécaniques. Ses agents entouraient le corps désarticulé et bloquaient la circulation.

Au milieu du tintamarre des klaxons, le commissaire murmura : « J'ai perdu. » « Je ne crois pas, chef, dit Sosso ; regardez le bout du pagne ». Effectivement, sur un des bouts du pagne était tissée une croix.

Habib soupira profondément et un sourire éclaira furtivement son visage : maintenant, il pourrait répondre à la convocation du colonel sans crainte aucune. Aussi, après avoir donné les dernières directives aux inspecteurs Sosso et Baly, prit-il le chemin du Directoire.

*

Le commandant de la D4 allait entrer dans le corridor qui conduisait à la salle de réunion, quand il sentit une main peser sur son épaule. Il se retourna et aperçut son élégant ami et collègue des Renseignements.

— Tiens, c'est toi que je cherchais, lui dit le commissaire.

— Ah ! Pourquoi ? interrogea l'autre.

— Dis, mon vieux, est-ce que tu as donné des renseignements sur Boussé à quelqu'un d'autre que moi ?

— Bien sûr, lui répondit son condisciple ; c'est plutôt le chef des R.G. qui les a portés à la connaissance du cabinet du colonel qui a tenu à suivre lui-même les résultats des diverses enquêtes.

— Je m'en doutais.

— Mais dis, tu as de ces façons ! Qu'est-ce qui se passe ?

— Ça va, ça va, mon vieux : tu sauras bientôt l'intérêt de ma question.

Ils pénétrèrent dans la salle et s'assirent côte à côte à la longue table où les avaient précédés les autres chefs. Comme lors de la dernière réunion, seul le commandant de la D2 griffonnait des notes sur un calepin alors que les autres conversaient à bâtons rompus.

Le colonel entra et tous se levèrent : il s'assit et après avoir dévisagé les siens, il les libéra. Déjà, son secrétaire, toujours discret, avait déposé devant lui un bloc de feuillets. L'officier porta ses lunettes et se cala sur son siège.

« Messieurs, dit-il, nous nous retrouvons donc comme convenu. J'ai ici les premiers rapports (incomplets, naturellement) que vous m'avez transmis. Après en avoir pris connaissance, j'ai compris que cette rencontre était hautement importante.

En résumé, le commissaire Habib de la Brigade Criminelle a découvert de nombreux indices autorisant à

penser que les trois morts du Banconi sont des assas-
sinats perpétrés par une seule et même personne. On
pourrait également penser que l'affaire de faux billets
est liée à ces trois crimes. Mais il n'y a malheureusement
pas de preuves indiscutables et le coupable demeure
inconnu. Quant au commandant de la D2, son dernier
rapport permet de conclure que l'émeute... euh, que les
troubles qui se sont produits au Banconi ont une colora-
tion politique et ont été fomentés par des agitateurs ;
mais si des suspects ou, au mieux, des complices, ont été
arrêtés, il faut reconnaître que le grand responsable court
toujours.

Ainsi, je vous demande, messieurs les commandants
de la D2 et de la D4, de nous livrer les derniers résultats
de vos enquêtes afin que nous arrêtions les mesures
nécessaires, car en haut on est impatient. Voilà ! »

— Mon colonel, intervint le chef de la Police politique,
je voudrais attirer votre attention sur une irrégularité.
Dans nos conventions, la falsification des billets de banque constitue une atteinte à la sûreté intérieure de l'État
et relève en conséquence de la compétence de la D2. Je
comprends mal que la D4 ait jugé indispensable de se
substituer à la D2...

— Commandant, l'arrêta le colonel pour prévenir la
réaction du commissaire Habib, la question ne m'a pas
échappé, mais dans l'état de nos connaissances, tout est
encore trop flou pour qu'on puisse distinguer nettement
une affaire d'une autre. Continuez votre exposé.

— Dans mes investigations, repartit le chef de la D2,
j'en suis à ce point : le dernier que nous avons appréhendé

a donné le nom de son employeur qui s'appellerait le Pacha — ce qui est plutôt un surnom. Or, j'ai la conviction que ledit Pacha mène directement au cerveau de l'organisation. Son arrestation, vu les moyens déployés, n'est qu'une question d'heures. En outre, nous avons découvert un lien entre le fils d'une des victimes de l'empoisonnement et les commanditaires des agitateurs. C'est un jeune drogué qui, nous le croyons, recouvrera sa lucidité après quelque temps passé à l'asile psychiatrique.

En un mot, mon colonel, dans deux jours, tout sera tiré au clair, à condition qu'on ne me mette pas de bâtons dans les roues.

— Vous n'avez même pas de roues, riposta le commandant de la D4. Mon cher collègue, j'admire le caractère radical de vos méthodes, mais vous me permettrez de douter de leur efficacité. D'abord, vous pouvez mobiliser tout l'effectif de la D2, vous ne retrouverez pas celui qu'on surnomme le Pacha, pour la simple raison qu'il est mort il y a à peine un quart d'heure ; ensuite, ce pauvre étudiant qui s'appelle Ibrahim et que vous avez supplicié souffre de troubles graves mais ne se drogue pas. Vous avez tout simplement torturé un innocent qui n'a jamais été mêlé ni de près ni de loin à une agitation politique ; enfin, mon très cher et très vénérable ami, mon colonel ne verrait certainement pas en mal l'obligation dans laquelle je me trouve de compléter votre rapport. Vous avez torturé Kambira à mort, inutilement ! et rien ne vous permet d'affirmer que vous allez atteindre le but dans deux jours. Mieux, j'affirme que vous n'y parviendriez pas, même si on vous accordait un délai supplémentaire de deux ans.

168

— Prenez garde, commissaire, ne vous frottez pas à moi ! répliqua le chef de la D2 avec véhémence en pointant l'index sur son adversaire.

— On dirait que vous voulez m'arrêter, ironisa le commissaire Habib.

— Ça suffit ! trancha le colonel irrité. Je comprends que l'animosité que vous nourrissez l'un pour l'autre empêche toute collaboration entre vous, mais rappelez-vous, commandants, que moi aussi j'ai des comptes à rendre. C'est pourquoi je vous décharge de l'ensemble du dossier et le confie à la Gendarmerie.

— Mon colonel, intervint alors Habib, c'est inutile désormais, à mon avis, parce que l'enquête est terminée. Je vous convie tous, si vous le permettez, bien sûr, à l'arrestation du faussaire et de l'assassin, car il s'agit d'une seule et même personne. Et l'agitateur aussi, c'est lui, pour une raison que vous comprendrez bientôt.

De surprise, personne ne parla. On suivit donc le commissaire Habib et peu de temps après le convoi de voitures s'ébranla, précédé d'un motard dont la sirène ouvrait la voie.

CHAPITRE 14

C'est au Banconi que s'immobilisa le convoi. Aussitôt surgirent des fourgonnettes garées discrètement des policiers commandés par les inspecteurs Baly et Sosso.

Le colonel arrêta le commissaire Habib pendant que les habitants du Banconi affluaient.

— Commissaire, je vous avais mis en garde ; ne comptez pas sur moi pour vous couvrir : si vous faites un faux pas, vous êtes fichu ! l'avertit-il.

— J'accepte les risques de mon acte, colonel, répondit le commandant de la D4.

Alors Ladji Sylla apparut, élégant et rayonnant, suivi de son lieutenant portant sa lourde serviette de cuir noire.

— Il me semble que vous vous apprêtez à voyager, grand maître, lui lança le policier.

— Colonel, qu'est-ce que c'est que ça ? s'indigna le marabout dont les yeux brillaient. Mais répondez donc ; qu'est-ce que c'est que ça ?

Pendant ce temps, l'inspecteur Sosso, aidé de trois agents, déchargeait de la fourgonnette bâchée dont le chauffeur, Diabi, tremblait à tel point qu'il s'accroupit, une extravagante cantine noire.

— Mon colonel, voici l'homme que vous recherchez, dit le commissaire. C'est lui l'assassin, le faux-monnayeur et l'agitateur. Je vous en donne la preuve. Le vénérable maître Ladji Sylla est l'assassin de Sira, Naïssa et Hama, qui, tous trois sont venus le consulter à propos de problèmes qui empoisonnaient leur existence ; la première victime, parce que son mari était devenu inexplicablement impuissant ; la deuxième, parce qu'elle souffrait de stérilité prolongée ; la troisième, parce qu'elle voulait devenir riche afin de pouvoir garder sa femme. Pour le prix de ses services, Ladji Sylla a exigé de Sira deux grosses boucles d'oreilles en or d'un poids total de trois cents grammes et dix pagnes de coton de grande qualité ; de Naïssa, un pendentif et un bracelet en or ; de Hama, qu'il substitue dans la caisse de son service deux millions de francs en faux billets à des vrais du même montant. Et, en guise de panacée, le saint homme a donné aux pauvres du cyanure en leur faisant croire que c'était une eau miraculeuse qu'ils ne devaient boire que dans les latrines. « Quelle que soit la douleur que vous ressentirez, ne criez pas, si vous voulez que le miracle se produise », leur a-t-il recommandé. Et tout se passa selon sa volonté.

Ibrahim, le fils de Sira, a flairé le crime, mais Ladji Sylla, qui est un excellent psychologue, l'a fait taire, d'abord en le menaçant des foudres d'Allah, ensuite en le compromettant dans l'affaire des faux billets en en faisant dissimuler chez lui par les soins de Drissa, surnommé le

Pacha, et en faisant échanger par l'intermédiaire de Boussé les petites coupures de billets de banque qu'il avait lui-même offertes au garçon contre un faux billet de dix mille francs. Le pauvre Ibrahim était si traumatisé en sortant de chez le marabout qu'il n'a pu soupçonner le piège quand l'inspecteur Sosso l'a arrêté chez lui.

Les investigations continuant malgré tout, Ladji Sylla a fait assassiner Boussé que nous recherchions. Le marabout a dû forcément être prévenu par une personne bien informée dont j'ignore l'identité. Il a donc pris ses précautions en envoyant aux parents de son disciple et homme de main la somme de cinquante mille francs en leur demandant de lui écrire pour réclamer le retour de leur enfant qui a pris un mauvais chemin. Ce, il y a deux jours ! La lettre lui servait tout simplement d'alibi. Nous avons arrêté les deux meurtriers du jeune homme. Ils sont passés aux aveux et seront acheminés sur Bamako sous peu.

Quant au fameux Drissa-Pacha, il était l'éminence grise du maître. On l'a vu avec Hama ; on a la preuve que c'est lui qui a compromis Ibrahim. En l'arrêtant, nous ne nous trouvions qu'à un pas du maître. Il fallait donc faire disparaître le Pacha. Ladji Sylla s'est, pour cela, servi d'une femme qui a apporté à Drissa — avec la complicité d'un agent véreux — du café accompagné d'une miche de pain au cyanure. Et, par bonheur pour le marabout, la femme elle-même a été écrasée par une voiture après qu'elle eut accompli son forfait. Malheureusement pour Ladji Sylla, cependant, la chance a été de courte durée : la morte portait un des dix pagnes qu'il a extorqués à

172

Sira. C'est pourquoi nous avons réussi à l'identifier : elle s'appelait Fatou et habitait le Banconi.

En ce qui concerne l'agitation au Banconi, elle n'a été organisée par le Pacha que pour créer une diversion. Il est si facile de manipuler des gens qui ont faim et n'ont plus d'espoir ! Il suffisait d'interroger les habitants du quartier, sans les terroriser, pour comprendre.

Mais la grande erreur de Ladji Sylla fut d'avoir dit à Hama que ses soucis prendraient fin ce jour, à quatorze heures ; sans ce détail, je n'aurais pas eu toute la certitude nécessaire à l'action. En fait, avant cette heure, Ladji Sylla devait s'envoler à bord d'un avion d'Air-Afrique en partance pour Abidjan : il avait déjà réservé une place.

Voilà pourquoi j'ai eu l'idée de demander des renseignements à mes collègues ivoiriens. D'après le télex que j'ai reçu d'Interpol-Côte-d'Ivoire, vous êtes le fameux Faralaye Sylla dit le Tueur de Bouaké. Ce sont les policiers ivoiriens qui se réjouiront de votre arrestation, depuis le temps qu'ils cherchent des preuves contre vous, en vain.

Enfin, mon colonel, Ladji Sylla ne mérite aucun égard, parce qu'il n'est qu'un charlatan. Regardez cette photo (il exhiba l'objet que l'inspecteur Sosso avait subtilisé chez le marabout), c'est l'honorable maître au bras d'une ravissante prostituée devant l'hôtel Almira de Las Palmas. »

Le marabout, qui était demeuré raide, les yeux étincelants, rugit : « Alors, c'est comme ça, colonel ? Vous laissez un petit commissaire prétentieux et borné m'insulter publiquement ! Vous, vous savez bien pourtant qui je suis et ce dont je suis capable. Pendant qu'il est encore temps, ramenez ce farfelu à l'ordre. Je vous préviens, colonel, que je serai sans pitié. »

« Tu n'es qu'un charlatan doublé d'un criminel, mon pauvre Faralaye. La comédie est finie, lui rétorqua le commissaire Habib qui se tourna vers son chef et ajouta : mission accomplie, mon colonel. »

Le colonel, qui regardait Ladji Sylla de façon méprisante, serra la main du commissaire en lui disant d'un ton bourru : « Félicitations, commandant ». Puis ce fut le tour des autres collègues du commissaire de le congratuler.

L'inspecteur Sosso avait ouvert la malle du marabout dans laquelle il y avait une quantité imposante de faux billets, deux boîtes de cyanure, des pagnes de Guinée au bout étoilé et bien d'autres pièces à conviction.

Ladji Sylla avait perdu sa superbe. Sans plus attendre, le convoi des officiels s'ébranla. Le marabout, son lieutenant, son chauffeur et sa malle furent embarqués dans une fourgonnette par des policiers, sous la surveillance de Baly et sous les yeux ahuris des habitants du Banconi.

À leur tour, le commissaire et l'inspecteur Sosso se dirigèrent vers leur voiture.

— Mon petit Sosso, dit alors le commissaire, le problème était difficile, mais nous l'avons résolu. Vois-tu, notre drame à nous, policiers, c'est de n'avoir de prise que sur les événements ponctuels. Ce Faralaye Sylla est sous les verrous, mais il en surgira d'autres, inéluctablement. Regarde leurs futures victimes ; elles sont sûrement en train de jurer qu'il s'agit d'une machination, que ce Faralaye-là est innocent.

174

C'est pénible, Sosso, c'est pénible, mais tu t'y feras. Zarka dit que tu es un moustique, il faudra bien que tu apprennes à piquer.

L'inspecteur Sosso sourit.

— Mais, chef, comment avez-vous su que la malle contenait tous ces objets-là ?

— Je ne le savais pas du tout, Sosso, j'ai supposé. Ça aussi, ça fait partie du métier.

Ils s'installèrent dans la voiture. Quand le jeune homme mit le moteur en marche, son chef ajouta : « Il faut que tu repasses voir Zarka : ta plaie s'est rouverte. »

« Oui, chef », convint le jeune policier.

La voiture s'ébranla.

L'HONNEUR DES KÉITA

CHAPITRE PREMIER

Le commissaire Habib s'était certainement levé du mauvais pied ce matin car, non content de n'avoir pas daigné répondre à sa femme qui l'invitait à déjeuner, il s'était engouffré dans sa voiture et avait démarré en trombe, éraflant au passage le portail du garage. Comme ça, sans aucune raison. Oh ! l'épouse, depuis tant d'années de vie commune, avait appris à connaître son mari dont les sautes d'humeur ne l'émouvaient plus outre mesure. En revanche, à la Brigade Criminelle, quand le chef était, comme ce jour-là, possédé par de méchants diables qui le faisaient vociférer à la moindre erreur, on vivait dans la terreur. Même son cher petit Sosso ne se risquait pas à prendre des initiatives.

Or, tout autre que Habib eût dû savourer les retombées de l'exploit qu'avait constitué l'arrestation de Ladji Sylla, exploit salué à l'unanimité par la presse. Mais non, tout semblait glisser sur lui, et l'admiration et les éloges et l'espèce de crainte mêlée d'envie qu'il inspirait, à tel point qu'on ne pouvait s'empêcher d'être quelque peu agacé par cette attitude apparemment hautaine.

Le soleil venait de se lever à peine dans le ciel d'hivernage ; on le devinait seulement derrière les nuages gris qui barraient l'horizon. Dans le brouillard qui recouvrait Bamako, les eaux du Niger en crue étaient verdâtres et immobiles. Sur le pont étroit enjambant le fleuve, les voitures, les cyclomoteurs et les bicyclettes se déplaçaient péniblement, comme par à-coups, dans un embouteillage sans nom.

Pourtant, contre toute logique, alors que tant d'autres automobilistes piaffaient et pestaient, le chef de la Brigade Criminelle ne laissait paraître aucun signe d'irritation, malgré les jurons et les avertisseurs intempestifs. En vérité, Habib rêvait, car il fallut qu'un conducteur excédé vînt lui hurler aux oreilles pour qu'il se rendît compte enfin que la voie était dégagée depuis un moment déjà et que c'était lui, en fait, le bouchon qui empêchait le flot de s'écouler. Alors, il démarra en coup de vent et ne s'arrêta que devant la Brigade Criminelle.

Après avoir grimpé machinalement le long escalier, il retourna sur ses pas tout aussi machinalement, sous l'œil intrigué et inquiet de l'agent en faction, prit dans sa voiture la serviette qu'il y avait oubliée, remonta les marches et s'engagea dans le couloir menant à son bureau.

Comme d'habitude, son premier geste consista à « sonner » l'inspecteur Sosso. Il appuya sur le bouton d'appel quatre fois, en vain, fronça les sourcils puis se plongea dans ses dossiers ; mais peu après, il se leva et, accomplissant son rite quotidien, il s'arrêta à la fenêtre : Bamako n'avait pas changé — comment aurait-il pu changer d'hier à aujourd'hui ? Seulement, Habib pensa que les mendiants se multipliaient de jour en jour. Par exemple, devant la station d'essence, au paralytique qui, depuis des années, venait quémander là tôt le matin, s'étaient ajoutés des aveugles, des lépreux et d'autres mendiants apparemment bien portants. Et il en était ainsi partout, devant les pharmacies, dans les parcs-autos, les marchés, à la sortie des magasins et des restaurants. Les passants étaient assaillis par les mains qui se tendaient prompte-ment dans l'intention d'agripper les indifférents.

On eût dit que tout se liguait pour rendre plus morose l'humeur du commandant de la Police Criminelle, qui souffla imperceptiblement, se retourna pour regagner sa table quand trois coups retentirent à la porte du bureau. Il lança un « entrez ! » d'une voix quelconque et un jeune policier — presque un gamin — apparut et salua avec déférence. C'était le sergent Sidibé, un nouveau, que le Directoire avait envoyé à la Criminelle qui, ne sachant trop qu'en faire, lui avait confié les tâches du secrétariat dont le titulaire était alité depuis longtemps et ne parais-sait plus capable de soutenir un effort prolongé.

— J'ai essayé de vous joindre par l'interphone à trois reprises, commissaire, mais ça ne répondait pas. Alors je suis venu voir.

— Tu as raison, Sidibé, je viens d'arriver, lui répondit Habib que ne manquait pas d'intriguer ce petit sergent, avec son regard candide, son air résolu et l'énergie qui émanait de tout son être.

— L'inspecteur Sosso aussi vous a téléphoné, ajouta le sergent Sidibé.

181

— Ah ! s'exclama Habib, d'où téléphonait-il et que voulait-il ?

— Il m'a seulement dit qu'il vous rappellerait ; il ne m'a pas donné de précision, commissaire.

Le commissaire dévisageait toujours l'agent. « 23 ans, se dit-il, tout comme mon premier garçon. »

— Dis-moi un peu, jeune homme, demanda-t-il sans transition, qu'est-ce qui t'a fait entrer dans la police ? Qu'est-ce que tu espères faire ici ?

Très à l'aise, le sergent Sidibé répondit sans réfléchir : « Protéger la société ». Cette grandiloquence naïve amusa Habib qui, dans l'intention perfide de confondre l'agent, lui demanda :

— Mais la protéger de quoi ?

— Du mal, commissaire.

La voix qui avait lâché cette phrase était si assurée que le commissaire en éprouva un soupçon d'amertume. Il prit le jeune agent par la main, le mena à la fenêtre. « Regarde, lui dit-il en lui montrant le spectacle des mendiants, c'est ça le mal, mon petit, des gens qui pataugent dans la boue et oublient toute dignité en implorant la générosité de leurs semblables qui ne font même pas attention à eux. Et, chaque jour, ils deviennent un peu plus nombreux ; bientôt une bonne partie des habitants de cette ville seront des clochards et des mendiants. Alors, je serai bien content que tu m'expliques de quels moyens tu disposes pour "protéger" la société contre ce mal-là, sergent Sidibé. »

Le jeune policier parut déconcerté, mais il se ressaisit assez vite pour asséner à son chef cette terrible phrase :

« Je pense que ça, c'est l'affaire des philosophes et des politiciens, commissaire ; la police a une autre façon de voir le mal. »

Interloqué, Habib ne put que hocher la tête, marmonner et se tourner vers la fenêtre. L'autre hésita, puis sortit. Le commissaire se souvient que quelques mois auparavant son « cher ami », le commandant de la D2, lui avait fait presque la même remarque. « Peut-être que je vieillis et que je ne suis plus dans le coup » supposa-t-il. C'est alors que le téléphone sonna. Habib décrocha comme malgré lui, mais aussitôt après il s'écria : « Ah ! C'est toi Sosso ! … Quoi ? … Mais quand ? Mais où ?… » Il écouta longuement puis : « J'arrive ! » lança-t-il. Il raccrocha vivement et, comme si la vie lui revenait enfin, il descendit l'escalier énergiquement, entra dans sa voiture et démarra.

CHAPITRE 2

Le commissaire dut, à cause de la boue glissante, se garer à une cinquantaine de mètres de l'attroupement lequel, à en juger par les regards, l'attendait impatiemment. L'inspecteur Sosso, qui avait deviné le petit drame de Habib, parvint à la voiture au moment où, s'en étant extrait un peu péniblement, le chef refermait la portière.

— Bonjour, chef, lança le jeune policier gaillardement. J'ai cherché à vous joindre une première fois, mais vous n'étiez pas encore au bureau. C'est un corps d'homme qu'on a découvert.

— Une nouvelle bien matinalement macabre, Sosso, répondit le chef en prenant grand soin de voir où il posait le pied.

Ce fut pourtant Sosso qui glissa et ne dut son salut qu'au bras du commissaire qui lui conseilla : « Tu ferais mieux d'être aussi prudent que moi ; ne te fie pas trop à ta jeunesse ».

Un peu mal à l'aise, le jeune homme remercia son chef qui demanda :

— Et qui t'a prévenu ?

— C'est cet homme, là-bas, en imperméable rose.

Ils arrivèrent au lieu de l'attroupement. Le cercle s'ouvrit de lui-même et Habib s'avança sans répondre au milieu des « bonjour commissaire », mais ne tarda pas à se figer : il était certes habitué à voir des corps, mais le cadavre qui flottait là, dans le bassin, était l'horreur même. Il était si enflé qu'on l'eût pris pour un bonhomme « Michelin » auquel l'eau aurait donné une couleur indéfinissable. La chair déchiquetée en plusieurs endroits étalait ses plaies hideuses entre les lambeaux d'habits à carreaux bleus et rouges, de laine jaune grossière, effilochés et déteints. Tandis que le bras droit, probablement brisé, pendait sous l'eau, le gauche, sectionné tout près de l'épaule, n'était plus qu'un moignon d'où sortait un morceau d'os.

Le commissaire entreprit enfin de faire le tour du bassin quand apparut l'inspecteur Baly qui, aidé d'un agent de police et d'un volontaire, portait péniblement une bâche.

— J'ai fait défiler tous les ouvriers, mais personne ne l'a reconnu, fit remarquer Sosso.

— Naturellement, mon petit Sosso, lui répondit Habib, il leur est difficile de reconnaître un cadavre qui n'a pas de visage.

Effectivement, il s'agissait d'un mort sans visage ou, plutôt, d'un mort dont le visage avait perdu tout signe distinctif évident. Ce n'était plus qu'une face monstrueuse.

Arrivés à proximité du bassin, Baly et ses compagnons laissèrent tomber la bâche. Baly expliqua : « C'est pour faire sortir le corps de l'eau ; il n'y a pas d'autre moyen, chef ».

— C'est exact, Baly ; je n'avais même pas pensé qu'il le fallait, avoua le commissaire qui ajouta : « Allez-y ».

Ouvriers et policiers réussirent à glisser la bâche sous le cadavre qu'ils tirèrent de l'eau. Horrifiés, les ouvriers reculèrent et formèrent assez loin, autour des seuls policiers, un cercle que grossissaient, au fil des minutes, les curieux des quartiers voisins.

Accroupi, le commissaire Habib observait le mort ; il se déplaça ainsi, comme un canard, s'attardant sur la tête, sur le reste de bras, sur les plaies. Il se releva.

— Qui l'a découvert, tu dis ? demanda-t-il à Sosso.

— L'homme à l'imperméable rose, répondit l'inspecteur qui interpella aussitôt l'individu en question.

« Baly, transportez le corps à la morgue et dites au médecin légiste qu'il me faut son rapport le plus tôt possible. Vous ferez draguer le bassin — on ne sait jamais », ordonna Habib. Peu après, le corps fut placé dans l'ambulance qui démarra dès que Baly eut pris place à côté du chauffeur.

Cependant, l'homme à l'imperméable rose, un manchot, qui mâchait bruyamment un chewing-gum, s'arrêta en face du commissaire et, de son bras valide, il se gratta la tête puis se tritura les cheveux.

— Comment vous appelez-vous ? lui demanda Habib d'un ton neutre.

— Révolver.

— Quoi ? s'exclama le commissaire.

— Mon vrai nom est Daouda, mon *com'saire*, mais on m'appelle Révolver.

— Profession cow-boy, je suppose, ironisa Habib.

— Non, je suis gardien, répondit l'homme à l'imperméable rose tout en mâchant son chewing-gum.

— Où ?

— Ben… c'est-à-dire que j'étais gardien ici, expliqua Daouda en indiquant le chantier. On m'a renvoyé.

— Ayez donc la décence d'arrêter de vous triturer comme ça ! tonna le patron de la Brigade Criminelle quand il comprit que son interlocuteur était loin d'être manchot : il avait tout simplement gardé son bras gauche sous l'imperméable pour se masser le sexe plus discrètement — un jeu auquel il paraissait bien habitué. Confus, Daouda suspendit son geste obscène, mais garda son bras sous l'imperméable et continua à mâcher son chewing-gum.

— Et à quelle heure l'avez-vous découvert ? lui demanda le commissaire irrité.

— Très tôt le matin. Je passais pour aller me baigner au fleuve. Quand je l'ai vu, je suis allé au commissariat.

— Vous n'avez pas vu quelqu'un d'autre dans les environs ?

— Si ; le gardien du chantier était arrêté loin là-bas.

— Vous l'avez informé de votre découverte ?

— Non… hésita Daouda… non…

« Sosso, tu vas dans les quartiers alentour et tu me rapportes ce que tu auras appris sur le mort ; quant à vous, Daouda, vous venez avec moi. » Sans attendre, le commandant de la Brigade Criminelle se dirigea vers le chantier. Les policiers durent disperser la foule qui s'avisait de le suivre, alors que, ayant enfourché sa KX, l'inspecteur Sosso s'éloignait à toute vitesse.

« Alors ça non, suis pas d'accord, hein qu'on vienne pas me casser les pieds encore ! qu'on me laisse travailler ! J'en ai marre, moi, j'en ai marre ! » Le bonhomme chauve et rondouillard, la cinquantaine passée, qui fulminait ainsi avec de violents gestes du bras était l'entrepreneur ; il marchait vers le commissaire de façon peu amicale.

— Excusez-moi, monsieur, l'accueillit Habib, je suis le commissaire Habib de la Brigade Criminelle. Je ne serais pas venu vous importuner si quelqu'un n'avait pas choisi de venir mourir dans votre bassin.

— Ben, d'accord, je l'ai vu, moi, mais je le connais pas ; c'est ce que j'ai dit à vos policiers. Personne ne connaît ce mort, répondit le contremaître.

— C'est exact, acquiesça Habib, et c'est pourquoi je cherche encore. Pour le moment, c'est le gardien de votre chantier qui m'intéresse.

« Diarra ! Diarra ! » hurla aussitôt le bonhomme rondouillard. Un adulte dégingandé surgit, tout essoufflé. « Tu réponds aux questions du commissaire et tu rejoins ton poste. Compris ? » lui ordonna son patron qui, avisant quelques ouvriers ayant abandonné leurs postes pour suivre les policiers, dit simplement : « Si j'arrive avant vous, vous êtes renvoyés ». Ce fut aussitôt une course de vitesse dans une confusion inouïe.

Habib sourit, puis s'adressant au gardien, il demanda :

— Diarra, est-ce que vous êtes allé voir le cadavre dans le bassin ?

— Oui, *com'saire* répondit l'homme qui s'était recroquevillé, les mains sur la poitrine.

— Et vous ne savez pas qui c'est ?

— Non, *com'saire*.

— À quelle heure l'avez-vous découvert, vous ?

— J'ai entendu des ouvriers qui en parlaient ; et je suis parti voir à mon tour.

Diarra s'humectait les lèvres sans cesse et se tortillait de bien curieuse façon, comme quelqu'un qui réprime une envie d'uriner.

— Vous ne trouvez pas bizarre qu'un gardien de chantier ne fasse pas la ronde chaque matin ? Vous auriez découvert le corps bien avant les autres. N'est-ce pas ? Maintenant dites-moi, êtes-vous passé à proximité du bassin hier ou avant-hier ?

— Non, *com'saire*. C'est parce que la pluie ne s'est pas arrêtée une minute depuis avant-hier jusqu'à l'aube, aujourd'hui. Personne ne pouvait sortir la tête.

Le commissaire dévisagea un instant Diarra qui se tortillait et lui demanda s'il connaissait Daouda-Révolver « que voici ».

« Lui, oh, ooh ! proféra le gardien avec un mépris évident, qui ne le connaît pas ? Il était ici, on l'a renvoyé. Il croit que c'est ma faute, alors il fait tout pour me créer des ennuis. Daouda, oh, ooh ! »

Diarra ne tarda pas à reprendre son étrange danse. Daouda, qui continuait à mâcher son chewing-gum tout tranquillement et de façon toujours aussi bruyante, affirma avec une assurance troublante : « Moi, je suis sûr que tu as vu ce cadavre avant tout le monde. » Le gardien parut si indigné et si surpris qu'il fut incapable de parler ; il se contenta de s'humecter les lèvres et de se tortiller encore plus, les yeux larmoyants fixés sur son adversaire.

« Bon, j'ai compris. Vous m'accompagnez à la Criminelle, Daouda », trancha le commissaire Habib qui tourna le dos sans attendre. Il ne doutait pas que, par jalousie, le gardien licencié cherchait à nuire à son remplaçant, il ne s'en offusquait même pas parce que, d'expérience, il savait que la bassesse régnait aussi bien chez les riches que chez les nécessiteux. Ce n'était pas la première fois qu'un pauvre hère tentait, de façon bien grotesque, de l'induire en erreur. En revanche, il se dégageait, de tout l'être de ce « pauvre hère » de Daouda, une impression trouble qui faisait croire à Habib que l'individu était certainement au moins le premier témoin dans cette affaire. C'était son intuition qui l'en persuadait.

À une centaine de mètres de là, l'entrepreneur vociférait ; sa voix éclatait malgré le vacarme des scies, des marteaux et des véhicules qui allaient et venaient sans arrêt. Du ciel gris que de gros nuages sombres sillonnaient à vive allure, une pluie fine se mit à tomber. Le commissaire se hâta vers sa voiture tout en ayant un œil sur la boue dans laquelle il était, de toute façon, obligé de marcher. Les policiers avaient embarqué Daouda dans une voiture qui allait, sous peu, tourner au coin de la rue et le commissaire, qui avait déjà entrouvert la portière de la sienne, s'immobilisa, et la regarda jusqu'à ce qu'elle eût disparu. Apercevant ces chaussures maculées, il fit la moue en secouant la tête. Peu après, il démarra.

CHAPITRE 3

Dans son bureau, le commissaire dévisagea longuement Daouda assis en face de lui dans son imperméable
rose qui bruissait au moindre mouvement.

— Alors, Daouda, dit-il, nous voilà seuls à présent et
nous allons parler sérieusement. Auparavant, j'ai une
mise en garde ferme à t'adresser : d'abord, tâche de ne
plus accuser à la légère, comme tu viens de le faire, parce
que je ne suis pas prêt à tolérer une telle mauvaise foi
qui est aussi un manque de respect à l'égard de la police ;
ensuite je te conseille vivement de cesser de te triturer
le devant comme tu es en train de le faire en ce moment,
croyant que je ne m'en rends pas compte. C'est indécent
et révoltant. J'espère que tu m'as compris, Daouda.

— Oui, *com'saire*, convint Daouda qui assagit son bras
gauche sans toutefois le découvrir, cessa même de mâcher
son chewing-gum et tenta de se dépêtrer bruyamment
de son imperméable rose. Rapidement, il inspecta le
bureau du regard puis se laissa aller dans sa chaise.

— Commençons dès le commencement, Daouda, lui

dit le commissaire qui n'avait cessé de l'observer, redis-moi à quelle heure tu as aperçu le mort.

— Très tôt, ce matin, *com'saire*, quand j'allais me baigner au fleuve, confirma Daouda de cette voix si froide qu'elle paraissait artificielle.

— Et le corps était dans le bassin ?

— Oui, *com'saire*.

— Étendu sur le dos ?

— Étendu sur le dos.

— Qu'est-ce que tu as fait ensuite ? Continue.

— Ensuite, je suis venu ici.

— Voyons, Daouda, à quelle distance étais-tu du bassin ?

Daouda hésita, promena son regard sur la table, le mur puis répondit en montrant un arbre à travers le volet :

— C'est comme d'ici à là-bas.

— Et tu ne t'es pas approché ?

— Non, *com'saire*.

— Tu as eu peur ?

— Non, *com'saire*.

— Tu n'as pas songé à découvrir son visage ?

— Non, *com'saire*.

Habib regarda fixement Daouda dont le bras gauche parut vouloir s'agiter et dont les mâchoires dansèrent deux ou trois fois. Le chef de la Brigade Criminelle avait à présent une certitude : l'homme qui se trouvait devant lui tentait de jouer un rôle, mais il le jouait mal ; il en savait plus qu'il ne l'avait dit.

— Tu me déçois, Daouda, dit le commissaire avec gravité, tu me déçois parce que tu n'as pas tenu ta promesse :

tu mens de nouveau. Tu mens, parce que tu as observé le mort de plus près, tu mens, parce que…

La porte s'ouvrit et l'inspecteur Sosso lança en entrant : « Ça y est, chef, on a identifié le mort. Il s'agit d'un certain Bagayogo Adama. Marabout, féticheur, magicien, on ne sait pas trop, mais il paraît que sa spécialité c'est les aff » …

— Mais qu'est-ce que c'est que ce langage-là, Sosso ? s'étonna Habib.

— Pardon, chef, je veux dire qu'il s'occupait de problèmes pas… euh… pas trop catholiques, quoi : éliminer un ennemi, une rivale, comment devenir riche, ainsi de suite.

— Des activités peu honorables, en langage correct, n'est-ce pas, Sosso ?

— Exactement ! convint le jeune policier. Je crois que les gens de son quartier ne l'aimaient pas particulièrement : ils l'accusaient d'être un charlatan.

— Ça se comprend. Et sait-on d'où il venait ?

— Non, chef, personne n'a pu me le dire et, naturellement, il ne portait sur lui aucune pièce d'identité. Il louait une case dans une petite concession dont je n'ai pas pu rencontrer les propriétaires, des pêcheurs Bozos.

— Bien sûr, Sosso, bien sûr, et c'est dans de telles conditions qu'il faut travailler. Quel pays ! se plaignit Habib avant de se tourner vers Daouda qui, profitant de la situation, s'adonnait si bien à son jeu favori qu'il semblait avoir oublié qu'il se trouvait dans le bureau du commissaire.

— Vous n'êtes pas un homme de parole, Daouda, lui fit remarquer le chef de la Brigade Criminelle : vous venez de vous parjurer pour la deuxième fois. Mais dites-moi, vous le connaissiez, vous aussi, ce Adama Bagayogo ?

— Non, *com'saire*, ni Daouda.

— Ah ! s'exclama Sosso, à propos, chef, il y a un monsieur qui désire vous communiquer des informations. Il est dans la salle d'attente.

— Qu'il entre, Sosso, qu'il entre donc, s'impatienta Habib.

À peine Sosso eut-il entrouvert la porte et fait un signe, que le monsieur entra. En fait, c'était un garçon d'à peine dix ans. Le commissaire ne put s'empêcher de laisser paraître sa surprise sous l'œil goguenard de l'inspecteur et il devint même perplexe lorsqu'il se rendit compte que la vue du « monsieur » avait plongé dans une grande agitation le sieur Daouda qui se broyait littéralement le sexe tandis que ses mâchoires malaxaient le chewing-gum fébrilement.

— Ah bon, Daouda-le-con, tu es là ! constata le petit « monsieur » avec une satisfaction évidente. C'est toi qui as tué Bagayogo. Je t'ai suivi quand tu es parti chez lui, l'autre jour, au crépuscule. Vous vous êtes querellés et tu as dit que tu allais le tuer. Puis tu es sorti, puis Bagayogo aussi est sorti en courant à toute vitesse. Tu vois que je t'ai vu.

— Il ment, protesta Daouda en s'agitant et bafouillant, il ment, le garçon. Il ne m'aime pas, il ment…

194

Au spectacle du garçon en courte culotte kaki sale, au tricot délavé, troué en maints endroits et aux sandales rafistolées, mais dont l'aplomb terrorisait un adulte qui eût pu être son père, le commandant de la Brigade Criminelle sourit.

— Mon petit, intervint le commissaire Habib, si tu me disais d'abord ton nom.

— Je suis Solo, *com'saire*, répondit le garçon qui ajouta en désignant Daouda : regardez-le, il dit qu'il est Révolver, un cow-boy, alors qu'il a peur. Vous savez ce qu'il fait *com'saire* ? Avec sa main gauche ? Il n'a pas honte. Je sais, tu t'es querellé avec Bagayogo jeudi et tu as dit : « si tu ne me rends pas l'argent, je te tue ». Tu as dit ! Ne mens pas ! Tu as dit ! Je t'ai vu.

Tout cela avait été débité avec tellement d'assurance et d'insolence que le commissaire Habib et l'inspecteur Sosso partirent ensemble d'un éclat de rire interrompu par l'entrée de l'inspecteur Baly qui tendit une enveloppe à son chef en précisant : « C'est le labo », dévisagea le garçon et son adversaire, leva les yeux sur Sosso, mais sortit sans parler.

D'ailleurs, le visage du chef était redevenu grave. « Voilà, dit-il en faisant glisser en direction de Sosso le document dont il avait pris connaissance, c'est parti pour une autre enquête. Les blessures ont été faites par un objet pointu et tranchant, un couteau ou un coupe-coupe par exemple. C'est surtout le cou qui a été criblé. Il y a aussi des blessures à la tête et aux chevilles. La mort remonte à, à peu près, soixante-douze heures. Il a séjourné dans l'eau pendant soixante-douze heures

195

environ. Quand le corps a été mis à l'eau, il y a soixante-douze heures, il était déjà sans vie.

— Oui, acquiesça Sosso, après avoir parcouru le dossier, seulement, chef, cette affaire me paraît tellement bizarre que je me demande par quel bout nous allons commencer.

— Mais nous l'avons déjà, le bout, lui répondit le commissaire Habib qui ajouta sans transition : Daouda, Solo, levez-vous ; nous nous rendons là où habitait Bagayogo avant sa disparition. Allez.

Le commissaire était dans sa voiture à côté de Sosso qui conduisait, tandis que Daouda et Solo se trouvaient en compagnie de deux agents de police dans la voiture suivante.

— Au fond, j'ai la même impression que toi, Sosso ; cette affaire paraît vraiment bizarre ; mais tu sais, chaque fois qu'il en est ainsi et que ton intuition t'indique une voie, même de façon confuse, ne la lâche pas. C'est après que les choses deviennent plus logiques.

— Oui, convint l'inspecteur, mais le cas de Daouda risque de nous compliquer la tâche auprès d'éventuels témoins.

— C'est sûr, mais nous n'avons pas le choix. En fait, Daouda n'est pas, à proprement parler, un témoin : c'est un de ces hommes qui se croient plus intelligents qu'ils ne sont et qui s'empêtrent dans des situations inextricables...

Le patron de la Criminelle se retourna et éclata de rire en voyant, dans la voiture suivante, le petit Solo fulminer contre Daouda, à la grande joie des deux agents de police hilares. « Je n'aimerais pas être à la place de ce pauvre Daouda, avoua le commissaire. Ce petit Solo, quelle tête ! »

— Quand je le conduisais, chef, il m'a dit qu'il souhaitait être policier et travailler avec vous, révéla l'inspecteur Sosso.

Habib s'écria : « Oh non ! Que Dieu me préserve de sa présence à la Criminelle ! Oh non ! »

Sosso pouffa et dit peu après : « Ça doit être là, à l'ouest du marché ». Il ne tarda pas à se garer, imité par le conducteur de la seconde voiture.

« Nous vous suivons, Daouda », déclara Habib quand tout le monde eut mis pied à terre ; mais, comme il eût fallu s'y attendre du reste, ce ne fut pas Daouda mais le petit Solo qui montra le chemin.

C'était dans un de ces vieux quartiers populaires de Bamako, avec ses maisons en briques de banco couvertes de tôle ondulée, ses rues boueuses sans caniveaux, sa population grouillante.

La foule des curieux qui ne cessait de grossir suivait les policiers à une distance respectable, à la grande joie du petit Solo qui s'efforçait d'attirer l'attention sur lui et faisait même, en se retournant par moments, des signes complices à des connaissances. Amusé, le commissaire Habib regardait le garçon qui, visiblement, n'avait aucune idée de la gravité de l'événement.

On déboucha bientôt sur une petite concession de trois cases en fort mauvais état, entourée d'une clôture de branchages. Pour tout locataire, il n'y avait là qu'un vieil homme au torse nu en train de tailler un manche de houe ou de hache et une vieille femme toute ridée pratiquement assise sur les poissons qu'elle écaillait avec une vigueur surprenante. Ce fut elle qui, d'ailleurs, releva la tête dès que le commissaire et son monde eurent franchi le seuil.

— *Bissimilahi !* s'exclama-t-elle, en brandissant involontairement son couteau, qu'est-ce que nous vous avons fait ?

— Mais rien, absolument rien, brave « mère », la rassura Habib. Je viens seulement m'informer : car c'est bien ici qu'habitait Bagayogo avant sa mort, n'est-ce pas ?

— Ah oui, acquiesça la brave « mère » en soupirant ; c'est ici. Allah m'est témoin que ce Bagayogo-là m'a causé bien du tort, vivant comme mort. Quand il vivait, il se querellait sans cesse avec les gens qui venaient le consulter ; on n'était jamais tranquilles ; il est mort, c'est des histoires encore — et même les gardes-forêt s'en mêlent.

— Mais non, brave mère, lui répondit le chef de la Brigade Criminelle en riant (comme sa suite du reste) nous sommes des policiers, nous, pas des gardes-forêt.

— Ah, qu'est-ce que j'en sais, moi, mon enfant, vous vous ressemblez tous.

— En vérité, put expliquer Habib quand les rires s'apaisèrent, je cherche à savoir comment est mort Bagayogo. Qu'est-ce qu'il était pour vous, un parent, un locataire ? …

— Non, rien de tout ça. Il est arrivé ici un jour ; il ne savait pas où aller, alors on l'a hébergé, mon mari et moi.

— Est-ce que vous savez d'où il venait ?

La femme fronça les sourcils, se donna de petits coups de poing sur la tête de son bras droit qui brandissait le couteau, puis s'adressant à l'homme toujours absorbé dans la confection du manche, elle demanda : « D'où est-ce qu'il vient déjà, Baga ? Tu ne t'en souviens pas ? Est-ce qu'il n'avait pas dit qu'il venait de Nagadji ? Hein ? Tu ne t'en souviens pas ? »

L'homme se contenta de hocher la tête et se remit à son ouvrage. « Je suis sûre qu'il a dit qu'il venait de Nagadji », réaffirma la femme.

— Alors, c'est bien, brave mère, la remercia Habib, est-ce que vous pouvez me dire le jour où vous l'avez vu pour la dernière fois ?

La vieille femme réfléchit de nouveau en se donnant encore de petits coups de poing sur la tête.

— Ça doit être lundi, il y a cinq jours, je crois ; on vient d'arriver, nous ; on était allés à Pâssi, le campement des Bozos, au bord du fleuve, tu connais ?

— Parfaitement, acquiesça Habib, mais je m'étonne que sa mort ne semble pas vous émouvoir.

— En vérité, mon enfant, avoua la femme, on ne se connaissait pas, lui et nous ; on se voyait rarement et nous l'avons laissé vivre ici, parce qu'il était venu se confier à nous, sinon sa façon de se comporter ne nous plaisait pas ; tôt ou tard, on lui aurait demandé de partir d'ici. Mais on a eu de la peine, quand même, quand on a appris la nouvelle, parce que c'est une créature de Dieu.

— Je comprends, dit le commissaire en regardant le vieil homme qui paraissait étranger au monde ; puis-je jeter un coup d'œil dans la case qu'il occupait ?

— C'est là, répondit la femme en désignant la case située à gauche de l'entrée.

Le commissaire en ouvrit la porte, y entra, accompagné de Sosso, tandis que les autres policiers et les témoins attendaient dans la cour. C'était une case pareille aux autres, avec son toit de chaume, son œil-de-bœuf qui laissait filtrer une lumière diffuse. Seulement, il s'agissait bien là d'une demeure de féticheur, car le sol était jonché de choses hétéroclites allant des crânes de chat aux queues de lion en passant par toutes sortes de gris-gris ; il y planait une senteur de cuir et d'encre. Ni habits, ni objets utilitaires, rien qu'une natte enroulée dans une encoignure.

L'inspecteur Sosso qui, depuis un moment, scrutait le toit, en tira quelque chose. « Chef, regardez », dit-il en le tendant au commissaire. C'était un paquet vide de cigarettes de luxe et une boîte d'allumettes de marque S.J. Le commissaire les examina longuement, les empocha.

Dehors, on les attendait. Les deux agents de police s'entretenaient à voix basse, tandis que, devenu une véritable vedette, le petit Solo tentait, par des mimiques, d'éclairer la lanterne des badauds arrêtés derrière la clôture. Quant à Daouda, il demeurait raide et suait à grosses gouttes. Son bras gauche ne bougeait pas, mais il serrait son pauvre sexe à l'étouffer ; pourtant, héroïquement, l'homme à l'imperméable rose mastiquait son chewing-gum. Dépassée par l'événement, la vieille propriétaire regardait les étrangers bouche bée et, parfois, en voulant continuer à écailler ses poissons, elle donnait un grand coup de couteau dans le lambeau de natte.

Couvert de scories, le mari continuait son œuvre, plus indifférent que jamais.

« Solo, appela le commissaire en sortant de la case, viens un peu par là. » Il entraîna le garçon à proximité de la clôture. « Écoute-moi bien, mon petit, lui dit-il, d'une voix grave, presque menaçante, je vais te poser une question et je veux que tu me répondes sincèrement : surtout ne t'avise pas de mentir sinon tu vas me mettre en colère. C'est entendu, Solo ? »

— Oui, *com'saire*, fit le garçon en hochant la tête.

— Bien. Tu vas me montrer exactement l'endroit où tu étais quand tu as entendu Daouda et Bagayogo se disputer.

— C'est exactement là-bas, répondit Solo en précisant : là où vous voyez la souche calcinée. C'est là que je me suis arrêté. Alors Daouda est entré dans la case et ils ont commencé à se disputer.

— C'était quel jour ?

— Avant-avant-hier, affirma le garçon avec assurance.

— À quel moment ? insista le commissaire.

— Au crépuscule.

— Et comment tu as su que c'était le crépuscule, Solo ?

— Quand je sortais de chez nous, ma mère a crié : « Solo, ne va pas, c'est le crépuscule ! »

Le policier dévisagea le garçon qui, à son tour, le regarda crânement.

— Maintenant, repartit le commissaire Habib, est-ce que tu as vu Daouda tuer Bagayogo ?

Le garçon hésita, baissa la tête, la releva et, d'une voix humble, avoua : « Non, *com'saire*. » « Je te comprends, le rassura Habib. Tu vois, ce n'est pas bien d'accuser les gens injustement. Il ne faut jamais mentir. Tu comprends, Solo ? »

— Oui, acquiesça le garçon mal à l'aise ; mais *com'saire*, je ne veux pas que Daouda épouse ma sœur. C'est mon père qui est pour ; ma mère et moi, on est contre. Je ne veux pas être le beau-frère de ce vaurien.

Puis à voix basse, après avoir jeté un coup d'œil derrière lui, il dit au commissaire : « Regardez-le ; regardez ce qu'il fait ». Effectivement, l'homme à l'imperméable rose se triturait le sexe si fort qu'on lisait la souffrance sur son visage.

— Il n'a pas honte, s'indigna le garçon ; je ne veux pas qu'il soit mon beau-frère.

— Mais non, mais non, il ne sera pas ton beau-frère, tenta de le consoler le commissaire en lui caressant les cheveux. Puisque tu ne le veux pas, il ne le sera pas. Et maintenant, tu vas rentrer chez toi, Solo ; je te reverrai plus tard. Compris ?

— Oui, murmura le garçon.

Les deux agents de police conduisirent Daouda à leur voiture qui ne tarda pas à démarrer sous le regard écœuré de Solo. Le commissaire remercia la vieille propriétaire qui lui demanda : « Est-ce que les gardes-forêt aussi viendront ? »

« Rassurez-vous, "mère", lui répondit Habib en souriant ; personne d'autre ne viendra vous importuner ! »

Sosso avait déjà pris place dans la voiture dont le moteur se mit en marche.

CHAPITRE 4

— Si nous récapitulons, dit le chef de la Brigade Criminelle alors que la voiture cahotait sur la piste boueuse, nous constatons ceci : Bagayogo Adama a été tué de plusieurs coups de couteau, probablement vendredi (donc « avant-avant-avant-hier » et non « avant-avant-hier » comme le soutient Solo) et son corps a séjourné dans l'eau durant trois jours.

Tous ceux qui sont venus le consulter pour une raison ou une autre et qui n'ont pas obtenu satisfaction ou pour d'autres motifs, peuvent avoir intérêt à sa mort. Et là, ce sont des dizaines de suspects qui nous attendent. Mais le premier suspect, c'est bien Daouda qui, si j'en crois Solo, aurait menacé le charlatan de mort, le jour même de sa mort.

— Justement, chef, intervint Sosso, peut-être serait-il souhaitable de procéder à un interrogatoire poussé de Daouda, parce que moi, j'ai le sentiment qu'il n'est pas tout blanc dans cette affaire.

— Parfaitement, Sosso, convint Habib, et je me

demande si ce n'est pas pour cela que j'emprunte un chemin détourné, car il suffit que Daouda n'ait pas d'alibi solide pour qu'il devienne le coupable tout désigné. Ça me paraît trop facile, tout ça, trop rapide. Tu as remarqué le pauvre, il est stupide et faible et je crois qu'il commence à se rendre compte de la gravité de sa situation. Je me demande si, inconsciemment, je ne suis pas en train de lui chercher un alibi.

Une jeune fille à bicyclette, assez jolie du reste, apparut sur la gauche ; au moment où elle arriva à sa hauteur, Sosso donna un coup de volant de façon à rouler dans une flaque d'eau et l'éclaboussa. « Vous êtes des salauds, vous deux », cria-t-elle les larmes dans la voix, et elle continua à lancer des insultes.

— Allons, allons, Sosso, ne t'occupe pas des jeunes filles quand tu es en mission, dit le commissaire d'une voix bourrue ; voilà que tu me fais traiter de salaud par une petite fille. À mon âge !

— Excusez-moi, chef, lui répondit le jeune homme, je ne l'ai pas fait exprès.

— Oh, j'en doute, Sosso ; j'en doute fort.

Ils arrivèrent aux abords du chantier. De nouveau, le commissaire avança prudemment, bien que le sol ne fût plus aussi glissant ; Sosso, lui, au contraire, marchait hardiment. Le commissaire se dirigea vers le lieu où vociférait quelqu'un. C'était l'entrepreneur. Dès qu'il eut aperçu les policiers, il recommença à fulminer au point qu'il bégayait. « Mais bon sang, qu'est-ce que vous me voulez à la fin ? Hein ? Laissez-moi donc tranquille. Est-ce qu'on peut même plus travailler dans ce foutu pays ?

— Je vous en prie, monsieur, tenta de l'amadouer le commissaire. Je vous rappelle qu'on a découvert un mort dans le bassin et qu'en tant que chef de la Brigade Criminelle, je suis chargé d'élucider cette affaire. Croyez-moi, cher monsieur, ça ne me fait pas du tout plaisir de me trouver en un endroit où il y a tant de bruit. Nous nous comprenons, n'est-ce pas ?

— Bon, bon, dites-moi ce que vous voulez encore.

— Je voudrais savoir comment vous remplissez le bassin, quand il ne pleut pas, demanda le commissaire.

— Avec ça, lui répondit le bouillant entrepreneur en désignant une grosse cuve montée sur un curieux engin. C'est moi qui « as » construit ça, précisa l'entrepreneur.

— Et qui conduit cet engin-là ? s'enquit Habib.

« Bass ! Bass ! » hurla le bonhomme rondouillet. Aussitôt un homme jeune et trapu surgit d'entre les échafaudages.

— C'est lui, commissaire, le présenta l'entrepreneur.

— C'est donc vous qui conduisez cet engin-là ?

— Oui, « monsé », répondit le chauffeur.

— C'est donc du fleuve que vous apportez de l'eau que vous versez dans le bassin.

— Oui, « monsé ».

— Quand avez-vous rempli le bassin pour la dernière fois ?

— Il y a quatre jours, « monsé ».

— Vous n'avez pas remarqué le cadavre ni dans le fleuve ni dans le bassin ?

— Je n'ai rien vu ni dans le fleuve, ni dans le bassin, « monsé ».

— Et avec qui étiez-vous ce jour-là ?

— J'étais le dernier sur le chantier. Il y avait le gardien aussi, mais il était très loin, là-bas…

Le commissaire se tourna vers l'entrepreneur qui toisait le chauffeur en faisant la moue : « Je vais donc procéder à une expérience… » commença-t-il, mais l'autre le coupa aussitôt : « Y a pas de gazoil pour ça ».

— Faites la facture, monsieur, nous paierons, lui répondit le chef de la Brigade Criminelle avec une courtoisie qui surprit son interlocuteur qui ne put que marmonner. Puis, certainement pour se donner contenance, l'entrepreneur railla le pauvre chauffeur tout penaud en lui lançant : « Alors "monsé", montez dans votre "char". » Il n'en fallut pas plus pour faire éclater de rire tous les ouvriers et tous les manœuvres. Et même, pour une fois, l'entrepreneur lui-même émit de petits rires brefs.

Le chauffeur grimpa donc sur son « char » et le commissaire Habib le pria d'effectuer « exactement les mêmes manœuvres que jeudi dernier ». Le chauffeur conduisit son engin à une centaine de mètres, suivi du commissaire et de Sosso. « C'est de là que je pars chaque jour, "monsé", dit-il. "Allez-y donc, lui ordonna Habib. Je dis : e-xac-te-ment comme vous l'avez fait jeudi". » Aussitôt, le chauffeur entama une marche arrière sans se retourner même une fois, stoppa à quelques centimètres du fleuve, abaissa mécaniquement la cuve, la releva quand elle fut remplie, redémarra jusqu'au bassin dans lequel il vida l'eau ; enfin alla garer l'engin à sa place initiale. À aucun moment l'homme n'avait regardé derrière lui.

206

— C'est donc exactement comme ça que vous avez fait ? l'interrogea Habib.

— Oui, « monsé », répondit-il.

— Et combien de « voyages » vous faut-il pour remplir le bassin ?

— Vingt-deux, quand le bassin est vide, « monsé ».

— C'est bien, conclut le commissaire. Maintenant vous restez ainsi, sans vous retourner, jusqu'à ce que je vous donne de nouvelles instructions.

Le commissaire Habib s'entretint brièvement avec son collaborateur quelque peu dépassé. Ensuite, Sosso s'empara d'une poutre qu'il présenta à l'entrepreneur en faisant la révérence et alla la déposer dans le fleuve, assez près du rivage pour que la cuve pût l'atteindre. Alors, le chef de la Criminelle ordonna au chauffeur de refaire le trajet. Sans s'en rendre compte, il retira la poutre du fleuve et la libéra dans le bassin.

— Je crois que ce sera tout, dit Habib.

— C'est sûr que je vous reverrai plus, commissaire ? lui demanda l'entrepreneur.

— Je le souhaite ardemment en tout cas, monsieur l'entrepreneur, riposta le policier qui ajouta néanmoins : puis-je voir Diarra, le gardien ?

Retrouvant son humeur exécrable et ses mauvaises manières, l'entrepreneur répondit avec toute l'insolence dont il était capable : « Le gardien, n'est-ce pas, monsieur le commissaire, hein ? Eh ben, le gardien, c'est vous qui l'avez chassé et il est parti. C'est ce que vous vouliez n'est-ce pas ? Eh ben voilà : il a foutu le camp, Diarra… »

— Je vous en prie, monsieur, ayez un peu de respect au moins pour vous-même si vous ne savez pas à qui vous parlez. Si vous tenez coûte que coûte à déverser votre bile, vous pouvez le faire après, mais pour le moment, moi, je vous ai posé une question à laquelle je vous prie de répondre : où est Diarra, le gardien de votre chantier ?

Le ton du commissaire tempéra la colère de l'entrepreneur dont le crâne parut briller tout à coup singulièrement. Il répondit, fort embarrassé et gesticulant :

— Ben, sais pas, commissaire, il est parti, il est parti. Voilà !

— Pourquoi est-il donc parti ? insista Habib.

— Ben, sais pas. Depuis la première fois que vous êtes venu, il était plus du tout tranquille. Il a dû avoir peur de vous.

— Et où est-il parti ?

— Sais pas. Voilà.

— D'où vient-il ?

— De Nagadji, c'est ce qu'il m'a dit.

— Eh bien, je vous remercie, monsieur l'entrepreneur, conclut Habib, et j'espère ne plus être obligé d'avoir affaire à vous.

En compagnie de Sosso, il regagna sa voiture tandis que, déversant sa rage sur ses employés qui avaient interrompu leur travail, l'entrepreneur les abreuvait d'injures.

Le soleil qui avait, depuis un moment déjà, percé un épais rideau de nuages, faisait exhaler du sol une chaleur humide étouffante. Le commissaire et son collaborateur durent baisser les vitres : ils préféraient encore être éclaboussés.

Sosso conduisait prudemment, s'efforçant d'éviter autant que possible les nids-de-poule et les traces profondes de quelque camion. Habib, lui, était plongé dans ses réflexions. Après avoir longuement hésité, l'inspecteur osa enfin s'adresser à lui : « Chef ! », appela-t-il sans recevoir de réponse. Une deuxième fois : silence. Ce n'est que deux ou trois minutes plus tard que, se tournant vers lui, son chef lui confia :

— Il m'a semblé que quelqu'un m'appelait.

— C'est exact, chef, confirma Sosso, c'était moi.

— Excuse-moi, je réfléchissais à ce mort, à cet idiot de Daouda, à ce gardien qui s'enfuit… Au fait, nous n'avons pas parlé de la reconstitution, pour ainsi dire, il me semble.

— C'est de ça que je voulais vous parler, lui expliqua Sosso.

— Bien. Voilà : d'après l'expérience à laquelle nous venons d'assister, nous pouvons donc raisonnablement supposer que le cadavre a pu être transporté du fleuve dans le bassin à peu près de la façon qu'il nous a été donné de voir.

C'est un point important, parce qu'il nous permet de retenir deux hypothèses sur le lieu du crime : soit Adama Bagayogo a été tué dans la ville et son corps transporté au fleuve, soit il a été tué au bord du fleuve. Dans tous les cas, les résultats de l'autopsie excluent qu'il ait été tué dans le fleuve.

— Chef, si vous le permettez, intervint Sosso, je voudrais attirer votre attention sur un fait : si le corps a été transporté dans le bassin, étant donné qu'il y a eu des pluies diluviennes pendant trois jours, comment se fait-il que le bassin n'ait pas débordé, entraînant du même coup le cadavre sur la terre ferme ?

— Tu as raison de te poser cette question, Sosso. Toutefois, si tu avais bien observé le bassin, tu aurais remarqué que ses rebords sont faits de telle sorte qu'ils sont capables d'emprisonner tout objet long qui se présente obliquement. Ça a été le cas pour le cadavre qui en porte les traces aux chevilles et à la tête.

— Je n'y avais pas pensé, avoua Sosso.

— Bien sûr, mais ça ne diminue en rien ton mérite, le rassura Habib qui poursuivit : il nous manque le lieu, le mobile, l'arme du crime et le meurtrier, autant dire tout. Il y a Daouda, bien sûr, mais il y a aussi maintenant Diarra, originaire du même village que le mort, qui s'est enfui. Pourquoi ? Mais je suis convaincu que nous résoudrons ce problème aussi comme nous avons résolu celui de Ladji Sylla. Et je te prédis encore que tu seras un excellent policier, Sosso… si tu cesses de taquiner les petites filles quand tu es en mission.

Sosso sourit et rangea la voiture devant la Brigade Criminelle. Peu après, ils se retrouvèrent dans le bureau du commissaire en compagnie de Daouda dont la peur était si forte qu'il ne tentait même plus de masquer sa petite manie détestable. Le commissaire le foudroya du regard, il baissa la tête.

— Je vais te poser une question, une seule, le mit en garde le commissaire, et ton sort dépend de la réponse que tu vas me donner. C'est compris, Daouda ?

— Oui, *com'saire*, murmura l'homme à l'imperméable rose.

— Pourquoi t'es-tu querellé avec Bagayogo et que s'est-il passé après ?

Le suspect mâchonna son chewing-gum, avala péniblement sa salive et pressa deux ou trois fois son sexe avant de répondre.

— Il m'avait promis d'envoûter la mère de ma fiancée pour qu'elle accepte notre mariage ; je lui ai donné le l'argent pour ça, mais il n'a pu rien faire, avoua-t-il.

— Alors tu as menacé de le tuer.

— C'était… je disais ça comme ça…

— Oui, mais il est mort, releva Habib, et tu es le premier suspect. Et que s'est-il passé après ?

— Quand j'entrai dans sa chambre, expliqua Daouda qui semblait enfin mesurer la gravité de sa situation, il était en train de rassembler ses bagages, je ne sais pas pourquoi. Dès que je suis sorti, je l'ai vu s'en aller en courant.

— Dans quelle direction ?

— Vers le marché.

— Et toi, qu'as-tu fait ?

— Je suis allé chez mon logeur et je ne suis plus sorti le reste de la nuit.

— Qui est ton logeur ?

— Il habite pas loin du marché. C'est un policier qui travaille à la gare. Le commissaire dévisagea longuement Daouda qui tremblait et suait.

— Quel rapport y a-t-il entre toi et le gardien Diarra ? lui demanda-t-il.

— Je ne le connais pas, affirma le suspect.

Le commissaire sonna et un agent vint chercher l'homme à l'imperméable rose : « Sosso, tu vas vérifier ses déclarations puis nous partons pour Nagadji », décréta Habib. Comme son lieutenant paraissait surpris de cette initiative, il expliqua : « La rivière qui traverse Nagadji est un affluent du fleuve Niger. Tu comprends ? »

— Oui, souffla le jeune policier qui tourna le dos.

En fait, il n'avait rien compris.

Son collaborateur parti, le chef de la Brigade Criminelle demeura assis, le regard fixé devant lui, vaguement, puis il alla s'arrêter à la fenêtre juste au moment où, sur sa moto, Sosso slalomait entre les automobiles pour ne pas être pris dans l'embouteillage. Le commissaire sourit et secoua la tête. Longtemps après que l'inspecteur fut hors de sa vue, il resta les yeux rivés sur le spectacle vespéral d'une ville à la dérive.

*

Le train roulait à vive allure dans la plaine verdoyante où le soleil faisait miroiter la rosée sur les hautes herbes. Quelque hameau perdu sous les arbres surgissait soudain puis disparaissait tout aussi promptement, un troupeau de vaches cheminait vers un pâturage, des paysans, la houe à l'épaule, s'arrêtaient et agitaient la main, et le train continuait sa course folle, vrombissait et sifflait.

Le commissaire Habib regardait par la fenêtre, les lèvres légèrement entrouvertes, le visage empreint de nostalgie. À côté de lui, Sosso avait appuyé sa tête contre le dossier du siège et semblait méditer. Depuis une dizaine de minutes que le train avait quitté la gare de Bamako, ils n'avaient pas échangé un mot, comme si chacun d'eux s'était promis de savourer le long moment d'inaction que constituait ce voyage.

Dans le wagon tellement bondé que les passagers s'asseyaient parfois à trois sur des sièges à deux places, s'élevaient par moments des pleurs d'enfants ou un éclat de rire qui ne dégénéraient cependant pas en ce tohu-bohu des secondes classes, pire qu'en un jour de foire.

Le commissaire soupira, se tourna enfin vers son jeune compagnon et dit :

— Ainsi, Daouda a un alibi bien solide.

— Oui, chef, répondit Sosso en se redressant et en tirant sur son jean, l'agent de police a été formel : ils sont restés ensemble jusqu'à trois heures du matin puis il a bouclé le portail de la concession. En outre, Daouda couche dans la même chambre qu'un cousin du policier qui, à son tour, a confirmé ses déclarations.

— Seulement, si Daouda est libre provisoirement, il n'est pas entièrement blanchi. On verra bien, conclut le chef de la Criminelle en se passant la main dans les cheveux.

— Chef, je pense au cadavre de Bagayogo, repartit Sosso peu après, mais il dut s'interrompre car le train venait de s'arrêter à une petite gare. Les passagers embarquaient ou débarquaient dans le tumulte tandis que les marchands à la criée envahissaient le quai. Et tout ce monde allait et venait dans un désordre ahurissant. Un voyageur tenta même de faire passer une imposante valise par la fenêtre derrière laquelle se tenait Habib qui protesta et baissa la vitre. Après quelques minutes qui parurent une éternité, le train s'ébranla.

— Tu as vu, Sosso ? s'indigna le commissaire.

— Oui, chef, acquiesça l'inspecteur, c'est toujours comme ça. Heureusement que nous sommes en première, sinon en seconde on a de la peine à respirer.

— Il faut voir pour croire, ah oui… se désola Habib qui ajouta : tu disais donc…

— Oui, chef, reprit Sosso, je disais que la façon dont le cadavre de Bagayogo a été mutilé laisse à penser qu'il a dû se battre âprement contre son meurtrier et que ce dernier est d'une cruauté incroyable.

— Justement, Sosso, et c'est pourquoi je t'ai recommandé d'apporter ton arme, parce que dans ce bled où nous allons, on ne peut jamais savoir ; il faut donc être prêt à toute éventualité. Il y a là-bas un petit campement de gardes qui veillent sur une forêt classée et une unité de recherches en je ne sais trop quoi que dirige un de mes anciens camarades de lycée. J'espère que nous réussirons à résoudre rapidement cette énigme et que nous pourrons compter sur leur aide.

Le train entama en sifflant un tronçon particulièrement défectueux car tous les ressorts se mirent à geindre dans un bruit épouvantable, pendant que les roues martelaient le plancher sans répit. Les secousses étaient tellement fortes que le commissaire et l'inspecteur se couchaient littéralement l'un sur l'autre à tour de rôle. Quelques minutes de cette danse folle et le train retrouva la mesure au grand soulagement de Habib qui souffla : « Nous allons bientôt arriver, heureusement » sans apparemment s'adresser à personne. Néanmoins le voyage dura une vingtaine de minutes encore avant que se découvrît un petit bâtiment au fronton duquel était inscrit « Nagadji ». Le commissaire Habib et son collaborateur durent jouer des coudes pour se frayer un chemin. À peine eurent-ils mis pied à terre que le chef de gare libéra le train qui se hâta de s'éloigner.

Sosso avait attaché son sac à dos et tenait celui de son chef qui marchait droit devant lui comme un habitué des lieux. « J'y suis venu une fois il y a dix ans, expliqua-t-il à son collaborateur. J'espère que je m'y retrouverai. » Ils traversèrent la petite gare quasi vide ; seuls trois adultes et un enfant arrêtés devant le guichet les regardaient intrigués. Le chef de gare, lui, avait des démêlés avec son vieux cyclomoteur dont le moteur refusait de tourner. Un chien s'acharnait sur un os au milieu des moutons qui broutaient une herbe verte s'étendant à perte de vue. Le commissaire se retourna et constata que son collaborateur était tout yeux.

— Dis, Sosso, est-ce que tu sais pourquoi nous sommes venus ici, à Nagadji ? demanda le commissaire à l'inspecteur qui ne s'attendait sans doute pas à cette question.

— Pas exactement, chef, avoua le jeune homme quelque peu confus.

— Et tu ne m'en as pas demandé la raison ! Allons, allons, Sosso, se plaignit Habib.

Sosso se retint de rappeler à son chef qu'il avait décidé ce voyage de façon bien tyrannique.

— La rivière que tu vois est un affluent du fleuve Niger qui coule à Bamako. Tu comprends, Sosso ?

— Oui, je devine, chef, dit Sosso plus détendu.

À une cinquantaine de mètres devant eux coulait une rivière tellement large qu'on l'eût prise pour un fleuve. Habib expliqua : « Le village est tout au fond, là-bas, au-delà de la rivière. Le campement aussi est derrière la rivière, mais au sommet du coteau que tu aperçois sur la gauche. Il nous faudra emprunter une pirogue pour traverser. Regarde, c'est le passeur qui s'amène ; il nous a vus.

— Chef, on va… traverser sur cette pirogue ? s'inquiéta Sosso.

— Mais oui, Sosso, lui répondit Habib amusé, c'est sur cette pirogue que tout le monde traverse.

— Mais les crocodiles…

Habib rit en donnant des tapes dans le dos du jeune policier. « Allons, allons, petit enfant de la ville, ne t'occupe pas des crocodiles, ils ne te toucheront pas », plaisanta-t-il. Ils s'arrêtèrent sur le rivage et le passeur, jeune homme beau mais chétif et vêtu d'un cache-sexe, les rejoignit et les invita à monter dans la pirogue qui s'éloigna lentement. Sosso était visiblement inquiet et, pour s'asseoir, au lieu du rebord aménagé à cet effet, il avait préféré le milieu de la pirogue.

— Les pluies ont été abondantes cette année et la rivière est pleine, n'est-ce pas ? lança Habib au passeur pour nouer conversation.

216

— Oui, répondit le jeune homme maigrelet, et nous en remercions Allah, même s'il y a beaucoup plus d'hippopotames et de crocodiles que les années précédentes. Ils sont partout, ils infestent la Rivière Blanche.

À peine eut-il prononcé son dernier mot qu'à une centaine de mètres en amont, retentit un bruit métallique suivi d'un « plouf » qui fit jaillir l'eau à une dizaine de mètres. « Vous voyez, triompha le passeur, ce sont les crocodiles ; ils se battent à tout moment et la rivière est parfois rouge de leur sang. » Sosso était tellement recroquevillé qu'il n'était plus qu'une boule au milieu de la pirogue. « Mais non, Sosso, dit le commissaire en pouffant, ils ne viendront pas te manger dans la pirogue, voyons. » Sosso n'ouvrit pas la bouche. Ayant compris le drame du jeune policier, le passeur s'avisa de rire : on eût cru entendre une souris couiner. « Il ne faut pas avoir peur, tenta-t-il de rassurer l'inspecteur, les plus féroces sont les crocodiles qui sont dans la mare sacrée, là-bas, près du village. Eux, ils n'aiment que la chair humaine ; mais ceux d'ici… » Il se tut et ne parla plus jusqu'à ce que son embarcation eût touché le sable. Là, il aida les passagers à quitter la barque, les remercia après qu'il eut été payé, puis dirigea sa pirogue vers la rive opposée.

« Nous allons grimper le coteau, expliqua Habib à Sosso ; ce sera bientôt ton tour de te moquer de moi. Remarque que je crânais dans la pirogue, sinon j'avais la trouille moi aussi. Allons-y. » Sosso ne put s'empêcher de se retourner vers la rivière qui miroitait et sur laquelle le passeur maigrelet faisait glisser sa barque comme si les crocodiles lui importaient peu.

Une jeep passa devant les policiers sur la piste mangée par l'herbe, mais ralentit peu après, s'arrêta et fit marche arrière. « Habib ! » lança l'homme assis à côté du chauffeur. « Thiam ! » s'exclama à son tour le commissaire et les deux hommes tombèrent dans les bras l'un de l'autre.

— Où vas-tu comme ça, « vieux Habib » ? demanda Thiam.

— J'allais chez toi, « le gros », mais je n'ai pas pu t'en prévenir. Quel heureux hasard ! Voici mon collaborateur, l'inspecteur Sosso.

— Enchanté, jeune homme, salua Thiam qui ajouta : maintenant grimpez, tu m'expliqueras les raisons de ton voyage en chemin.

Le commissaire et son jeune compagnon s'installèrent sur la banquette arrière et la jeep démarra. Se tournant vers Habib avec quelque peine — car il avait vraiment de l'embonpoint à tel point qu'on distinguait à peine son cou —, Thiam dit : « Nous sommes obligés de faire un long détour pour accéder au campement. La piste que vous suiviez n'est pas praticable pendant la saison des pluies. À propos, Habib, quand est-ce qu'on s'est vus pour la dernière fois ?

— Il y a deux ans, répondit Habib ; c'était lors des obsèques de…

— Mais oui, mais oui, le pauvre, l'interrompit le gros Thiam. Je m'en souviens. Et tu es venu ici quand, pour la première fois ?

— Il y a dix ans, je crois, il y avait eu un incendie criminel…

— C'est ça, c'est ça, sacré vieux, va ! s'écria Thiam qui partit d'un énorme éclat de rire qui résonnait étrangement tellement sa voix était éraillée. Tu te rappelles, mon vieux, le jour où tu es tombé tout habillé dans la piscine ?

— Et toi, tu te souviens du jour où un gros morceau de viande a failli t'étouffer au réfectoire ? répliqua Habib.

Les deux hommes s'esclaffèrent en se donnant des tapes et se mirent à tousser rageusement tous deux à la fois sous l'œil amusé de Sosso qui finit par rire à son tour car, se remémorant certainement d'autres moments de leur jeunesse, les amis n'en finissaient pas de rire et de tousser. Seul le garde qui conduisait la jeep demeurait serein. Il fallut que les roues du véhicule se missent à patiner soudain dans la boue pour que le silence s'installât. Quand tout fut rentré dans l'ordre, Thiam demanda enfin à Habib :

— Qu'est-ce qui t'amène donc jusqu'ici, mon petit flic ?

— Un crime, répondit le commissaire.

— Ah ! s'exclama Thiam.

— Ça ne devrait pas t'étonner de la part d'un flic, le railla Habib. — Puis plus gravement : — Oui, expliqua-t-il, un certain Adama Bagayogo, originaire de Nagadji, a été retrouvé mort, tué de plusieurs coups de hache, de coupe-coupe ou de couteau — je ne sais pas précisément, et je remonte à la source pour découvrir le meurtrier. Tu n'as eu vent d'aucune nouvelle de ce genre, toi ?

— Non, non… non, je ne crois pas ; non… hésita Thiam dont le ton se raffermit cependant peu après.

D'ailleurs, le village serait en deuil ; or, il y a deux jours, ils ont célébré le « retour de l'Aïeul ».

— Tu as tout à fait raison, acquiesça Habib, mais quelque chose me dit que l'explication de cet homicide se trouve ici.

— De toute façon, tu t'en tireras, conclut Thiam philosophe, c'est ton métier.

La jeep peinait en gravissant la colline de plus en plus escarpée. L'attention accaparée par la piste sinueuse mangée par la végétation dense, les arbres dont les branches s'enchevêtraient et coulaient parfois sur le sol, le chauffeur, que gênait la corpulence de son chef, suait abondamment. Sosso s'oubliait à contempler la végétation aux côtés du commissaire qui donnait l'impression de s'assoupir. « Ah, c'est extraordinaire, la vie », constata Thiam à mi-voix.

CHAPITRE 5

Assez tard dans l'après-midi, après une longue sieste, Thiam entreprit de faire visiter le campement à son ancien condisciple. Le commissaire ne tarda pas à se rendre compte que les lieux gardaient leur aspect d'il y a dix ans, toujours aussi propres, aussi soignés. Seule nouveauté, un bassin à filtre dont la forme rappelait vaguement un petit tombeau de pharaon ; sinon, c'étaient les mêmes petits bâtiments coiffés de tôle ondulée, le même puits à la haute margelle et sa poulie toujours aussi grinçante, le mur de clôture « érigé contre les serpents » mais qui, paradoxalement, s'arrêtait au bord d'un précipice aux parois escarpées, ouvrant au contraire aux serpents la meilleure des portes d'entrée. Ah ! — le commissaire l'oubliait — les villageois s'étaient, de leur propre chef, frayé un sentier qui longeait le mur de clôture et, à proximité du précipice, entrait dans le campement qu'il traversait obliquement. Ce raccourci leur évitait de contourner la colline pour se rendre dans leurs champs. Mais, en vérité, ils étaient si discrets que Thiam n'avait rien eu à leur reprocher.

— C'est un délice, cette viande de porc-épic, dit le commissaire Habib alors qu'ils approchaient du laboratoire. Je m'en suis gavé comme c'est pas permis.

— C'est pourquoi elle est rare, affirma Thiam qui réprima maladroitement un rot.

— Il est bien entendu que toi, tu te fiches de ton embonpoint, mon petit gros, le taquina le policier.

— J'ai bientôt la soixantaine, jeune homme, rétorqua Thiam, les petites filles ne m'intéressent plus.

Ils pénétrèrent dans le laboratoire, long hangar à l'ossature métallique tendue de matériau imperméabilisé. Des bocaux de toutes formes et de toutes dimensions s'alignaient sur des étagères, avec une variété infinie de plantes qui transfiguraient le hangar en un vaste jardin auquel ne manquaient que les oiseaux.

« Nous expérimentons des espèces que nous transplantons dans la forêt classée, expliqua Thiam. Nous avons eu de bons résultats, des arbres de croissance plus rapide et plus résistants, mais tout n'est pas encore au point. »

Habib était tellement absorbé dans la contemplation de la flore qu'il ne parut pas entendre son ami qui continua néanmoins : « Tu comprends pourquoi je ne suis pas particulièrement sympathique aux villageois : sans les gardes, ils auraient réduit à néant le fruit de tant d'années de labeur. Pour eux, tout arbre est destiné à devenir un mortier, une houe, une pirogue ou du bois de chauffe. Tous les arbres sauf ceux de la forêt sacrée, évidemment. »

— Allons, allons, pas d'amertume, Thiam, tenta de le consoler Habib en lui tapotant l'épaule.

Ils débouchèrent enfin à la lumière, à l'autre extrémité du hangar. Au-dessous d'eux s'étendait la forêt classée dans un ordonnancement exquis qui enivrait les oiseaux. « Chapeau ! » ne put s'empêcher de lâcher le commissaire. Le visage de son ami s'éclaira d'un bref sourire de fierté.

« Cette forêt est toute ma vie. Je me demande ce que je serais devenu après la mort de ma femme sans ce campement. — Je comprends, Thiam », fit Habib ému.

Ils reprirent leur promenade.

— Je ne te cache pas que tu as du pain sur la planche, mon petit flic, dit Thiam. Sur ce village règne la loi du silence. Si, comme tu le penses, l'explication de la mort de…

— Baga, l'aida Habib.

— Oui, si l'explication de la mort de Baga se trouve ici, tu auras besoin de toute ta patience.

— N'exagère pas, répondit le commissaire d'un ton bourru, ça fait dix ans que tu vis parmi eux, tu les connais un peu quand même !

— Non, justement, non, maintint Thiam, je ne descends que rarement d'ici pour aller au village, quand il y a un décès ou un baptême ou qu'un envoyé de l'administration demande de l'y accompagner.

— Le village a quand même un chef !

— Oui, mais ces gens-là ne me sont pas sympathiques. C'est pourquoi je ne cherche même pas à les connaître.

Parvenus à l'ouest de la colline, ils s'arrêtèrent : le petit village était à leurs pieds, avec ses toits de chaume, ses champs de mil et d'arachide, les enfants qui faisaient paître les animaux. Un village pourtant bien tranquille en apparence au bord de la rivière aux eaux calmes et scintillantes.

— En fait, continua Thiam, ils sont tous parents dans ce village, tous descendants d'une vieille famille noble. Ils vivent dans le passé, autant dire dans leurs illusions. C'est pourquoi ceux qui réussissent à suivre des études n'y retournent que rarement, parce que, contrairement à d'autres paysans, ceux de Nagadji n'ont que mépris pour les gens instruits — du moins à l'école occidentale.

Du côté nord du campement, on riait follement comme un public à un spectacle bouffon. Les deux hommes contemplaient en silence le petit village sur lequel se couchait le soleil. Le commissaire Habib était soucieux. Certes, dans sa longue carrière, il lui était arrivé de se trouver confronté à des énigmes, mais cette fois-ci, il y avait en lui comme une sorte de doute sur sa capacité à faire rapidement la lumière sur le meurtre de Bagayogo Adama.

— Ce chef ? insista-t-il sans quitter le village des yeux.

— Il s'appelle Kéita et il a un jeune frère, un certain Nama qui s'occupe de la case sacrée. C'est tout ce que je sais, Habib ; ne me casse plus les oreilles. Va les voir, c'est ton métier et non le mien. Je ne suis pas ton espion.

Habib rit en donnant des tapes dans le dos de Thiam faussement courroucé. Du côté des gardes, les rires continuaient de fuser par intermittence et couvraient une voix éraillée.

— Eh bien, on ne s'ennuie pas au campement à ce qu'il me semble, constata le commissaire.

— Oh ! fit Thiam blasé, c'est toujours Lambirou qui raconte ses histoires sans queue ni tête. Les gardes s'en délectent parce que c'est leur seule distraction.

— Et qui est ce Lambirou ? s'enquit Habib.

— Je ne sais pas vraiment. Quand le boy que j'employais est retourné dans son village, j'ai demandé à Kéita de m'en trouver un. Il m'a envoyé celui-là. Il paraît que c'est un enfant trouvé. Ici, on le considère comme un idiot, mais lui-même se prend pour un devin et il s'avise de prédire l'avenir en consultant les cauris. Il est certainement en train de raconter son grand rêve : aller en Amérique, comme il dit.

— Il te prédit l'avenir du campement, je suppose, plaisanta Habib.

— Tu parles ! Et il n'est même pas capable de balayer une chambre. Je le garde tout simplement parce qu'il égaie les jeunes gens.

— En tout cas, ce n'est pas Sosso qui s'en plaindra ; tu l'entends hurler de joie.

L'arrivée des deux hommes mit fin à l'hilarité des gardes et de Sosso qui, assis par terre, formaient un cercle autour de Lambirou. C'était un homme dégingandé dont le crâne et le menton s'ornaient de touffes de poils poivre et sel. Sa grosse lèvre inférieure pendait et découvrait des dents longues et jaunes. Il avait de petits yeux immobiles sous des sourcils touffus. Comme ses compagnons s'étaient tous levés, Lambirou fit de même après avoir ramassé ses cauris et son bonnet qu'il posa sur son crâne, ce qui accentua son apparence grotesque. Habib constata qu'il avait aussi un pied bot.

— Voyez-les, dit Thiam, on dirait que nous sommes des cannibales !

— Je ne réponds pas de toi, lui rétorqua Habib, mais moi, je n'aime pas la chair humaine.

La plaisanterie mit à l'aise les jeunes gens qui sourirent. Lambirou s'en allait quand Habib l'appela et le rejoignit.

— Dis-moi, Lambirou, est-ce que tu connais Adama Bagayogo dit Baga qui habitait ici, à Nagadji ?

Le devin fronça les sourcils et ses yeux disparurent du même coup.

— Adama Bagayogo ? interrogea-t-il sans regarder le commissaire. Non, je ne le connais pas. Nagadji est une famille de Kéita, or Bagayogo est un nom de caste. Même moi, qui suis un étranger, je suis quand même un noble. Non, je n'ai jamais connu de Adama Bagayogo ici.

Sur la fin, la voix de Lambirou avait faibli et son regard était devenu fixe. Le commissaire comprit que c'était un homme portant sur la tête un fagot de bois et marchant la tête baissée sur le sentier traversant le campement, qui troublait le boy. Dans le crépuscule naissant, les traits de l'arrivant étaient pourtant assez difficiles à distinguer. Mais sans doute intrigué par le silence soudain, le porteur de fagot releva brusquement la tête et se figea. « Diarra ! C'est Diarra, le gardien du chantier ! » hurla Sosso. Comme si ces mots l'avaient libéré de sa stupeur, Diarra — car c'était bien lui — jeta le fagot de bois et battit en retraite de toute la vigueur de ses jambes.

Aveuglé par la peur, il filait droit en direction du ravin. « Arrête ! arrête-toi, Diarra. Ne crains rien ! »

tentait vainement de le rassurer Habib essoufflé tandis que les gardes et l'inspecteur Sosso le poursuivaient à toute allure. Sosso n'allait pas tarder à le rattraper, mais comme mû par une énergie extraordinaire, le gardien de chantier redoubla de vitesse et distança le jeune policier.

« Arrête-toi, Diarra ! » lança ce dernier, mais le fugitif bascula et, dans un long hurlement de terreur, il s'écrasa au fond du ravin au bord duquel ses poursuivants ne purent que se pencher.

« Karim ! vociféra Thiam tout en sueur à l'adresse d'un garde, sors le brancard ; et toi, Mady, sors la jeep ; déposez-nous au bas de la colline, et allez prévenir le chef Kéita. » Puis, prenant le commissaire Habib par la main avec une vigueur déconcertante, il dit : « Viens, on descend. Allez, Sosso ! »

Peu après, la jeep s'immobilisa au bas de la colline. Le spectacle du corps déchiqueté, du crâne fendu baignant dans une bouillie de cervelle et de sang était si horrible que, en réprimant une envie de vomir, Thiam se hâta de se réfugier à l'écart. Sosso soufflait sans cesse comme s'il allait étouffer. Seul le commissaire se pencha sur le corps dont il examina longuement le visage. « C'est bien Diarra, dit-il en se relevant. Quel imbécile ! »

La voiture franchit le seuil du campement.

Déjà la jeep était de retour et deux jeunes villageois — presque des adolescents — en descendirent. Ils saluèrent d'une voix impersonnelle et se dirigèrent vers le cadavre. « C'est bien Diarra, n'est-ce pas ? » leur demanda le commissaire. « Uhum », se contenta de répondre l'un d'eux avec une froideur qui dissuada le commissaire de se lancer dans un interrogatoire.

— Bon, ben, on va vous aider à le ramener au village, proposa Thiam.

— Non, merci, nous pouvons le faire seuls, lui répondit l'autre villageois.

Déjà, ils s'apprêtaient à prendre le cadavre sanglant dans leurs bras quand le garde Karim apporta le brancard sur lequel fut placé le corps.

— Montez quand même dans la jeep, le chemin est long et il va faire nuit, dit Habib.

— Non, c'est bien comme ça, répondirent les deux jeunes gens en chœur.

Et sans attendre, ils portèrent le brancard et se dirigèrent vers le village, à travers la forêt sur laquelle tombait la nuit.

Quelques instants plus tard, la jeep rentra au campement. Suivi de Thiam, de Sosso et des gardes, Habib se hâta vers l'endroit d'où il pouvait voir le cortège funèbre. Sans se soucier des branches basses qui flagellaient le mort, les porteurs avançaient à pas pressés, tout comme s'ils eussent convoyé une vulgaire marchandise. Sosso regardait son chef immobile et comme inerte : il savait que c'était chez le commissaire un signe d'anxiété.

— Tu commences à comprendre ce que je t'ai dit de ce village, n'est-ce pas, mon petit ? demanda Thiam à son ami en lui posant la main sur l'épaule.

— Oui, mon gros, lui répondit Habib qui ajouta en se retournant : où est donc passé Lambirou ?

— Il a eu une crise de nerfs, comme toujours quand il reçoit un choc. Attends demain pour l'interroger.

— Tu as raison, acquiesça Habib les yeux de nouveau rivés sur la forêt que recouvrait la nuit déjà emplie du coassement des crapauds et des clabaudements d'étranges oiseaux.

CHAPITRE 6

En apercevant le commissaire Habib se diriger vers lui le matin alors qu'il était assis sur une grosse pierre, sous un caïlcédrat, Lambirou tressaillit, mais se ressaisit vite et détourna les yeux. Devant lui, sur un bout de natte, étaient entassés des cauris qu'il remuait par moments, mais on le sentait absent.

« Bonjour Lambirou », lui lança Habib sur un ton amical.

Sosso, qui accompagnait son chef, fit de même en serrant la main du boy qui s'était levé maladroitement et avait failli, à cause de son pied bot, perdre l'équilibre. Le bonhomme mal à l'aise répondit aux salutations.

— Je suis le commissaire Habib, on te l'a déjà dit, je suppose, continua le chef de la Brigade Criminelle. Tu sais bien que ce n'est pas pour toi que je suis là. J'enquête sur la mort de Adama Bagayogo, comme j'avais commencé à te l'expliquer hier. Tu m'as répondu que tu ne le connaissais pas, soit, mais Diarra qui est tombé dans le ravin, tu le connais, lui au moins ?

Le regard de Lambirou devint fixe et ses yeux disparurent dans leur orbite. « Oui », dit-il dans un soupir.

— Parfait, continua Habib. Dis-moi maintenant chez qui il habitait.

— Il habitait chez Nama.

— Le jeune frère du chef Kéita ?

— Oui.

— Et son métier ?

— Il aidait… commença Lambirou, mais sa voix s'étrangla.

— Il aidait qui ? insista le commissaire. Il faut bien que tu achèves ce que tu as commencé.

Le boy hésita encore, s'humecta les lèvres, se baissa et ramassa les cauris, les étreignit ; comme si ce geste lui avait procuré énergie et courage, il expliqua :

— Diarra aidait Nama à entretenir la case sacrée. C'était son élève en quelque sorte.

— Et depuis quand a-t-il quitté Nagadji pour aller à Bamako ? lui demanda Habib.

— Il travaille à Bamako, répondit Lambirou ; il revient ici tous les vendredis et il retourne le même jour à Bamako.

Lambirou se tut et il était évident qu'il n'ajouterait rien à ces propos. Son malaise était perceptible et, s'en étant rendu compte, le commissaire choisit de revenir à la charge plus tard. Aussi remercia-t-il son interlocuteur et tourna-t-il le dos ; c'est alors que se produisit un bruit irritant, comme un os qu'on casse. Habib se retourna vivement et lorsqu'il comprit que c'était le boy qui mâchait, la bouche ouverte, une tranche de noix de cola dont le jus lui rougissait les lèvres, il murmura « cochon ! » et hâta le pas. « S'il vous plaît, chef, intervint Sosso à qui n'avait pas échappé l'agacement du commissaire, Lambirou a quelque chose d'autre à vous dire. N'est-ce pas, Lambirou ? Comme je te l'ai déjà dit, mon chef est celui qui donne les papiers qui permettent d'aller en Amérique. Sans sa signature, tu peux aller voir le président, rien à faire : les Américains n'accepteront pas que tu poses le pied sur leur territoire. Alors si vraiment tu veux aller en Amérique, il faut que tu acceptes de répondre aux questions de mon chef. »

Devant le mensonge de l'inspecteur, Habib demeura les bras ballants et la bouche bée face au boy qui déglutit bruyamment sa cola et, de sa langue, se nettoya les lèvres.

— C'est vrai ? demanda-t-il au commissaire.

Ah, quel embarras pour l'honnête Habib qui devint comme un garçon intimidé.

— Oui, oui, lança-t-il dans un souffle et il eut honte de lui-même.

— Tu vois, Lambirou, triompha Sosso en donnant des tapes sur l'épaule du boy tellement heureux qu'il enlaça l'inspecteur comme un bon vieux copain. Si tu réponds aux questions de mon chef, insista Sosso, tu es déjà en Amérique.

— C'est à propos de Bagayogo, commença Lambirou sans attendre le commissaire encore mal à l'aise. Il y a ici, à Nagadji, Fatoman Bagayogo et non Adama. C'est ce que je sais.

— Tiens ! s'exclama Habib. De quelle famille est-il ?

— C'est un fils du chef Kéita, répondit Lambirou.

— Voyons, s'indigna le commissaire, comment veux-tu qu'un Bagayogo soit le fils d'un Kéita ?

— C'est-à-dire que c'est le fils de la sœur[1] de Kéita, qui a épousé un Bagayogo. C'est donc son fils et…

— D'accord, d'accord, Lambirou, le coupa le policier dont l'irritation allait grandissant, mais comment peux-tu me faire croire qu'une noble Kéita a épousé un Bagayogo, homme de caste, surtout dans un village comme Nagadji ?

— Pourtant c'est comme ça, persista le boy.

— Et où vivent les parents de Fatoman ? intervint Sosso.

— À Lobo, c'est un hameau pas loin d'ici, expliqua Lambirou.

— Est-ce que Fatoman vient souvent ici, à Nagadji ?

— Non. Rarement. Son oncle, le chef Kéita, ne l'aime pas du tout. Ça doit être une histoire de famille. Il y a longtemps que je ne l'ai pas vu.

— Quel est son métier ?

— Il ne travaille pas, à ma connaissance. Il paraît qu'il se fait passer ailleurs pour un marabout.

— Dis quand même, demanda à son tour Habib, quel est le prénom du père du chef Kéita ?

— C'est Fabou. Quand il est mort, il avait presque trois cents ans…

Sans attendre la suite de l'épopée, le commissaire remercia le boy et tourna le dos. Il eut quand même le

---

1. Dans le sens de « cousine ».

temps d'entendre Lambirou s'inquiéter de son futur voyage outre-Atlantique et Sosso le rassurer : « Mais puisque je te dis que c'est O. K. ! Plus de problème, mon cher Lambirou, c'est tout comme si tu étais en Amérique. Patiente seulement et tu verras. »

— Non, non, vraiment, Sosso, protesta le commissaire quand son jeune collaborateur l'eut rejoint, écoute-moi bien : je t'interdis de me mêler à tes mensonges.

— Mais chef, il n'y avait pas d'autre solution.

— Ce cynisme, Sosso, ce cynisme... Et tu n'en es même pas ému ! Je ne suis pas le consul des États-Unis, tu le sais bien. Et après, qu'est-ce que je vais lui dire à ce pauvre Lambirou quand il va exiger son visa ? Hein ?

— Vous avez raison, chef, excusez-moi, répondit Sosso, mais avec des individus comme Lambirou, on ne peut pas faire autrement.

Le commissaire se tut un instant puis dit, avec une pointe de tristesse et d'amertume dans la voix : « C'est probablement ça, les méthodes de la police que vous voulez instituer, vous autres jeunes. Vous ne reculez devant rien pour parvenir à vos fins, parce que vous ne vous embarrassez pas de scrupules ». Ils marchèrent un moment en silence et le commissaire ajouta, comme pour lui-même : « Au fond, je ne regrette pas de prendre bientôt ma retraite ».

« Hé, le flic et son flicaillon, faites vite ; je suis pas comme vous, j'ai pas de temps à perdre, moi », leur lança Thiam assis à côté du chauffeur, dans la jeep dont le moteur tournait. Habib et Sosso l'y rejoignirent et juste quand le véhicule s'ébranla, Habib enserra le cou de Thiam comme s'il voulait l'étrangler. Le gros homme s'agita de façon grotesque, puis se mit à grogner franchement comme un cochon qu'on égorge. Habib le lâcha en éclatant de rire alors que Sosso et le chauffeur avaient de la peine à contenir leur hilarité qui se déchaîna quand Thiam lui-même partit d'un long éclat de rire entrecoupé de quintes de toux. « Voilà ce que sait faire un flic, mon bon gros », le railla le commissaire. « T'en fais pas, mon vieux flic, je te défie de te mesurer à moi au karaté avant ton départ. Tu sauras qui est Thiam. »

*

Il avait beaucoup plu la nuit : les rigoles au flanc et au bas du coteau contenaient encore des flaques et, sur son passage, la jeep débarrassait les herbes et les feuillages de leur rosée.

— Alors, et cette enquête ? demanda Thiam en se tournant vers son ami.

— Bah, plus on avance plus ça se complique, lui répondit Habib. Par exemple, personne ne connaît Adama Bagayogo, mais Fatoman Bagayogo, si ; fils de la sœur du chef Kéita, épouse d'un homme de caste ! Tu y comprends quelque chose, toi ?

— Ben non, avoua Thiam qui s'écria aussitôt en donnant une bourrade dans le dos du garde qui conduisait la jeep : « Mais bon sang, Karim, toi, tu dois en savoir quelque chose toi. Puis, sans transition, à l'intention de Habib il expliqua : tu sais, mon petit Karim s'était avisé de faire la cour à une nièce du chef Kéita. Je suis sûr qu'il n'est pas près de recommencer, parce qu'il a failli être pendu. »

Il éclata aussitôt d'un gros rire rocailleux si bien qu'aucun des occupants de la jeep — y compris le chauffeur — ne put se retenir de s'esclaffer.

— Laisse Karim tranquille, lui enjoignit Habib, si tu ne veux pas que je raconte tes frasques de jeune homme… Mais, Karim, tu dois donc connaître Fatoman.

— Oui, acquiesça le garde ; je l'ai même vu il y a quatre jours, je crois. Ça doit être vendredi dernier, si j'ai bonne mémoire.

— Aha ! fit Thiam, je pensais que tu avais renoncé à la nièce du chef, Karim. Mon petit, si tu continues, ils te pendront.

— Allons, allons, Thiam, sois sérieux, le rabroua Habib qui demanda ensuite au garde : Karim, quelle sorte d'homme est donc ce Fatoman ?

— À vrai dire, nous ne sommes pas des copains, lui et moi, expliqua Karim, avec un calme admirable. J'ai seulement échangé quelques mots avec lui deux ou trois fois. Il m'a fait l'impression d'un jeune homme prétentieux qui méprise les villageois bien qu'il ne soit pas instruit lui-même. Un type sans scrupule, quoi, qui se fait même passer pour un marabout. Et j'ai rarement vu quelqu'un qui aime courir les femmes à ce point.

— Si c'est toi qui le dis… commença Thiam que Habib interrompit pour demander au garde :

— Comment sont ses rapports avec son grand-oncle Kéita ?

— Mauvais, commissaire, très mauvais. Vous savez sans doute que sa mère a épousé un Bagayogo qui l'avait rendue grosse ; le chef Kéita n'a jamais pardonné le forfait de sa sœur. Il va de soi que l'enfant qui est né de cet amour ne peut pas lui plaire.

— Ah, s'exclama le commissaire, je commence à comprendre. Mais est-ce que Fatoman rend parfois visite à son oncle ?

— Oh, je crois que Fatoman allait plutôt le provoquer. C'est après un conseil de famille qu'on lui a interdit de remettre les pieds dans la concession du chef. Malgré tout, quand il vient, il va tourner autour de la maison. Pour provoquer, quoi, commissaire. Il est capable de tout, ce type-là.

— Je te remercie beaucoup, dit Habib, ces informations sont très utiles.

*

Après avoir ôté leurs chaussures, Thiam, Habib et Sosso entrèrent dans le vestibule du chef, laissant Karim dans la jeep à quelques dizaines de mètres, sous un arbre. Ils durent serrer tour à tour la main à toutes les personnes, adultes et vieillards à l'air grave, en échangeant avec elles d'interminables salutations, avant d'être invités par Nama à s'asseoir sur une natte.

— Kéita, commença Thiam quand le silence s'établit, celui-ci (il désigna Habib) est un vieil ami ; nous nous connaissons depuis la petite école ; il se nomme Habib ; ce jeune homme travaille avec lui, il s'appelle Sosso. Ils ont été envoyés de Bamako pour venir voir comment se porte le campement. Malheureusement, leur arrivée a coïncidé avec la mort d'un habitant d'ici — son nom serait Diarra si je ne m'abuse. Nous avons donc tenu à venir vous présenter nos condoléances. Que l'âme du disparu repose en paix.

Les propos de Thiam étaient ponctués de brefs murmures de l'assemblée. Pendant ce temps, le commissaire Habib ne perdait pas un seul geste de Kéita. Ce qui, au premier abord, frappait en l'homme, c'était sa beauté qu'un regard dur et froid et des lèvres minces et pincées rendaient inquiétante. L'homme était avare de gestes et de paroles et le mépris pour autrui sinon la suffisance se lisaient aisément sur son visage, même par un observateur non averti. Et Habib comprit alors l'antipathie de son ami Thiam pour le chef de Nagadji et l'obséquiosité de ceux qui se trouvaient dans le vestibule.

Ce fut Nama qui répondit à Thiam qu'il remercia vivement d'une voix chaude et avec des gestes doux ; il émanait de lui comme un fluide magnétique ; on se sentait rassuré sans savoir pourquoi. « La mort de Diarra est une grande perte pour nous. Il m'aidait dans la garde de la case sacrée sans jamais rechigner. Aucun habitant de Nagadji n'a jamais eu à se plaindre de lui. »

Des murmures d'approbation accueillirent l'intervention de Nama qui n'oublia pas d'ajouter que Nagadji se réjouissait de recevoir la visite des compagnons de Thiam et souligna la courtoisie des rapports entre le village et le campement.

— L'inhumation a donc déjà eu lieu ? s'enquit Thiam.

— Oui, dans la nuit, répondit Nama. Vous savez, on ne peut pas garder un corps trop longtemps par cette saison.

— Je comprends, se contenta de répondre Thiam.

Le chef Kéita n'avait pas desserré les dents, mais chaque fois que Thiam posait une question c'est d'abord vers lui que tous les regards convergeaient : on semblait lire dans son silence. D'ailleurs, ayant compris que sa présence et celle de ses deux compagnons commençaient à devenir pesantes, Thiam prit congé.

Ce furent encore de longues salutations. Au moment de franchir le seuil, le commissaire se tourna vers le chef : « À propos, Kéita, dit-il, j'ai eu l'occasion de rencontrer — oh, par un pur hasard — un jeune homme qui m'a dit être votre neveu. Il s'appelle Fatoman ». Kéita se raidit et une lueur mauvaise s'installa dans son regard. « Il n'est pas mon neveu, il a menti ! », laissa-t-il tomber avec une rage contenue.

— Ah ! s'étonna Habib, il m'avait même assuré qu'il allait venir vous rendre visite le jeudi passé.

— Je vous dis que pour moi il n'existe pas de Fatoman.

Ces mots avaient été prononcés sur un ton qui signifiait que la discussion était close. « Alors excusez-moi, Kéita, j'ai dû me tromper », conclut Habib dans un grand silence.

Nama tint à raccompagner ses hôtes jusqu'à la jeep. « Excusez la réaction de mon frère, dit-il à Habib. En fait, Fatoman est bien le fils de notre sœur Satourou qui vit à Lobo. Mais pour nous, c'est une femme qui a sali l'honneur de notre famille en se donnant à un homme de caste qui nous doit tout, dont le père doit tout à notre père et dont la famille est redevable à la nôtre pour l'éternité. Notre sœur a mêlé du sang de caste à notre sang de noble. Un tel crime ne pardonne pas. Ce qui explique la colère de mon frère.

— Je comprends maintenant, lui répondit Habib et à votre place tout noble aurait réagi pareillement. Mais dites-moi, il est bien venu ici jeudi, Fatoman ?

— Franchement, je ne l'ai pas vu et je n'ai pas entendu qu'il soit venu. Or c'est un mauvais garçon dont la présence ne passe pas inaperçue. Le zèbre portera toujours ses zébrures, n'est-ce pas ?

— Parfaitement, acquiesça Habib qui demanda sans transition : nous avons l'intention, mon jeune collaborateur et moi, de nous promener le long de la rivière. C'est possible, n'est-ce pas ?

— Oui, c'est possible, répondit Nama en souriant. Évitez seulement de vous approcher de la case sacrée. Cela n'est permis qu'à mon frère et à moi (à Diarra aussi, hélas !). Évitez aussi d'irriter les crocodiles de la mare sacrée. Ils se reposent maintenant.

Il salua ses hôtes avec une exquise politesse et s'en retourna. En pinçant le cou de Habib, Thiam lui dit : « Qu'est-ce que je te disais ? Tu auras besoin de toute ton intelligence et de toute ta passion. »

— Sosso et moi, nous allons nous promener le long de la rivière, dit le commissaire. Ne vous inquiétez pas : nous ne nous perdrons pas.

— S'il vous plaît, commissaire, intervint le garde Karim.

— Oui ?

— J'ai oublié de vous dire que vendredi dernier — c'est vers onze heures ou midi, je crois — je revenais de mission et je passais par là. Loin, très loin devant j'ai aperçu

240

Fatoman et quelqu'un qui ressemblait de dos à Diarra.
Ils étaient pas loin de la case sacrée.

— Ils étaient arrêtés ?

— Non, ils marchaient. Je sais pas où ils sont allés
parce que j'étais en jeep et je filais.

— C'est très important ça, Karim ; merci beaucoup,
dit Habib.

— Dis, Karim, demanda à son tour Sosso, tu affirmes
que Fatoman est un prétentieux, est-ce qu'il fume ?

L'apparente incongruité de la question déçut le garde
qui confirma du bout des lèvres.

— Tu peux dire quel type de cigarettes ? insista l'inspecteur.

Le garde fouilla dans sa mémoire et ne put trouver à
dire que : « Je sais pas, mais c'est des cigarettes qui sen-
tent bon. C'est des paquets bleus ».

— Comme ceci ? lui demanda Sosso en exhibant le
paquet que son chef avait déniché dans le toit de la case
qu'habitait Baga à Bamako.

— Exactement ! s'écria le garde. C'est exactement ça !

Habib le remercia encore et son patron lui donna une
bourrade dans le dos en lui disant : « Espion, délateur !
En avant ! »

La jeep s'ébranla.

CHAPITRE 7

« Cette histoire de paquet de cigarettes ! Je n'y aurais pas pensé, Sosso. Eh ben ! » s'exclama le commissaire. Ils marchaient le long de la rivière aux eaux calmes.

— Chef, dit Sosso en souriant, quel est ce message de Fatoman que vous avez transmis à son oncle ?

— Allons, allons, Sosso, de quoi te plains-tu ? J'ai bien appris ta leçon, c'est tout. Seulement, pour moi, c'est du mensonge, tandis que, dans ton cas, c'est du cynisme. Puis sans transition, il ajouta : c'est dommage qu'on n'ait pas de photos de Baga... Bof, au fond, celui qui flottait dans le bassin n'avait plus de visage, reconnut-il, mais nous pouvons être certains maintenant que Bagayogo Adama et Bagayogo Fatoman sont une seule et même personne : n'est-ce pas, Sosso ?

— C'est ce que je crois aussi, chef, lui répondit son jeune collaborateur. Fatoman et Adama sont tous de Nagadji. Ils étaient tous à Nagadji le vendredi dernier, ils fument tous deux des « S.J. », ils se font passer tous deux pour de grands marabouts.

— En outre, Sosso, Fatoman et Adama apparaissent comme deux individus sans scrupule, ajouta le commissaire. La question qui se pose est de savoir pourquoi cet homme porte un nom différent selon qu'il vit à Bamako ou à Nagadji. Comment se fait-il que le garde Karim l'ait aperçu ici vendredi dernier, mais ses oncles non ? Le petit Solo et Daouda affirment avoir vu Bagayogo s'enfuir pour une destination inconnue, le jeudi au crépuscule. Pourquoi fuyait-il ? Et pourquoi est-il venu ici ?

Ils étaient arrivés à proximité de la case sacrée, une case comme les autres, seulement plus grande et objet de soins particuliers. Elle faisait face à la rivière et, hormis la porte au battant de bois massif orné de sculptures grossières, elle ne comportait aucune autre issue. Deux œils-de-bœuf percés de part et d'autre à la hauteur du linteau donnaient à la façade l'aspect d'un masque grotesque.

Comme malgré lui, à mesure qu'ils cheminaient, Sosso s'écartait de son chef et se rapprochait de la case dont il toucha le toit de chaume. Aussitôt une bouffée de chaleur monta en lui ; il se mit à haleter et à suer abondamment. L'inspecteur s'éloigna précipitamment de la case en s'épongeant le front. Instinctivement, il se retourna juste à temps pour apercevoir, au loin, une silhouette disparaître derrière une case : il n'eut aucune peine à reconnaître Nama.

— Ben… comment se fait-il que tu sues comme ça, Sosso ? s'étonna le commissaire. Il ne fait pas chaud pourtant. Tu vis à cent à l'heure, mon petit. Tâche de te ménager.

Sosso bafouilla : « C'est une migraine, chef ; ça va passer ». Il ne put s'empêcher de jeter de nouveau un coup d'œil derrière lui, mais il ne vit que les cases de Nagadji.

« Maintenant, parlons de Diarra, dit Habib. C'est sur lui que pèsent de fortes présomptions. J'avais d'abord pensé, en me remémorant son attitude le jour de la découverte du corps de Baga, que le gardien du chantier était trop faible, trop craintif pour être un assassin, mais j'ai connu maints criminels qui ne payaient pas de mine. Néanmoins, je ne retiens pas l'accusation de Daouda : ce n'était que mensonge de jaloux et si Diarra se révèle effectivement le meurtrier de Baga, ce ne sera que pure coïncidence. Ce qui, plus sûrement, accable Diarra, c'est sa fuite de Bamako, son retour ici et la peur panique qui s'est emparée de lui à notre vue au campement. En outre, bien qu'il y ait un doute, le garde Karim croit l'avoir aperçu en compagnie de Baga, le jour de la mort de ce dernier. L'hypothèse qu'on peut retenir provisoirement me semble donc être celle-ci : pour une raison — certainement importante mais que nous ignorons — Baga a quitté Bamako jeudi, au crépuscule, et est venu ici, à Nagadji, soit la même nuit, soit le lendemain. Le vendredi matin, son jour de congé habituel, Diarra aussi quitte Bamako et se rend ici. Entre onze heures et treize heures de ce même vendredi, il entraîne — pour une raison que nous ignorons — Baga, là-bas dans la forêt, le tue et jette son corps à l'eau. La même nuit, il reprend le train pour Bamako sans se douter que la rivière allait donner le corps de sa victime au fleuve qui, à son tour, le mettrait dans le bassin.

C'est presque hallucinant, Sosso, n'est-ce pas ? Mais, évidemment, ce n'est encore qu'une hypothèse. »

Sosso, dont le malaise avait disparu miraculeusement, répondit : « Effectivement, chef ; il me paraît fort possible que Diarra ait tué Baga de cette manière. Mais où et comment l'a-t-il tué ? Pourquoi l'a-t-il tué ? Ce sont des questions auxquelles il faut répondre. Ce qui me trouble surtout, c'est l'attitude des Kéita dans cette affaire. D'abord, ils prétendent n'avoir pas vu leur neveu vendredi alors que cela est invraisemblable ; ensuite, ils ont enterré Diarra à la hâte, comme un chien, et sa mort ne paraît pas leur faire de la peine.

— Parfaitement, Sosso, approuva Habib, moi aussi j'ai l'impression que Diarra n'était que le serviteur des Kéita. Mais, mon petit Sosso, Diarra, derrière son apparence craintive et sa soumission, pourrait se révéler un monstre.

Puis, en donnant des tapes sur l'épaule de Sosso, Habib conclut : « nous sommes là pour chercher à découvrir un secret, n'est-ce pas ? Eh bien nous ratisserons la forêt et le long de la rivière jusqu'au fleuve à la recherche d'un indice. Le gros Thiam et ses gardes nous donneront sûrement un coup de main. Et demain, nous irons à Lobo, rendre visite à la sœur des fiers Kéita.

Ils arrivèrent à proximité de la mare sacrée. En réalité, c'était une portion de la rivière dont les eaux étaient sombres. Cette partie de la berge était jonchée d'ossements, restes de sacrifices offerts aux crocodiles, et dont le sang avait noirci le sable par endroits.

« C'est la fameuse rivière sacrée », constata le commissaire qui, intrigué par le silence de Sosso, se retourna : son jeune collaborateur se tenait loin, à un endroit où aucun crocodile, fût-il sacré, n'aurait pu l'attraper. Alors, le commissaire rit franchement. « Si j'étais écrivain, dit-il en rejoignant l'inspecteur, j'écrirais un roman et je l'intitulerais : "L'inspecteur Sosso et les crocodiles". » Il rit de plus belle en prenant par le bras le jeune homme dont le sourire cachait mal la gêne.

Le commissaire et l'inspecteur allaient enfin parvenir au sommet de la colline. Sosso tentait tant bien que mal de régler son allure sur celle de son chef, mais son dynamisme juvénile prenait parfois le dessus et il laissait son patron à quelques bonnes enjambées derrière lui.

Les mains dans les poches, ventre en avant, Thiam regardait, amusé, le spectacle des marcheurs. Il éclata de son rire inimitable lorsque Habib fut près de lui et, prenant par le bras son ancien condisciple qui soufflait, le gros bonhomme le railla : « Allons, vieillard essoufflé, prends appui sur le bras du jeune Thiam ». Et, pour sa honte, le commissaire s'accrocha au bras salvateur. Sosso les suivait en souriant.

— Alors, lança Thiam, et cet assassin ?

— Nous le cherchons, répondit Habib qui retrouvait son souffle, nous finirons par le découvrir.

— Viens avec moi au labo, mon vieux, commanda l'ingénieur sans transition ; je crois que nous sommes tout près de créer une espèce d'arbre d'une résistance extraordinaire.

— Aha ! s'exclama le commissaire.

Sosso, lui, jugea plus utile d'aller se joindre aux gardes qui jouaient à la belote et dont les cris et les jurons lui parvenaient. Les joueurs étaient si passionnés qu'ils ne se rendirent même pas compte de la présence de l'inspecteur qui hésita, s'arrêta puis continua son chemin en direction de Lambirou lui aussi plongé dans la consultation de ses cauris. Pourtant, le boy dit, sans relever la tête et sans cesser de consulter ses cauris :

— Vous êtes allés près de la case sacrée, ton chef et toi, n'est-ce pas ?

— Oui, acquiesça Sosso.

— J'étais debout sous l'arbre et je vous regardais. Toi, tu as touché le toit de la case sacrée, n'est-ce pas ?

— Oui.

— Aussitôt tu as eu un mal de tête atroce et tu t'es mis à suer comme dans une cuisine, n'est-ce pas ?

L'inspecteur devint muet d'étonnement. Lambirou releva la tête.

— Je suis sûr que Nama t'avait mis en garde, mais tu n'en as pas tenu compte. Tu t'es dit : c'est une case comme les autres. Tu te trompes. C'est dans cette case que se trouvent tous les secrets de Nagadji et l'esprit de l'Aïeul. Tu n'as ressenti qu'un mal de tête, tu aurais pu devenir paralytique, ou muet, ou aveugle. C'est comme ça.

— Je ne savais pas ça, reconnut le jeune policier avec une humilité sous laquelle perçait l'appréhension.

Le boy ne parla plus. Il ramassa ses cauris, les enveloppa soigneusement et les empocha. Il se mit à marcher devant lui ; Sosso le suivit et éprouva de la pitié à la vue du pied bot.

« Moi, j'habite ce village je ne sais depuis quand. Il paraît qu'on m'a découvert derrière un buisson, dans la brousse, du côté de la mare sacrée. On ne connaît ni mon père ni ma mère. Je n'ai aucun parent. Il y a longtemps que je vis à Nagadji, mais comme un étranger. Il faut naître à Nagadji pour être un habitant de Nagadji. Ce village est trop secret, il se méfie de tous les étrangers. »

Il se tut. Sosso était troublé parce qu'il découvrait en cet homme quelqu'un d'autre que le farfelu dont parlait Thiam. Il sentait dans cette voix la douleur d'un écorché.

Lambirou s'arrêta, se tourna vers Sosso. « Diarra aussi était un étranger. Je ne sais pas comment il est venu ici, mais il en est mort. »

— Justement, pourquoi Diarra a-t-il eu peur ? demanda Sosso.

— Je ne sais pas. Normalement, il ne revient ici que les vendredis pour assister Nama dans la case sacrée. Je ne sais pas pourquoi il était là hier.

Ils marchèrent quelques mètres encore et se trouvèrent au-dessus d'un monticule du haut duquel ils apercevaient le village blotti dans la vallée.

— Ton chef me fera partir en Amérique, n'est-ce pas ? demanda Lambirou.

— Bien sûr, Lambirou, puisque je te dis que c'est lui qui signe les papiers. Tu n'auras pas de problème, mentit Sosso avec aplomb. Mais dis-moi, Lambirou, pourquoi veux-tu aller en Amérique ?

Les petits yeux du boy disparurent dans leurs orbites, sa grosse lèvre inférieure pendante découvrait de grandes dents jaunes. Il s'était raidi.

— C'est pour mon pied, avoua-t-il à mi-voix ; il paraît que là-bas on répare les pieds.

Sosso comprit alors l'extrême délicatesse de la situation dans laquelle il s'était placé, mais il n'avait plus le choix ; il lui fallait s'enfoncer un peu plus dans le mensonge. Aussi rassura-t-il Lambirou : « Parfaitement, Lambirou ; on y répare les pieds. »

« Quelqu'un nous observait du village, dit Lambirou sans transition. Il était derrière le karité que tu vois là-bas, près du grenier. Quant il a su que je le regardais, il a disparu. Ce village est trop secret, il n'aime pas les étrangers. C'est après-demain que Nagadji va fêter le septième jour du retour de l'Aïeul. C'est la nuit où sortent tous les esprits de la case sacrée. J'ai le pressentiment que quelque chose de grave va se produire bientôt. »

Lambirou avait parlé les yeux fixés sur la vallée.

— Quelle chose ? lui demanda l'inspecteur fortement impressionné par le ton et l'attitude du boy.

— Je ne sais pas, je ne sais pas, répondit Lambirou dans un murmure.

Les nuages couraient dans le ciel ; ils se dirigeaient vers le nord. La chaleur montait, moite. Les deux hommes demeuraient côte à côte, muets, ignorant que, depuis quelques instants, le commissaire Habib était debout derrière eux et écoutait.

*

La nuit, Sosso était tellement épuisé qu'il ronflait dans sa chambre sommairement meublée d'un lit de camp et d'un tabouret. Deux rayons de lune filtraient à travers le battant de bois de la fenêtre et dessinaient un rond lumineux sur le sol de ciment. Le campement était plongé dans un grand silence qu'interrompaient par moments des cris d'oiseaux ou un souffle brusque qui agitait la forêt.

Comme d'elle-même, la porte de la chambre de Sosso s'entrouvrit dans un grincement à peine perceptible, puis quelque chose entra en chuintant. La porte se referma. Dans le rond lumineux, la chose se leva. Sosso ouvrit les yeux et la vit : c'était un naja dont les prunelles éclataient dans la lumière lunaire et dont la tête se balançait. On sentait qu'il s'apprêtait à fondre sur sa proie. Sosso voulut crier au secours, mais la peur paralysait tous ses muscles. Le serpent sifflait de plus en plus fort et sa tête était devenue fluorescente. Soudain, il s'élança sur le jeune homme qui, retrouvant l'usage de ses muscles, se jeta au bas du lit, puis se rua sur la porte : celle-ci s'était bloquée. Enragé, le naja sifflait de plus en plus fort et le poursuivait : ce n'était plus qu'une lance lumineuse qui bondissait d'un coin à l'autre de la chambre. Sosso trébucha et tomba : le naja se jeta sur lui, son dard mortel en avant. Le jeune policier poussa un hurlement tel que les oiseaux de la forêt proche en furent effrayés.

Le commissaire Habib, Thiam, les gardes et Lambirou s'engouffrèrent presque tous en même temps dans la chambre et trouvèrent Sosso assis sur le lit et hurlant. « Sosso ! Sosso ! » cria le commissaire en le secouant, mais l'autre hurlait de plus belle. « Un serpent ! Un serpent m'a mordu ! » répétait le jeune homme entre deux hurlements. Habib dut le gifler pour lui faire recouvrer ses esprits. « Aucun serpent ne t'a mordu, Sosso, tu as fait un cauchemar. » Couvert de sueur, les yeux exorbités, raide, le jeune policier semblait hypnotisé.

Lambirou s'approcha, lui prit la tête entre ses mains et se mit à marmonner des paroles magiques. Sosso se détendit peu à peu et ne tarda pas à sombrer dans un profond sommeil. « Il ne se réveillera pas avant demain », affirma le boy. Les hommes sortirent et refermèrent la porte.

Dehors, le vent soufflait, emplissait la forêt d'un bruissement immense. D'un pas mécanique, Lambirou s'avança du côté du village. Les autres lui emboîtèrent le pas et un spectacle hallucinant s'offrit à eux. En effet, une pluie diluvienne s'abattait sur la vallée ; la bourrasque tordait les arbres, secouait les toits, transformant la calme rivière en une mer en furie. Dans le clair de lune, les trombes d'eau éclatantes étaient un spectacle féerique et terrible. Les cheveux blancs tombant sur les hanches, drapé dans un linceul et brandissant une lance étincelante, une créature surgit de nulle part et se mit à danser autour de la case sacrée. Comme si le vent, la pluie et le tonnerre l'enivraient, elle dansait de plus en plus frénétiquement. Elle levait haut sa lance et ce geste semblait commander aux éclairs qui zébraient la vallée en si grand nombre qu'ils paraissaient une immense toile d'araignée. Mais, avec une rapidité déconcertante, la force de l'orage décrut, la folie de la nature s'apaisa, la créature dansante se volatilisa et la vallée retrouva son aspect ordinaire.

« L'esprit de la mort, c'est l'esprit de la mort », murmura Lambirou parmi ses compagnons frappés de stupeur.

CHAPITRE 8

Ce n'était pas le garde Karim qui conduisait la jeep, mais un autre, du nom de Kibili, trop loquace et trop indiscret au goût du chef de la Criminelle qui se tenait assis à côté de lui. Par deux fois, il s'était mêlé d'un entretien entre le commissaire et son collaborateur d'autant plus inopportunément que ses interventions ne brillaient que par leur stupidité. En tout cas, il conduisait avec un plaisir évident et s'avisa même de prouver sa virtuosité. « Hé, jeune homme, le rabroua le commissaire, ce n'est pas une course de rallye et nous, nous n'avons pas envie de nous suicider. » Kibili se renferma dans sa coquille.

Déjà, Lobo apparaissait au loin, situé en haut d'un coteau, mais la piste qui y conduisait faisait de longs détours, si bien que la jeep avait encore quelques minutes de course devant elle.

— Pardon, chef, recommença le terrible Kibili, est-ce que je peux savoir ce que nous avons cherché dans la forêt toute la matinée ? On parlait de morceaux de vêtements, d'armes… Je ne sais pas, moi.

— Est-ce qu'on a découvert quelque chose ? lui demanda Habib.

— Non.

— Eh bien, fais comme si on n'avait rien cherché et tu seras tranquille.

— Ben, oui… mais c'est-à-dire, chef…

Le commissaire ne parla plus. Sa mine durcie dissuada Kibili de chercher à comprendre. Il y eut donc quelques moments de silence, mais c'était sans compter avec la loquacité de Kibili qui s'exclama : « Ha ! Mais dis donc, Sosso, tu as fait un de ces cauchemars hier, mon vieux ! Moi j'avais pensé qu'on t'égorgeait. Tu sais, dans ce village… » « Ça suffit ! tonna le commissaire, arrête de piailler et regarde devant toi. Tu es un drôle d'homme en tenue, toi : aucun respect pour personne. »

Cette sortie inattendue et apparemment inexplicable eut pour effet de réduire enfin le chauffeur au silence et de plonger Sosso dans un étonnement qui le laissa bouche bée, car il ne se souvenait d'aucun cauchemar et comprenait d'autant moins l'éclat de son chef.

Habib, lui, connaissait bien son jeune collaborateur intrépide jusqu'à l'imprudence mais, curieusement, éprouvant une peur bleue des bêtes, capable de le réduire à l'inaction. Et il considérait cette « amnésie » de Sosso comme une bénédiction.

*

Lobo. Quelques cases de terre glaiseuse au toit de chaume, des champs de mil et d'arachide, des greniers en grand nombre construits sur des fondations de grosses pierres ; des poules partout, des boucs à la poursuite des chèvres… Le commissaire ordonna au chauffeur de s'arrêter ; il quitta la jeep, suivi de l'inspecteur. « Toi, tu nous attends ici ! » intima-t-il à Kibili qui, sans y être invité, s'apprêtait à leur emboîter le pas.

« Quel bougre, ce garde-là », grogna Habib alors que, avec Sosso, il marchait vers les premières cases. On entendait des voix de femmes et d'enfants, mais on ne voyait personne.

— Chef, qu'est-ce qu'il a voulu dire avec son cauchemar ? osa demander Sosso.

— Qu'est-ce que j'en sais ? Je suis convaincu que c'est le type qui veut faire l'intéressant et il sort n'importe quoi. J'ai dû être dur avec lui parce que c'était le seul moyen de le faire taire. C'est le genre d'homme qui me met vite hors de moi.

Un enfant, puis deux, puis trois apparurent et saluèrent les étrangers qu'ils observèrent de pied en cap. « Où pouvons-nous voir Satourou, mes enfants ? » À la question de Habib, ils répondirent tous à la fois : « Vous êtes des gardes-forêt ? — Mais non ! protesta Habib. Nous sommes venus de la part de Fatoman. » L'appréhension céda la place à la joie et les enfants coururent en criant le nom de Satourou.

Celle-ci ne tarda pas à venir à la rencontre des étrangers, accompagnée d'un plus grand nombre d'enfants. Après les salutations d'usage, elle invita le commissaire et Sosso à la suivre dans ce qu'il faut bien appeler une cour même s'il n'y avait pas de mur de clôture. Elle les fit asseoir sur des tabourets, leur donna à boire dans un pot en plastique jaune d'une propreté fort douteuse. L'un après l'autre, Habib et Sosso, pour respecter la coutume, y trempèrent les lèvres. Satourou alla remettre le pot dans la case et retourna s'asseoir sur un escabeau, à quelques pas de ses hôtes que les enfants, encore plus nombreux, assis par terre, dévoraient des yeux.

— Les enfants m'ont dit que vous venez de la part de Fatoman, commença Satourou.

— Effectivement, confirma Habib, je connais Fatoman. Oh, on s'est rencontrés un jour par hasard à Bamako et puis il a pris l'habitude de me rendre visite. Je lui ai promis de tout faire pour qu'il puisse avoir un petit emploi. Et, comme il m'avait dit, il y a deux semaines environ, qu'il allait venir à Nagadji, j'ai profité de mon court séjour au campement pour le revoir. Malheureusement, ceux à qui j'ai demandé de ses nouvelles à Nagadji m'ont répondu qu'ils ne l'avaient pas vu depuis quelque temps. Je me suis alors dit qu'il devait se trouver à Lobo.

Pendant tout le temps que le commissaire débitait son scénario, Satourou Kéita ne cessait de le regarder droit dans les yeux, sans ciller. Le commissaire se souviendrait longtemps de ces prunelles froides qui pourtant transperçaient l'interlocuteur, de ces lèvres minces et pincées, de ce port altier, de cette beauté masculine, de cette énergie contenue, à l'image de celle de Nama. Sosso, lui, se sentit tout petit. Satourou envoya un des enfants appeler Bagayogo au champ avant de répondre à Habib : « Fatoman est bien mon fils, mais je ne le vois que rarement. Certains l'auraient aperçu à Nagadji vendredi dernier, moi pas. »

— Il a dû se rendre chez son oncle, le chef Kéita, suggéra Habib.

— Le chef Kéita, répéta Satourou après un bref rire sarcastique. Elle claqua la langue en signe de mépris avant d'ajouter : si Fatoman a l'occasion de dévorer Sandiakou Kéita, il le fera.

— Ah ! s'étonna le commissaire, il le déteste tant que ça ?

— Ils se détestent mutuellement depuis toujours.

— Mais vous, vous êtes bien la sœur de Kéita ?

— Oui, parce qu'on ne choisit pas ses parents. C'est pourquoi le père de Kéita et le mien étaient des frères. C'est pourquoi je suis la sœur[1] du chef de Nagadji, malgré moi. Je sais qu'il est plein de lui-même, qu'il se prend pour le seul vrai descendant des Kéita du Mandé ; moi (elle se frappa la poitrine), moi Satourou, je suis une femme, c'est vrai, mais je descends aussi tout droit des Kéita du Mandé, jamais, je ne ploierai les genoux devant quelqu'un.

C'est à ce moment que Bagayogo entra. C'était un vieil homme chauve à la barbe blanche, avec un corps solide de paysan, un visage lisse illuminé par un regard d'enfant. Il salua les étrangers avec déférence d'une voix douce, presque caressante. Il portait un court boubou de cotonnade jaune couvert de la terre des champs. Il s'assit sur un escabeau, à côté des étrangers.

1. Cousine.

— Ils sont de Bamako, et ils connaissent Fatoman. Ils pensaient le trouver ici, l'informa son épouse.

— Aha ! fit le paysan qui s'enquit du nom des hôtes qu'il salua de nouveau longuement.

— Ils se demandent si Fatoman n'est pas chez mon frère à Nagadji, expliqua Satourou. Ils connaissent mal le chef du village de Nagadji. Je ne leur ai pas dit que mon frère a failli tuer Fatoman il y a moins d'un an…

— Non, Satourou, ne parle pas de ces choses-là ; Kéita était seulement en colère, l'interrompit le mari.

— Tu oses dire qu'il n'a pas cherché à tuer Fatoman avec une hache ? s'indigna l'épouse.

— Mais non, Satourou, protesta le père Bagayogo avec douceur, c'est Satan qui est entré dans le cœur de ton frère ce jour-là.

Alors, Satourou explosa : « Je te connais, Bagayogo ; tu seras toujours le même, un homme avec un cœur de femme ! Tu es un homme de caste, un forgeron, mais tu es surtout l'esclave de Sandiakou ; tu te coucherais pour qu'il marche sur toi. Pour un homme de ta condition, ce n'est pas étonnant ; mais moi, je suis une noble et Sandiakou ne me fait pas peur. Est-ce que tu peux soutenir que ce n'est pas à cause de son inhumanité que son fils Sambou, le seul de ses enfants instruit, ne revient pas au village depuis des années ? Est-ce qu'il ne terrorise pas tout le village de Nagadji ? Est-ce que tu oses nier que sa colère ne s'apaise que s'il verse le sang de son adversaire ? Eh bien, Bagayogo, rampe devant lui parce que tu le dois, mais moi, je n'ai qu'un fils, un seul, et c'est Fatoman. C'est un vaurien, je sais, mais il n'en demeure pas moins mon enfant ; et si jamais il s'avise de toucher à un cheveu de mon enfant, je le tuerai, moi Satourou, sinon qu'il me pousse une queue aussi longue que ça. Aussi vrai que je suis une Kéita légitime ! »

Comme possédée, Satourou criait, s'agitait, les yeux rougis, la bave aux coins des lèvres. Les enfants s'étaient sauvés mais le mari demeurait calme, osant même un petit sourire énigmatique. « Et sa fille Kankou, hurla Satourou, pourquoi ne dis-tu pas aux étrangers qu'elle s'est enfuie et s'est fait engrosser par on ne sait qui à Kaban ? Pourquoi n'expliques-tu pas ça aux étrangers, hein ?

— Satourou, intervint de nouveau Bagayogo, ce sont des secrets de votre famille. Tu ne devrais point en parler, dans ton propre intérêt, parce que le déshonneur des Kéita est aussi ton déshonneur.

— Je m'en moque ! explosa la femme. Est-ce que mon frère n'a pas détruit ma vie ? Est-ce qu'il ne m'a pas tuée ? Est-ce que ? …

La voix de l'amazone se brisa.

Le commissaire comprit qu'il était temps de s'en aller. Bagayogo les raccompagna. Dès qu'ils eurent mis le pied hors du vestibule, il dit à son hôte : « Les Kéita sont tous comme ça, c'est dans leur sang. Il n'y a que Nama dont le cœur soit inaccessible à la colère. Je ne sais pas ce que vous pensez de ce qu'a raconté ma femme, mais pour moi, Sandiakou est un chef digne de respect. Moi, je suis un homme de caste ; mon père a servi le sien, et moi je le servirai, lui. Je suis prêt à tout quand il s'agit de sauver l'honneur des Kéita de Nagadji. On a dû vous expliquer pourquoi une Kéita est devenue l'épouse du forgeron que je suis, mais le seul coupable, c'est moi, et jusqu'à la fin de ma vie je regretterai mon acte. Vous me comprenez, n'est-ce pas ? »

— Parfaitement, Bagayogo, lui répondit le commissaire. Votre attitude vous honore. Mais, dites-moi, depuis quand vous n'avez pas revu le chef Kéita ?

— Je lui ai rendu visite pas plus tard que vendredi matin, mais pas pour longtemps parce qu'il avait une offrande à sacrifier. Vous voyez bien qu'entre nous ce n'est pas la guerre.

— En effet, convint Habib, mais où sacrifie-t-il l'offrande ?

— Je ne sais pas : ça c'est une affaire qui ne concerne que les Kéita.

— Eh bien, je vous remercie beaucoup Bagayogo et si je revois Fatoman, je l'obligerai à venir vous rendre visite.

— Vous nous rendriez un grand service…

Bagayogo s'interrompit, car un brouhaha s'éleva tout à coup à l'entrée du hameau. Les trois hommes se hâtèrent et un spectacle inattendu s'offrit à eux : tous les enfants du hameau armés, qui d'un gourdin, qui d'un fouet, qui de chaussures, avaient formé un cercle menaçant autour du garde Kibili réfugié dans la jeep.

« Qu'est-ce qui vous prend donc les enfants ? » leur cria Bagayogo. « C'est un garde-forêt, expliquèrent de leurs petites voix courroucées. Il vient nous espionner pour aller raconter que nous coupons les arbres de la forêt. » Bagayogo dut user de tout son talent d'orateur : « Mais non, vous vous trompez : il accompagne ces deux-là qui sont des amis de Fatoman. Ils sont venus nous saluer. Allez, partez, ce n'est pas un espion. »

Les enfants obtempérèrent. Bagayogo se confondit en excuses. Kibili était si effrayé qu'il tremblait de tout son corps. Sosso dut se mettre au volant. Le commissaire souriait comme un homme heureux.

*

À leur arrivée à Nagadji, le commissaire Habib congédia le garde Kibili dont la peur avait considérablement atténué la loquacité, et, accompagné de Sosso, il se dirigea vers la concession du chef Kéita. Ce dernier était assis dans le vestibule et devisait avec son jeune frère Nama. L'irruption des deux étrangers les surprit désagréablement, et si Nama s'efforça de ne rien laisser paraître de son état d'âme, son grand frère au contraire afficha le sien, répondant d'une voix sourde aux salutations. Le gardien de la case sacrée invita Habib et Sosso à prendre place sur une natte, en face d'eux.

La maison du chef était très animée : on y entendait le bruit des pilons tombant dans les mortiers et les conversations des femmes.

« Nous sommes revenus vous voir, Kéita, commença le commissaire les yeux fixés dans ceux de son hôte. Nous sommes allés rendre visite à votre sœur Satourou, à Lobo. Aujourd'hui, je dois vous dire la vérité : je ne connais pas Fatoman, et je ne suis pas là pour le voir. La raison en est simple : Fatoman Bagayogo est mort.

Quelqu'un l'a tué. Et moi, le chef de la police, je suis chargé de savoir qui est son assassin. »

Habib se tut, attendant la réaction des Kéita. Pas un muscle de la face du chef ne bougea. C'est Nama qui dit d'une voix presque impersonnelle : « Nous, nous n'avons jamais appris une telle nouvelle. Vous êtes sûrs de ne pas vous tromper de personne ? »

— Absolument, lui répondit Habib ; Fatoman a été tué ici à Nagadji.

— Mais alors, où est donc son corps ?

— À Bamako. C'est la rivière qui l'y a transporté, parce que Fatoman a été tué et jeté à la rivière vendredi dernier.

— Laissez-moi vous dire que j'en doute fort, commissaire. Si Fatoman avait été tué ici, quelqu'un au moins s'en serait rendu compte.

— Et vous, Kéita, vous ne dites rien ? demanda le commissaire au chef du village.

— Cette affaire ne me regarde pas ; la vie ou la mort de Fatoman m'importe peu, répondit Sandiakou avec animosité.

— C'est pourtant le fils de votre sœur ; il a du sang des Kéita dans les veines, insista Habib.

La colère du chef Kéita monta d'un cran ; déjà, ses yeux étaient injectés de sang et une grosse veine lui barrait le front. Il dit avec force :

— Il est le fils de ma sœur, mais c'est un fils de forgeron ; le sang qui coule dans ses veines est un sang d'homme de caste, parce que notre sœur a cessé d'être une Kéita.

— Je sais que vous ne l'aimez pas du tout, Kéita, et
que vous avez même failli le tuer à coups de hache,
répartit le commissaire.

— C'est ça ! c'est bien ça ! vociféra Kéita ; c'est un
chien et il mérite une mort de chien.

— Mais que vous a-t-il donc fait qui mérite la mort ?

— Il est comme Badian : c'est un souillon, il a souillé
le nom et l'honneur des Kéita. Il n'aurait pas dû naître.

— Malheureusement pour les Kéita, il est né ; c'est ce
que ni vous ni moi ne pouvons nier, fit remarquer le
commissaire que la morgue du chef de village irritait de
plus en plus. De toute façon, c'est l'affaire des Kéita. Ce
qui m'importe, moi, c'est de savoir qui a tué Fatoman.
Vous affirmez tous deux ne l'avoir pas vu, mais j'aimerais savoir où vous étiez dans la journée du vendredi,
Kéita.

Sandiakou se raidit puis explosa : « Attention ! Faites
attention ! Sachez à qui vous parlez. Peut-être que vous
n'avez pas appris à respecter les anciens, mais avec moi,
Sandiakou, vous êtes tenu d'être correct. Vous n'avez
aucune question à me poser et je ne vous répondrai
pas ! »

— Et moi, explosa à son tour Habib, je vous dis, Kéita,
que vous répondrez à mes questions, que cela vous plaise
ou non ! Vous êtes le chef du village de Nagadji mais
vous n'êtes pas le chef du pays. Personne n'est au-dessus
des lois ; et si vous refusez de répondre, je vous mets les
menottes et je vous emmène au campement. Si vous êtes
un Kéita, la honte vous tuera. Alors répondez : où étiez-
vous dans la journée du vendredi ?

Le chef était devenu une statue : le visage dégoulinant de sueur, les yeux, deux braises rougeoyantes, la bouche ouverte, le souffle coupé, Sandiakou paraissait hypnotisé. Satourou avait sans doute raison : le dénouement d'une telle colère ne pouvait être que sanglant. C'est certainement cette évidence qui amena le jeune Kéita à poser sa main sur le bras de son frère : « Au nom de l'Aïeul, calme-toi, Sandiakou », lui murmura-t-il. Ensuite il s'adressa au commissaire : « Le vendredi, mon frère a passé toute la journée dans la forêt : il offrait un sacrifice à l'Aïeul. Tout Nagadji peut le certifier. »

— Peut-être, Nama ; et vous-même, où étiez-vous ce jour-là ? demanda Habib touché par la politesse de son interlocuteur, mais encore irrité.

— Je passe toute la journée du vendredi dans la case sacrée.

Le commissaire se leva, imité par l'inspecteur et quitta le vestibule, laissant le chef du village pétrifié.

— Comprenez mon frère, *com'saire*, lui dit Nama qui les raccompagnait. La colère est la maladie des Kéita de Nagadji. Nous l'avons héritée de nos ancêtres du grand Mandé.

— Je ne suis pas un Kéita, moi, lui rétorqua le commissaire, mais je n'en suis pas moins un noble, comme les Kéita de Nagadji. Vous êtes fiers de votre sang et de votre nom, moi aussi je suis fier de mes pères. Comprenez qu'il n'y a pas que des Kéita sur la terre.

— Vous avez raison, *com'saire*, mais on ne choisit pas son caractère.

Nama avait réussi à calmer la colère du policier qui demanda : « Qui est donc ce Badian dont a parlé votre frère ? »

Après une légère hésitation, Nama expliqua : « Badian est un de mes frères ; c'est le deuxième enfant de la famille. Malheureusement, il s'est montré indigne de nous, il a souillé notre honneur. Il a commis le crime le plus ignoble : il a volé et a été mis en prison.

— Où ? s'enquit Habib.

— À Bamako. Maintenant, nous ne savons pas où il est. En tout cas, pour notre famille, c'est comme s'il était mort. Vous comprenez mieux la colère de mon frère, *com'saire* ?

— Oui, Nama, acquiesça Habib.

— Eh ben ! s'exclama Sosso sur le chemin du campement ; ces Kéita-là sont de véritables chiens enragés, chef. Il aurait tenté de vous tuer s'il avait eu une arme à portée de la main !

— Sa sœur a parfaitement raison, convint le commissaire, avec un tel homme, il n'y a pas place pour la discussion. Mais vois-tu, Sosso, l'avantage — pour ainsi dire — d'avoir affaire à des gens comme les Kéita, c'est que la colère les aveugle et qu'ils n'ont, dès lors, plus de secret. Pour un policier, c'est une bénédiction.

— Mais alors, quel contraste entre les deux frères, chef !

— Oui, Sosso, dans une famille de ce genre, il faut forcément un modérateur sinon il n'y a pas de vie commune possible. J'ai l'impression que Nama est le grand sage de la famille. Tu as vu quelle influence il a sur son grand frère. Enfin, la moisson n'a pas été aussi mauvaise que ça, n'est-ce pas, mon petit Sosso ?

— Je suis tout à fait d'accord avec vous, chef, mais ma fameuse méthode semble vous plaire de plus en plus, plaisanta Sosso.

— Dis que j'ai pris goût au mensonge, mon petit, dis-le puisque c'est ce que tu penses.

— Pas du tout, chef…

— Mais si, si, Sosso, si, si : le chef de la Brigade Criminelle est devenu un expert en mensonge. Ne proteste pas, parce que, au fond, tu n'as pas tellement tort. Alors vive les nouvelles méthodes policières si elles sont efficaces…

En tout cas, nous n'avons plus de certitude quant à l'assassin. Nous pensions que c'était Diarra, mais ce pourrait être Sandiakou aussi, ou même Nama, ou les trois à la fois, puisque tous les trois se trouvaient le jour du crime pratiquement au même endroit.

— Ou alors Diarra a entraîné dans la case sacrée Fatoman — ou Adama — qui y a été assassiné soit par Nama, soit par Diarra même, soit par les deux, suggéra l'inspecteur.

— Peut-être, douta le chef de la Brigade Criminelle ; mais la case sacrée est trop proche du village. Je les vois mal transportant le corps de leur victime sur une longue distance et en plein jour.

— Mais, chef, ils auraient pu le jeter dans la mare sacrée, tout près, objecta Sosso.

— Non, Sosso, je ne crois pas, pour la simple raison que les crocodiles l'auraient déchiqueté. C'est tout cela qui me pousse à croire que le crime a été commis dans la forêt, bien que nous n'ayons pas découvert le moindre indice ; Diarra étant mort, il ne nous reste plus que les deux Kéita. C'est dire que la tâche ne sera pas aisée. Ce qui est certain, c'est qu'il y a un mystère dans la famille Kéita et c'est en dissipant ce mystère que nous saurons pourquoi Fatoman-Adama a été assassiné, comment et par qui. Cette sœur qui est mise à l'index pour avoir aimé un homme de caste, ce frère voleur que personne ne veut revoir, cette fille qui s'enfuit de la maison et se fait engrosser, ce neveu mal aimé qu'on assassine… Il existe certainement un lien entre tous ces faits ; c'est la clé du mystère.

Sosso soupira : « Nous risquons d'en avoir pour longtemps encore, chef ».

— Oh non, Sosso, ça ira beaucoup plus vite que tu ne penses.

L'inspecteur paraissait sceptique.

Ils marchèrent un moment en silence. Le soleil était tombé, mais sa lumière éclairait encore la vallée. Il y avait dans le ciel comme une promesse d'orage.

« J'avoue que j'ai des remords d'avoir été aussi dur avec le chef Kéita. Pas parce qu'il est beaucoup plus âgé que moi, mais parce que j'imagine quelle doit être sa douleur, le fardeau que constitue le devoir de préserver l'honneur de la famille dans un monde qui se disloque. J'ai eu pitié de lui, mais, tu sais, Sosso, c'est cela la marque de notre métier : nos sentiments, nos états d'âme ne comptent pas. »

Ils avaient atteint le campement et se dirigèrent vers l'esplanade d'où leur parvenaient les rires de Thiam et des gardes. C'est alors que, du côté du précipice, retentit un cri effroyable qui figea tout le monde. Sosso fut le premier à se ressaisir : il se rua, les autres le suivirent. À la lumière des torches électriques, ils aperçurent, accroché par un pan de son boubou à un fragile arbuste, un homme se balançant au-dessus du précipice. L'homme hurlait, appelait au secours, affolé par les craquements du boubou qui n'allait pas tarder à céder. « C'est Lambirou », murmura un garde. Quand les faisceaux lumineux convergèrent sur son visage, il n'y eut plus de doute : c'était le boy.

« Surtout, ne parle plus, Lambirou, ne t'agite pas : nous allons te tirer de là », lui dit doucement le commissaire. Pendant ce temps, Sosso avait rampé jusqu'au bord du précipice et réussi à saisir le bras du boy qui s'agrippa à lui avec tant de fébrilité que tous deux se fussent écrasés au fond du ravin si un garde n'avait eu le réflexe de retenir l'inspecteur par les pieds. Finalement, on réussit à remonter Lambirou et à l'étendre sur le sol. À la vue du spectacle qu'éclairaient les lampes, Thiam s'éloigna précipitamment et vomit. On eût dit qu'une bête féroce avait enfoncé ses crocs dans le bras droit de Lambirou dont les chairs pendaient. Son pied bot avait subi le même sort et n'était plus relié au corps que par le tendon. Le commissaire s'accroupit et observa longuement le rescapé. C'est à ce moment qu'un frou-frou se produisit derrière la clôture : quelqu'un ou quelque chose s'enfuyait. Sosso dégaina son revolver et se lança à ses trousses. « Arrête, Sosso, lui cria le commissaire ; ne tire pas ! »

L'inspecteur obtempéra et, la rage au cœur, regarda la silhouette disparaître dans la nuit.

Thiam revint : il pleurait. « Qu'est-ce qu'il faut faire, Habib ? » demanda-t-il.

— L'amener à Bamako, répondit le commissaire. Tu te feras accompagner de deux gardes. Prenez vos armes, c'est plus prudent. Mais il va quand même falloir panser son pied auparavant.

Peu après, on étendit Lambirou à l'arrière de la jeep où un garde lui soutint la tête. Thiam et le second garde s'installèrent à l'avant. Habib se pencha sur le blessé : « Qui t'a fait ça ? » lui demanda-t-il. Le boy sembla hésiter, puis il répondit : « Je ne sais pas ». Le commissaire hocha la tête. « Sosso », appela Lambirou. Sosso s'approcha de lui : « Pour l'Amérique, tu sais, ce n'est plus la peine. Tu vois que ce village n'aime pas les étrangers : moi aussi, je m'en vais. J'ai eu beaucoup de chance. » Sosso fut incapable de proférer un mot. Lambirou eut la force de tirer de sa poche un morceau de cola et la croqua. On eût cru qu'il ne souffrait pas.

La jeep s'en alla. Le commissaire et l'inspecteur demeurèrent longtemps à regarder ses feux s'évanouir dans la nuit.

— Vous auriez dû me laisser tirer, chef, protesta Sosso.

— Mais non, ce n'était pas nécessaire, mon petit. J'ai observé les blessures de Lambirou : elles sont pareilles à celles de Fatoman-Adama Bagayogo. C'est la même arme ou une arme identique qui les a provoquées et le coupable est d'une cruauté inimaginable. L'assassin de Baga est ici, à Nagadji. Il a eu peur que Lambirou parle, parce que je suis sûr à présent que Lambirou en sait plus qu'il n'a voulu dire. Tu vois maintenant pourquoi il faut que nous le prenions vivant, n'est-ce pas ? Nous avons besoin de tout comprendre dans cette histoire.

Le commissaire tourna le dos, mais il dut revenir sur ses pas pour prendre la main de son jeune collaborateur qui, les larmes aux yeux, ne pouvait détacher son regard de la forêt noire dans les entrailles de laquelle s'était enfoncée la jeep.

Le troisième garde, Barou, allait et venait en faisant jouer la culasse de son fusil. Habib se tourna vers lui : « Tu m'as l'air particulièrement nerveux, toi ; fais attention sinon tu vas t'attirer des ennuis inutilement. »

CHAPITRE 9

Le lendemain matin, Thiam n'était toujours pas revenu de Bamako et, sans doute épuisé par les émotions de la nuit, Sosso dormait encore. Le commissaire Habib décida de descendre seul dans la vallée après avoir chargé le garde Barou de dissuader l'inspecteur de chercher à le joindre.

L'animation inhabituelle du petit village surprit le policier. On eût dit que tous les habitants de Nagadji étaient convenus de ne pas se rendre aux champs. Les enfants jouaient parmi les animaux livrés à eux-mêmes, les femmes riaient aux éclats en s'affairant autour des mortiers ; seuls quelques hommes étaient dans les ruelles — on imaginait aisément les autres réunis dans le vestibule du chef vers lequel d'ailleurs se dirigeait Habib.

Le commissaire n'arriva pas à destination, car il rencontra Nama. Les deux hommes se saluèrent courtoisement.

— Je remarque que vous vous dirigez vers chez nous, remarqua le gardien de la case sacrée.

— En effet, Nama, convint le commissaire, j'allais vous saluer.

— C'est bien aimable à vous, *com'saire*, mais je crains que vous ne puissiez pas approcher mon frère, parce qu'il est en assemblée avec tous les anciens du village. Aujourd'hui, c'est l'anniversaire du septième jour du retour de l'Aïeul. Et moi-même, je m'en vais ainsi à la case sacrée pour préparer la cérémonie de cette nuit.

— Alors tant pis, Nama, je retourne donc au campement jusqu'à ce soir. Tout le monde peut prendre part aux festivités, je suppose.

— Oh oui, oui, c'est une fête pour tout le monde, même pour les étrangers. Cette nuit est une grande nuit pour nous, *com'saire*. Nagadji avait été attaqué par des musulmans qui voulaient le convertir à l'Islam. Il y a de cela des centaines et des centaines d'années. L'Aïeul des Kéita a alors quitté le village, suivi de tous les jeunes gens. Ils ont formé une armée et, vingt et un jours plus tard, ils sont revenus chasser les musulmans. Alors l'Aïeul a juré que jamais aucun minaret ne se dresserait dans son village. Chaque année, nous, ses descendants, nous fêtons le jour et le septième jour de son retour.

Les deux hommes marchaient côte à côte comme deux promeneurs.

— C'est effectivement un grand jour, convint le commissaire qui ajouta sans transition : j'espère que la colère du chef Kéita s'est apaisée.

— Bien sûr. N'y faites pas attention, *com'saire* : les Kéita sont comme ça.

271

À proximité de la case sacrée, le commissaire, qui s'était aperçu de l'embarras grandissant de son compagnon, tendit la main à ce dernier dont le visage s'éclaira d'un large sourire. « Surtout, ne manquez pas la fête, *com'saire*. — Comptez sur moi », le rassura Habib qui s'arrêta après quelques pas et demanda : « Est-ce que je peux amener Lambirou avec moi, Nama ? Il m'a chargé de vous poser la question. » Nama partit d'un long éclat de rire. « Dites-lui qu'il peut venir comme tout le monde ; seulement, qu'il ne s'avise pas de se prendre pour un devin, comme il l'a fait l'année dernière. Si, si, *com'saire*, amenez-le, ça fait longtemps qu'il ne descend pas dans la vallée. » En riant, Nama entra dans la case et le commissaire continua son chemin.

*

Ce ne fut qu'en début de nuit, alors que le commissaire Habib et l'inspecteur Sosso achevaient un long entretien sur la terrasse, que la jeep entra au campement. Thiam en descendit bouleversé. Il traîna son lourd corps et se laissa tomber sur le siège qui craqua. « C'est affreux », murmura-t-il en se couvrant le visage.

— Allons, allons, mon gros, tu n'es quand même pas un enfant, le rabroua Habib. Comment se porte Lambirou ?

— On l'a amputé du pied gauche, expliqua l'ingénieur. C'est affreux.

— C'était inévitable, surtout avec un pied bot.

272

— Mais ce qui est extraordinaire, dit Thiam, c'est que le bonhomme en paraît heureux au contraire. Il sourit et prétend ne sentir aucune douleur. Chaque fois qu'il ouvre la bouche, c'est pour parler de prothèse. Il n'est pas normal, ce type !

Sosso ne parla pas ; il aurait fait comprendre au patron du campement que le boy était effectivement heureux qu'on l'eût débarrassé de son pied.

— Habib, tu as une idée de l'imbécile qui a fait ça ? demanda Thiam. J'ai beau questionner Lambirou, rien à faire. Mais moi, je me dis qu'il a dû voir celui qui voulait le tuer.

On sentait la colère monter dans la voix de Thiam.

— Ne te mets pas dans cet état, lui conseilla son ami en lui donnant des tapes dans le dos. Tu es ingénieur, et nous flic et flicaillon : c'est notre métier de retrouver les assassins, entre autres criminels. Nous allons assister à la fête du septième jour du retour de l'Aïeul, Sosso, Kibili et moi. Toi, tu restes ici avec les deux autres gardes. Tu es suffisamment épuisé comme ça pour n'avoir pas besoin d'autres émotions fortes.

Thiam se laissa aller dans son siège et ferma les yeux.

*

Le commissaire, l'inspecteur et le garde marchaient en direction de la vallée, dans l'herbe humide qu'éclairait la lune immobile dans un ciel sans le moindre soupçon de nuage. Les tam-tams résonnaient déjà, soutenus par un chant et des battements de mains.

Kibili éclata de rire tout à coup et sans raison apparente. « Commissaire, mon collègue Karim ne vous pardonnera jamais ça. D'habitude, il profite de cette nuit pour chercher des filles au village. Vous l'avez obligé à rester au campement. Et il va croire que c'est moi qui "as" monté la combine. Il va pas me parler pendant un mois. »

Habib et Sosso rirent à leur tour et le commissaire précisa : « Tu as une qualité qui m'intéresse ce soir : tu es un bavard impénitent. »

— Pardon, je comprends pas, *com'saire*, dit le garde.

— N'essaie pas de comprendre, lui répondit Habib, ça vaudra mieux pour nous tous.

Tout Nagadji était là, en un grand cercle, à quelques pas de la case sacrée. Les anciens étaient assis sur des nattes, autour du chef Sandiakou Kéita, tous vêtus d'un grand boubou de cotonnade blanc et coiffés d'un bonnet noir à la bordure cerclée de cauris ; seul le bonnet du chef était rouge vif.

Au milieu du cercle étaient disposées une calebasse et une grosse pierre sur laquelle brillait un couteau ; entre la calebasse et la pierre, deux coqs (un blanc et un noir) aux pattes entravées. Habib avait choisi de se tenir derrière le cercle, face aux anciens.

Le silence tomba brusquement et Bagayogo se leva. « Habitants de Nagadji, je vous salue, lança-t-il. Au moment de sa mort, mon père m'a confié que le père du père de son père lui avait confié avant de mourir que l'Aïeul avait affirmé, avant de rendre son dernier souffle, que les Kéita de Nagadji ne seraient jamais un peuple-crapaud ; le peuple-crapaud est condamné à ne pouvoir

274

faire que des petits bonds de tous côtés, il ne pourra jamais s'envoler dans le ciel comme l'épervier.

On dit que tout ce qui existe mourra, mais la vérité, la vraie, elle, ne mourra jamais. L'Aïeul a parlé depuis la nuit des temps et, aujourd'hui encore, sa parole est aussi limpide que l'eau de source : les Kéita de Nagadji, dignes descendants des Kéita du grand Mandé, sont demeurés un peuple-épervier. Aujourd'hui, je vous renouvelle le serment de mon ancêtre : je suis un homme de caste, je suis un forgeron au service de mes maîtres et je suis prêt à tout pour préserver leur honneur. Que le monde aille à vau-l'eau, Nagadji demeurera. Comme il y a sept jours, je vous salue encore, vous tous, Kéita de Nagadji. »

Soudain, une salve éclata, suivie d'un long roulement de tambour. De la case sacrée sortit un homme habillé d'un boubou de cotonnade noire et coiffé d'un bonnet rouge. Il s'avança à pas mesurés jusqu'au milieu du cercle : « C'est Nama, c'est Nama », chuchota le garde Kibili à Sosso en lui donnant des petits coups de coude. Nama s'accroupit face aux anciens, égorgea les coqs et vida leur sang dans la calebasse ; ensuite, il tendit la calebasse au chef Kéita, qui y trempa les lèvres, la passa à son voisin qui la tendit au suivant, ainsi de suite jusqu'à ce que tous les anciens eussent accompli le geste. Alors le sacrificateur reprit la calebasse, y plaça la pierre, le couteau et les coqs et l'emporta dans la case.

« C'est la danse des masques qui va commencer », expliqua Kibili à Sosso. Le commissaire était tellement absorbé par la cérémonie rituelle qu'il n'entendit pas les propos du bavard impénitent.

La danse des porteurs de masques représentant un grand nombre d'animaux commença enfin. En file indienne, les danseurs firent le tour de la place publique.

La foule chantait en chœur, accompagnant le rythme syncopé des tam-tams ; elle s'ouvrit peu après et laissa passer les masques qui prirent le chemin du village. « C'est l'esprit de l'Aïeul qui va apparaître », expliqua Kibili. Aussitôt une détonation retentit et l'esprit de l'Aïeul apparut : c'était un homme affublé d'un masque de lion d'apparence effrayante. Comme sur commande, la foule baissa la tête. « Baisse la tête, Sosso, sinon tu vas devenir aveugle », murmura Kibili. Il ignorait que Sosso n'était plus à côté de lui. Après s'être soustrait de la foule, l'inspecteur rampait dans l'herbe humide. Avec mille précautions, il contourna le cercle silencieux et pénétra à l'intérieur de la case sacrée. Il se releva, tira de sa poche une torche électrique, tendit l'oreille, alluma la lampe et commença à inspecter la case. Des fétiches de toutes sortes jonchaient le sol, des masques étaient suspendus au toit et un squelette d'animal était appuyé contre le mur. Sosso éteignit la torche, s'approcha de la porte, tendit l'oreille de nouveau et, rassuré, continua de fouiner. Il souleva une jarre renversée. Lorsqu'il eut pris et examiné l'objet qui y était caché, son cœur s'arrêta : c'était une imitation de gueule de crocodile en acier. Actionné par deux bras, l'instrument devenait une arme redoutable, les deux mâchoires se transformant en un étau mortel. Les crocs étaient noirs de sang coagulé et des morceaux d'étoffe y étaient accrochés. Cette dernière découverte faillit faire hurler Sosso, car parmi les morceaux d'étoffe il y en avait un de laine jaune grossière à carreaux bleus et rouges.

Dehors, un coup de feu éclata, les tam-tams se mirent à battre frénétiquement et la foule à danser. Sosso voulut sortir avec son trophée, mais la porte de la case refusa de s'ouvrir. Le jeune homme la poussa de toutes ses forces, y donna des coups d'épaule et de pied, en vain.

À présent, la foule dansait en chantant autour de la case sacrée et le bruit que produisait l'inspecteur en s'acharnant sur la porte se perdait dans le tumulte.

Bientôt, Sosso se mit à tousser sans arrêt et à suer dans la case qui se remplissait de fumée. Il leva les yeux et comprit que le toit brûlait. Une touffe de paille en feu tomba à ses pieds. Affolé, il recommença à tambouriner contre la porte. Dehors, une voix cria : « La case brûle ! » Les danses et les chants cessèrent et la foule épouvantée reflua et forma un cercle à une trentaine de mètres autour de la case sacrée. Rompant le silence, une voix, de l'intérieur de la case, hurla : « Ouvrez ! Ouvrez, le toit brûle ! » « Sosso ! » cria à son tour le commissaire Habib en se ruant vers la case, mais plus agile, le garde Kibili le devança, tira la targette qui bloquait la porte. Sosso jaillit et alla s'écraser quelques pas plus loin. Habib et Kibili le relevèrent. « Tu n'es pas blessé, Sosso ? » s'inquiéta le commissaire. Montrant son trophée, Sosso dit en haletant : « L'arme du crime, commissaire, c'est… » Un mouvement se propagea dans la foule et livra le chemin à un homme au masque de lion, qui filait droit vers la mare sacrée. « Arrête-toi ! lui cria le commissaire, je ne te ferai pas de mal. » L'homme s'arrêta, fit face à la foule, arracha son masque : c'était Nama. « Jamais un autre Kéita n'ira en prison, *com'saire* » lança-t-il avant de plonger dans les eaux noires. Ce fut alors un ballet lugubre : enragés, les crocodiles déchiquetaient le corps ; par moments, un membre flottait sur l'eau avant d'être happé aussitôt. Peu à peu cependant, la bourrasque s'apaisa, les eaux se calmèrent. La foule demeura comme inerte, les yeux fixés sur la rivière.

Alors, dans un sifflement aigu, le toit, dont les flammes éclairaient le spectacle macabre, s'effondra.

CHAPITRE 10

Il faisait très frais ce matin-là, et un léger brouillard s'étendait sur Nagadji. Habib et Thiam conversaient sur la terrasse. Malgré les rayons de soleil — bien pâles, il est vrai — et le gros pull de laine qu'il portait, l'ingénieur se recroquevillait sur sa chaise. La nuit, il avait dû prendre un somnifère et n'avait donc rien su du tragique événement qu'il obligea le commissaire à lui raconter dans les moindres détails. Il demeura un long moment perplexe puis il demanda :

— Mais comment pouvais-tu savoir que l'arme du crime se trouvait dans la case sacrée ?

— À vrai dire, je ne le savais pas, avoua le commissaire. J'avais des soupçons et certains indices me confortaient dans mes soupçons. Tu sais, mon gros, la police, ce n'est pas une science exacte ; il y a la logique, l'intuition, la chance, etc.

— J'en reviens pas : comment un type aussi posé, aussi calme, aussi… aussi respectueux que Nama peut devenir si cruel ?

— Justement, Thiam, il n'y a pas un profil type du criminel. Même quelqu'un comme Lambirou, par exemple, peut basculer dans la violence pour une raison ou une autre. Ce sont parfois des tendances profondes qui éclatent au grand jour brusquement.

L'ingénieur hocha la tête, mais on sentait qu'il n'y comprenait pas grand-chose. Il dit quand même au commissaire :

— L'enquête est donc terminée, maintenant.

— Peut-être pas, lui répondit le policier, parce que nous n'avons pas prouvé que Nama est l'assassin. Ça pourrait aussi être Diarra, ou le chef Kéita, ou les trois. En fait, on a découvert l'arme du crime et Nama s'est suicidé ; pourquoi ? C'est la grande question. Il y a un mystère dans la famille Kéita et si j'ai envoyé l'inspecteur Sosso à Kaban pour qu'il cherche à rencontrer Kankou, la fille du chef Kéita, c'est pour y voir un peu plus clair.

— Dis, t'en as pour des semaines si tu veux connaître les secrets des Kéita ! s'exclama Thiam.

— Je ne pense pas, dit le commissaire amusé. Ça peut au contraire aller très vite.

— Mais ton petit Sosso a pris un sacré risque : et si Nama l'avait trouvé dans la case ?

— Tu as raison. En réalité l'initiative était propre à Sosso. Moi, j'avais seulement l'intention d'obliger Nama à ouvrir la case sacrée après la cérémonie pour que nous puissions y faire une perquisition. Que veux-tu, Sosso est comme ça : intrépide parfois jusqu'à l'inconscience. C'est un type de policier qui existe. J'essaie de modérer son ardeur juvénile, mais tu sais, quand on est célibataire et sans enfants...

C'est à ce moment que la jeep rentra au campement et que retentit le rire joyeux du jeune inspecteur.

*

« Attention, attention, Sosso : tu ne vas pas conduire comme Kibili, quand même ! », gronda le commissaire alors qu'ils roulaient vers Lobo. Sosso ne parla pas, mais décéléra.

— Nagadji a l'air d'un village fantôme, constata le jeune homme.

— Eh oui, acquiesça Habib ; c'est d'autant plus dur pour eux qu'ils ne comprennent rien à ce qui leur arrive. Ils doivent avoir l'impression que le ciel leur est tombé sur la tête. Avec la destruction de la case sacrée !

Arrivés à Lobo, les policiers prirent le chemin de la maison de père Bagayogo, précédés des enfants partis annoncer l'arrivée des « amis de Fatoman ». Bagayogo les accueillit sur le seuil, les salua longuement et les invita à s'asseoir au moment où son épouse Satourou sortait de sa case. À son tour, elle salua les hôtes pour aussitôt demander :

— Vous avez des nouvelles de Fatoman ?

— Non, lui répondit Habib, pas encore.

— Vous avez appris ce qui s'est passé à Nagadji dans la nuit d'hier ? demanda la femme.

— Oui, lui répondit son interlocuteur quelque peu inquiet.

— C'est le début de la fin pour les maudits Kéita de Nagadji. Aussi vrai que je m'appelle Satourou Kéita, ils paieront le mal qu'ils m'ont fait. C'est Nama qui est parti, mais il ne sera pas le dernier.

Habib se rassura lorsqu'il comprit que la femme n'avait reçu que des informations vagues.

Bagayogo ne broncha pas. Il lissait sa barbe de patriarche, la tête baissée. La femme ne semblait même pas se rendre compte de sa présence.

— En fait, intervint Habib, nous ne sommes pas à proprement parler venus rendre visite à Fatoman. Je suis le commissaire Habib et ce jeune homme, Sosso, est mon collaborateur. En vérité, nous ne sommes pas venus chercher Fatoman, parce que nous savons où il est, nous savons qu'il ne reviendra plus jamais ici, ni à Nagadji, ni à Lobo.

— C'est ce qu'il a donc décidé, ce maudit ? C'est ce qu'il a donc décidé ? demanda Satourou toujours debout. Elle n'avait pas élevé la voix, mais elle lui avait imprimé la rage froide qui se lisait dans ses yeux.

— Non, lui répondit le commissaire. Fatoman ne reviendra plus, parce qu'il est mort. Il a été tué et son corps a été jeté à la rivière. Nous sommes ici justement pour savoir qui l'a tué.

Le vieux Bagayogo se raidit et murmura des paroles inaudibles ; l'épouse, au contraire, ne fit pas un geste, n'ouvrit pas la bouche. Elle regardait fixement le commissaire que cette réaction, impensable de la part d'une mère qui avait perdu son enfant, laissa perplexe.

282

— Alors ils ont tué mon Fatoman, dit-elle d'une voix impersonnelle.

— De qui parlez-vous ? lui demanda le commissaire.

— Des Kéita de Nagadji ; ce sont eux !

Cette phrase avait été proférée sur un ton qui n'admettait pas la contestation. Le commissaire s'en rendit compte et garda le silence. Satourou s'assit enfin sur un escabeau, face à ses hôtes. « Puisque mon Fatoman est mort, dit-elle avec un calme incroyable, je vais donc vous dire toute la vérité, *com'saire*. Sachez d'abord que Fatoman n'est pas Bagayogo, qu'il n'est pas un forgeron, mais un Kéita, un descendant des Kéita du grand Mandé, le fils de Badian Kéita, un des jeunes frères de Sandiakou. Ma main avait été promise à Sandiakou, mais c'est Badian que j'aimais. Et nous avons eu Fatoman sans être mariés. C'est ce que les autres Kéita ne nous ont jamais pardonné. Ils ont envoûté Badian et ont fait de lui un voleur, un vaurien condamné à l'errance. Ils ont juré que Fatoman ne porterait jamais le nom des Kéita. Bagayogo, leur serviteur que voici, a accepté de se faire passer pour l'auteur de ma grossesse et ils m'ont contrainte, sous la menace de me rendre à jamais stérile et aveugle par la volonté de l'Aïeul, à m'accuser de cette monstruosité. J'ai accepté d'être chassée de la famille, j'ai accepté de venir vivre parmi des gens de caste. Regardez, *com'saire*, regardez ces deux femmes arrêtées au seuil de leur case, elles sont les épouses de Bagayogo, elles, parce qu'elles sont des femmes de caste. Jamais Bagayogo n'a osé s'approcher de moi la nuit. Quand nous sommes dans sa chambre, moi je me couche sur le lit de bambou et lui, sur une natte, à mes pieds. Depuis vingt-cinq ans ! Fatoman ne sait rien de tout ça, il croit que Bagayogo est son père. Com'saire, le vrai prénom de mon fils est Fabou ; c'est aussi celui de Bagayogo et celui du père de Sandiakou. C'est pourquoi Fatoman[1] déteste même qu'on l'appelle Fatoman.

Vous le voyez, *com'saire*, pour préserver leur honneur, les Kéita m'ont obligée à subir vingt-cinq ans de calvaire, ils ont détruit ma vie. Maintenant, je n'ai plus peur de rien : que l'Aïeul me rende stérile et aveugle, peu m'importe, je me suis vengée enfin. »

Se tournant vers son « mari », Satourou demanda : « Bagayogo, ce que je viens de dire, n'est-ce pas la vérité ? » Bagayogo se lissait la barbe, la tête baissée ; il ne répondit pas.

« Bagayogo, je te demande si ce n'est pas la vérité », dit de nouveau Satourou. Sa voix s'était durcie, ses yeux étaient injectés de sang, elle suait et tremblait. « Bagayogo, je te demande si ce n'est pas la vérité. » Comme possédée, elle se mit à s'agiter. Le vieil homme ne releva pas la tête. Alors le reste se déroula comme dans un rêve : à la vitesse de l'éclair, Satourou fonça vers le grenier, puis se rua sur son faux mari en brandissant une hache. Bagayogo eut juste le temps d'esquiver l'arme qui érafla son épaule avant de s'enfoncer dans la terre. La femme arracha la hache, la brandit de nouveau au-dessus de la tête de Bagayogo, mais Sosso la bouscula violemment et elle tomba. Comme douée d'une force surhumaine,

---

1. En langue bamanan : qui porte le même nom que le père.

284

Satourou se releva, tenant toujours la hache, catapulta Sosso : l'arme déchira de nouveau l'air, fendit l'escabeau sur lequel était assis Bagayogo que, à la seconde ultime, le commissaire avait eu le réflexe de tirer à lui. Sosso revint à la charge, fit un croche-pied à la possédée qui s'affala. Les policiers lui tordirent les mains alors qu'elle hurlait et bavait et les lui lièrent dans le dos avec une corde que leur apporta une des épouses de Bagayogo ; ensuite, ils lui entravèrent les pieds et l'enfermèrent dans sa case. C'est à ce moment seulement que Satourou redevint une mère et se mit à pleurer son enfant.

Bagayogo raccompagna ses hôtes. Sur le seuil, le commissaire se tourna vers lui : « Pourquoi m'avez-vous menti, Bagayogo ? »

— Non, *com'saire*, je ne vous ai pas menti, protesta le vieil homme. L'autre jour, je vous ai dit que j'étais prêt à tout pour préserver l'honneur des Kéita de Nagadji. J'ai fait mon devoir de serviteur, je n'ai pas menti. Vous pouvez me mettre en prison, je ne regrette rien. »

Le commissaire le regarda longuement et lui dit : « Je comprends, vous n'irez pas en prison pour cela. Et votre… et Satourou ? »

— C'est une Kéita, je la connais. Elle ne réagira plus violemment. Quand tout se calmera, je la ramènerai dans sa famille. Il n'y a plus aucune raison qu'elle reste chez moi.

— Je vous souhaite bonne chance, conclut Habib. N'oubliez pas de soigner votre blessure à l'eau salée.

Ils se saluèrent.

Conduisant parfois d'une main, Sosso fulminait depuis leur départ de Lobo. « Mais ce sont des sauvages, ces Kéita ! Ce sont des salauds ! » osa-t-il, mais le commissaire ne le laissa pas s'enfoncer plus loin dans la vulgarité : « Allons, allons, mon petit, un peu plus de tenue », le rappela-t-il à l'ordre.

— Elle a failli assassiner le vieil homme sous mes yeux, chef ! protesta l'inspecteur.

— Oui, oui, mais tu les connais assez bien maintenant, les Kéita. Leur comportement ne devrait plus te surprendre… Tiens, Sosso, pendant que j'y pense, sur un tout autre plan, tu me dois des explications. Hier, on n'était pas convenus que tu te faufilerais dans la case sacrée, il me semble.

— Non, chef.

— Alors pourquoi l'as-tu fait ? Tu imagines que Nama aurait pu te tuer dans la case ? Pourquoi as-tu agi comme ça, Sosso ?

Sosso observa un temps de silence et répondit : « Il n'y avait pas d'autre solution, chef. Nous n'aurions pas pu entrer dans la case comme vous l'aviez envisagé. »

— Tiens, tiens, tiens, et qu'est-ce qui nous en aurait empêchés ?

— Vous vous rappelez, chef, avant-hier, quand on passait à côté de la case sacrée, vous aviez remarqué que je suais alors qu'il ne faisait pas chaud.

— Je m'en souviens, en effet.

— Chef, c'est tout simplement parce que j'avais touché le toit. J'ai eu soudain mal à la tête et je me suis mis à suer. Quand je me suis tourné vers le village, j'ai aperçu Nama qui s'est empressé de disparaître. Lambirou m'a tout expliqué. Lui pense à des pouvoirs surnaturels, mais moi, je crois plutôt à une histoire de télépathie. Je me suis dit que la case n'était accessible que lorsque l'esprit de Nama était accaparé par autre chose. C'est pourquoi…

— Je suis tenté de te donner raison, l'interrompit Habib ; seulement tu aurais pu me faire part de ton idée auparavant.

— Vous avez raison, chef, reconnut l'inspecteur, mais l'idée m'est venue comme ça, tout à coup, et j'ai agi sans réfléchir.

Le commissaire se contenta de hocher la tête : l'argumentation de Sosso l'avait séduit d'autant plus qu'il se souvenait du singulier orage qui s'était abattu sur la vallée cette même nuit dont parlait son jeune compagnon.

Les toits de Nagadji se profilaient au loin. Le crépuscule tombait du ciel couvert de gros nuages noirs.

— Dis-moi, Sosso, comment est-elle, cette Kankou, la fille de Sandiakou Kéita ? demanda le commissaire.

— Belle, chef, aussi belle que Satourou, mais beaucoup plus charmante et moins sauvage ; au contraire, elle est une fille très moderne. Nous avons causé très librement. On dirait une citadine.

Après avoir allumé les phares dont les faisceaux surprirent un peuple de petits papillons qui s'égaillèrent, l'inspecteur ne put se retenir d'ajouter : « Oh, oui, quelle belle femme ! », comme s'il avait oublié jusqu'à la présence de son chef. Celui-ci sourit seulement et dit : « Oui, Sosso, elle représente une nouvelle génération de Kéita qui n'a pratiquement rien de commun avec les précédentes ». Lorsque les phares illuminèrent les toits de Nagadji, Habib confia à Sosso :

— Je crains que la nouvelle que nous allons lui annoncer ne mette le chef Kéita K.-O.

— Je le crains aussi, convint l'inspecteur. Quand Kankou m'en a informé, je suis resté bouche bée pendant au moins deux minutes.

— Remarque qu'il y a là quelque chose d'étrange : ni Satourou, ni Sandiakou Kéita n'en savent autant que nous sur les affaires de leur famille.

— Effectivement, chef, parce que si, par exemple, le chef de Nagadji connaissait le fin fond de l'affaire, nous serions en train d'enquêter autrement.

— Uhum, acquiesça le commissaire, mais même maintenant, la réaction de Kéita peut être dangereuse.

Les policiers se garèrent à l'endroit habituel, et, par les ruelles du village fantôme, ils se dirigèrent vers le vestibule du chef.

Seul, assis, la tête baissée devant un maigre feu de bois dont la pâle lueur lui éclairait le visage et emplissait la case de son ombre, Sandiakou méditait.

— C'est vous, n'est-ce pas, *com'saire* ? demanda-t-il dès que les policiers eurent posé le pied sur le seuil.

— Oui, Kéita, c'est nous, lui répondit Habib.

— Je savais que vous viendriez. Vous étiez allés voir Satourou à Lobo, n'est-ce pas ?

— Oui, Kéita, nous nous sommes entretenus avec votre sœur, et je vais vous révéler un secret qui risque de vous être très douloureux.

C'est alors seulement que Sandiakou Kéita leva sur les policiers un regard dans lequel éclatait son âme, un regard qui parlait. Le chef se contenta de désigner à ses hôtes la natte étalée en face de lui. Les policiers y prirent place.

— Ainsi, vous, *com'saire*, vous savez sur les Kéita un secret que moi, Sandiakou Kéita, j'ignore ? interrogea le chef sur un ton équivoque.

— Malheureusement oui, réaffirma Habib, et il va vous faire mal, Kéita. Vous savez sans doute que votre fille Kankou est enceinte à Kaban, mais vous ignorez que le père de son enfant n'est autre que Fatoman Bagayogo, le fils de Satourou.

Pourtant, contrairement à l'attente des policiers, la foudre ne tomba pas. Aucun muscle de la face du chef de Nagadji ne bougea. Le vieil homme dévisagea Habib, longuement, avant de laisser tomber d'une voix dont lui seul avait le secret : « Vous cherchez à découvrir la vérité, dites-vous, mais vous la cherchez mal, parce que vous l'avez cherchée d'abord chez notre sœur. Satourou est une Kéita, certes, mais elle est surtout et avant tout une femme, or le secret des Kéita ne peut être détenu que par les fils Kéita, les fils seulement. Elle vous a parlé de Badian, de la naissance de Fatoman, de la raison de sa présence chez Bagayogo. Tout ce qu'elle vous en a dit est vrai, parce que les Kéita ne mentent pas. Vous-même croyez m'avoir révélé un secret, vous vous trompez, parce que je sais que l'auteur de la grossesse de Kankou est Fatoman. Vous avez dû vous convaincre que j'aurais tué Kankou et Fatoman si j'avais été au courant de leur crime, et c'est ce qui vous a induit en erreur, *com'saire* ! »

Kéita se tut, parut absent un moment, puis regarda les policiers. « Com'saire, c'est moi au contraire qui vais vous révéler un secret que nul autre qu'un Kéita ne peut vous révéler : contrairement à ce que croient Satourou et les autres, Kankou que vous avez rencontrée à Kaban n'est pas ma fille, mais celle de mon jeune frère Badian, du même Badian qui est aussi le père de Fatoman. Fatoman et Kankou sont donc frère et sœur ! »

Sandiakou se tut et, comme si son corps, débarrassé du lourd fardeau du secret, reprenait vie, il tisonna le feu délicatement : des étincelles jaillirent et la flamme se ranima. Sosso ne parvenait pas à détacher ses yeux du vieil homme pour qui le commissaire éprouvait à présent un sentiment qui n'osait pas dire son nom.

« En réalité, continua le chef de Nagadji, la mère de Kankou est une femme de caste, une griotte Kouyaté dont la famille habite une petite ville, près de Bamako. Depuis toujours, nous, les Kéita, nous avons été les maîtres des Kouyaté et c'était la première fois qu'un Kéita s'accouplait avec une Kouyaté. C'était la honte aussi bien pour nous que pour nos griots. C'est pourquoi nous nous sommes juré de garder le secret pour l'éternité. Ma troisième épouse séjournait chez ses parents depuis quelque temps, selon le vœu de son père mourant : nous avons donc prolongé son séjour afin de pouvoir faire passer Kankou pour la fille à laquelle elle y aurait donné le

290

jour. Et le secret a été préservé jusqu'à l'instant où je vous parle.

Quand j'ai appris que Fatoman s'était accouplé avec sa sœur, j'ai compris que pour les Kéita de Nagadji la fin avait sonné, parce que, *com'saire*, l'enfant qui naît de l'inceste n'est pas un être humain, mais un monstre. Badian est maudit, tout ce qui vient de lui est maudit. Il est venu au monde pour la perte des Kéita de Nagadji. »

La voix avait retrouvé son habituelle fermeté. Et le commissaire, profitant de la nouvelle pause de Sandiakou, fit remarquer à ce dernier :

— J'avoue que votre révélation me surprend ; mais au fond, chef, en quoi Fatoman et Kankou sont-ils coupables du moment qu'ils n'ont jamais su qu'ils étaient frère et sœur ?

— Leur culpabilité est dans leur naissance, *com'saire*, répliqua Sandiakou. Parce qu'ils sont les enfants d'un homme maudit, la malédiction est devenue leur compagne.

— Alors vous avez tué Fatoman, ou vous l'avez fait tuer en lui tendant un piège.

— Oui, acquiesça le chef sans laisser percer la moindre émotion, c'est moi qui ai tué Fatoman. J'ai fait dire à Diarra de lui faire croire, à Bamako, que Kankou s'apprêtait à le trahir. C'était jeudi ; Fatoman est devenu comme fou ; il s'est rendu à Kaban puis il est venu ici vendredi et, sur mes instructions, Diarra, avec qui il sympathisait, l'a conduit dans la forêt où nous l'attendions, mon jeune frère Nama et moi. Quand il a deviné nos intentions, il a tenté de s'enfuir. Nama a le cœur trop tendre : il n'a pas pu lui donner même un coup. J'ai arraché la gueule à Nama, j'ai donné à Fatoma un coup qui lui a sectionné le bras droit, puis j'ai enserré son cou. Oui, *com'saire*, je l'ai tué comme on tue un chien, parce qu'il méritait une mort de chien.

— Logiquement, vous auriez dû tuer Kankou aussi, lui fit remarquer méchamment Habib.

— Je l'aurais fait si vous n'étiez pas venu, répliqua le vieux chef.

— Alors, heureusement pour elle ! car vous comprenez, Sandiakou, je dois vous arrêter pour vous amener à Bamako où vous serez jugé. La loi est au-dessus de l'honneur des Kéita.

Le chef de Nagadji observa un court silence et une ombre passa furtivement sur son visage.

— Je sais, dit-il. Nama est mort dignement, en vrai Kéita. Je comprends maintenant que c'est moi le dernier de la lignée. Après moi, il n'y a que des maudits et des monstres. Nama vous a crié avant sa mort que deux Kéita ne séjourneraient pas en prison, il s'est trompé, mais maintenant, cela n'a pas d'importance. Je ne vous demande qu'une faveur, *com'saire* : c'est demain, à l'aube, que l'âme de l'Aïeul atteindra son lieu de repos éternel. Celle de Nama l'y rejoindra au même moment. Acceptez que cet instant sacré me trouve ici, dans cette maison où se sont succédé toutes les générations Kéita de Nagadji. Passé l'aube, venez me chercher, je vous suivrai. Puis-je attendre cette faveur de vous, *com'saire* ?

— Bien sûr, répondit Habib sans hésiter, parce que fort ému par le destin du vieux Kéita.

— Je vous en serai toujours reconnaissant, le remercia ce dernier qui conclut : je n'ai fait que mon devoir, rien que mon devoir, et je ne regrette rien. Que la nuit vous apporte la paix, *com'saire.*

Peu après, les policiers roulaient dans la nuit, en direction du campement. La brousse grouillait et bruissait. La lune montait, trouant avec peine la barrière de nuages noirs qui s'amoncelaient. On sentait comme une odeur de pluie.

« Quel sacré homme, ce Sandiakou Kéita ! », s'exclama enfin le commissaire Habib, rompant le silence qui les avait accompagnés depuis qu'ils avaient quitté le vestibule des Kéita.

Sosso ne parla pas.

CHAPITRE 11

Le ciel était gris ; il bruinait.

À huit heures, le commissaire Habib et l'inspecteur Sosso se trouvaient déjà au bas de la colline et marchaient vers Nagadji, car le chef de la Brigade Criminelle avait décidé d'arrêter le chef de Nagadji discrètement : la jeep eût éveillé les soupçons.

Le village ne s'était pas remis des derniers événements : il paraissait toujours désert. Seuls quelques rares bruits de pilon, des pleurs d'enfants ou des aboiements de chiens lui donnaient un semblant de vie.

Quand ils parvinrent à la concession du chef, les policiers furent surpris que quelqu'un les attendît au seuil du vestibule. C'était un jeune homme svelte et beau, habillé à la manière d'un citadin.

— Vous êtes bien le commissaire Habib, n'est-ce pas ? demanda-t-il d'une voix assurée.

— Oui, répondit Habib, et ce jeune homme est mon collaborateur ; il s'appelle Sosso.

— En effet, j'ai entendu parler de lui dans l'affaire de

l'assassin du Banconi, se souvint le jeune homme. Moi, je m'appelle Sambou, je suis un des fils du chef du village.

— J'ai entendu parler de vous, moi aussi, l'informa Habib. Je suppose que vous savez aussi que nous venons arrêter votre père pour l'amener à Bamako.

Sambou s'assombrit.

— Je sais, dit-il, mais mon père ne peut partir avec vous.

— Et pourquoi donc ?

— Parce qu'il est déjà parti.

Le jeune homme ne laissa pas le commissaire revenir de sa surprise, car il ajouta aussitôt : « Si vous voulez bien me suivre commissaire, je vous expliquerai tout. On ne s'entretient pas sur le seuil d'un vestibule, n'est-ce pas ? »

Habib et Sosso suivirent Sambou dans une case. Le jeune Kéita s'arrêta au-dessus du lit de bambou, souleva la couverture de cotonnade qui y dessinait une forme équivoque : « Mon père ne vous suivra pas, commissaire, parce qu'il est mort », laissa-t-il tomber. C'était bien le visage du chef Sandiakou Kéita, altier jusque dans la mort, mais tellement serein désormais. Le fils recouvrit la face inanimée. Le commissaire et l'inspecteur étaient devenus muets, ils demeuraient les bras ballants, les yeux rivés sur la dépouille mortelle.

— Mais pourquoi, pourquoi a-t-il fait ça ? demanda Habib d'une voix troublée.

— La devise des Kéita est *la mort plutôt que la honte*, commissaire, lui répondit Sambou. Mon père ne pouvait pas survivre aux malheurs qui ont frappé sa famille. C'est hier, tard dans la nuit, que j'ai reçu son message à

Kati : il m'appelait d'urgence. On a dû vous apprendre que je suis le seul de ses fils qui soit instruit, n'est-ce pas ? C'est parce que j'ai forcé le destin. Mon père ne m'a pas haï pour cela, il ne m'a pas renié, il m'a tout simplement méprisé, parce qu'il avait compris que je ne serais jamais le genre de Kéita qu'il souhaitait. Je ne reviens ici que de temps en temps, surtout pour revoir ma mère. Mais je vais vous dire ceci, commissaire : malgré tout, j'admirais mon père, sa droiture, son sens de l'honneur. Je l'admirais et le respectais.

S'il m'a fait venir, commissaire, c'était pour me confier un message qu'il vous destinait. Il avait souhaité que vous le laissiez voir ici l'aube du repos de l'Aïeul : vous le lui avez accordé. Il m'a chargé de vous en remercier sincèrement et de vous demander, de sa part, une dernière faveur : que jamais vous ne révéliez que Kankou n'est pas sa fille. Vous le promettez, n'est-ce pas, commissaire ?

Après une légère hésitation, Habib haussa les épaules : « Pourquoi pas ? », répondit-il.

« Mon père avait beaucoup d'estime pour vous, continua Sambou, je crois que, dans d'autres circonstances, vous auriez sympathisé. Je vous remercie infiniment, commissaire. »

Ils quittèrent la case, franchirent le vestibule. « Ne croyez surtout pas que sa mort ne nous afflige pas. Si vous n'entendez pas de pleurs, c'est parce que la famille se conforme à ses dernières volontés. » Sambou s'arrêta, se tourna vers Sosso : « Vous êtes certainement celui qui comprend le moins au comportement des Kéita », affirma-t-il.

« Vous vous trompez, lui répliqua Habib, moi aussi, je me souviendrai longtemps des Kéita de Nagadji. »

Un bref et triste sourire éclaira le visage de Sambou Kéita.

*

Les deux policiers avaient marché longtemps en silence : ils étaient las. Ils traversèrent le village en deuil. Les habitants semblaient les éviter et détournaient la tête dès qu'ils les apercevaient. Seuls les enfants les observaient curieusement, mais de loin. Ils entamèrent la montée.

— Ils ne nous portent pas dans leur cœur, ceux de Nagadji. Nous sommes venus troubler leur quiétude, dit Habib.

— Je me sens mal à l'aise, moi, avoua Sosso.

— De toute façon, l'enquête est bouclée ; nous n'avons plus aucune raison de nous attarder ici. Je suis quand même amer, parce que c'est Sandiakou Kéita qui a mené le jeu du début à la fin, selon sa volonté.

— Oui, chef, mais il est mort maintenant.

— Hélas.

Ils pénétrèrent dans le campement.

— À propos, chef, dit l'inspecteur avec un sourire malicieux, vous devez livrer un combat de karaté contre Thiam.

Le commissaire éclata de rire.

« Que Dieu m'en garde. Ce tas de graisse risquerait d'avoir une attaque. Je ne voudrais pas prendre ma

retraite en prison. » Il ajouta sur le même ton enjoué :
« À propos, mon petit, j'ai une bonne nouvelle à t'annoncer : pour aller à la gare, on n'est pas obligé de traverser la rivière dans une pirogue. D'après Thiam, il y a une chaussée à cinq kilomètres d'ici. Nous emprunterons la jeep. Pauvres crocodiles, ce n'est pas aujourd'hui qu'ils mangeront de la chair tendre de policier. »

Alors tous deux s'esclaffèrent ensemble.

ÉPILOGUE

Le commissaire Habib venait de terminer son rapport. Il se leva et s'arrêta à la fenêtre. Il se sentait fatigué. Les trois jours passés à Nagadji lui paraissaient une éternité. « C'est que le monde change, pensa Habib ; il n'y a que les Kéita de Nagadji pour croire le contraire. » Il revoyait le petit village, le masque mortuaire de Sandiakou ; il entendait la voix de Sambou. Lambirou aurait enfin sa prothèse et en était heureux. Il avait osé révéler que c'était Nama qui avait tenté de l'assassiner, mais le commissaire en était convaincu bien auparavant.

Habib ruminait encore ses sombres souvenirs quand le sergent Sidibé tapa à la porte et entra.

— Qu'est-ce qu'il y a ? lui demanda le chef, sur un ton agressif.

— Excusez-moi, commissaire, répondit Sidibé nullement décontenancé, il y a un monsieur qui désire vous voir.

— Qui est-ce ?

— Un certain monsieur Kéita.

Le cœur de Habib se mit à battre à grands coups. Il hocha seulement la tête. Le monsieur Kéita entra : c'était le petit Solo.

— Ha, souffla Habib, c'est toi Solo ?

— Oui, *com'saire*. Bonjour, *com'saire*, répondit gaillardement l'arrivant.

— Tu es Kéita, toi aussi ?

— Oui, *com'saire*, je suis Solo Kéita.

Le commissaire se détendit et sourit :

— Alors quel bon vent t'emmène donc, mon petit Solo ?

— Com'saire, je viens vous annoncer une bonne nouvelle.

— Tiens, tiens, tiens, s'exclama le commissaire, et quelle est cette nouvelle ?

— Les parents de Daouda sont venus le chercher et l'ont amené au village, expliqua l'enfant.

— Ah ! s'étonna Habib, pourquoi l'ont-ils amené au village ?

Solo répondit avec un plaisir évident : « Ils vont aller lui couper les deux mains. »

— Mais pourquoi donc ?

— Mais… pour qu'il ne se gratte plus comme il le fait, *com'saire*. Et moi, je suis très content, parce que je suis sûr que ma sœur n'acceptera pas d'épouser un homme sans mains. »

Le commissaire se laissa aller sur sa chaise en éclatant de rire comme un enfant.

DU MÊME AUTEUR

Romans policiers

L'ASSASSIN DU BANCONI, Le Figuier, 1998

L'HONNEUR DES KÉITA, Le Figuier, 1998

Romans

LES SAISONS, Le Figuier (à paraître)

GOORGI, Le Figuier, 1998

CHRONIQUE D'UNE JOURNÉE DE RÉPRESSION, L'Harmattan, 1988

FILS DU CHAOS, L'Harmattan, 1986

UNE AUBE INCERTAINE, Présence africaine, 1985

LE PRIX DE L'ÂME, Présence africaine, 1981

Théâtre

UN APPEL DE NUIT, Lansman, 1995

L'OR DU DIABLE, L'Harmattan, 1985

Essai

MALI – ILS ONT ASSASSINÉ L'ESPOIR : RÉFLEXION SUR LE DRAME D'UN PEUPLE, L'Harmattan, 1990

Composition Nord Compo.
Reproduit et achevé d'imprimer sur Roto-Page
par l'Imprimerie Floch à Mayenne
le 25 juillet 2002.
Dépôt légal : juillet 2002.
1er dépôt légal dans la collection : avril 2002.
Numéro d'imprimeur : 54854.

ISBN 2-07-042349-2 / Imprimé en France.